LEONIE STEINBERG | Nur leben ist schöner

Das Buch

Mehr aus Langeweile will Magda die Leute kennen lernen, die genau wie sie bereits ein Urnengrab in einem Friedwald besitzen. Ein Kaffeeklatsch mit den zukünftigen Grabnachbarn, das soll es sein. Mehr nicht. Doch dann macht sich Magda auf den Weg, der sie bis nach Paris führen wird. Lernt eine attraktive Hoteldirektorin kennen, die eine lebensgefährliche OP vor sich hat und plötzlich auf mysteriöse Weise verschwindet. Einen charmanten ehemaligen Concierge, einen hassenswerten Miesepeter und am Ende die große Liebe. Ein bewegender und amüsanter Roman über Freundschaften, Gefühle und Geheimnisse, über Glück und Trauer und über eine junge Frau, die erst den Tod in ihr Leben lassen muss, um die Lust daran zu entdecken.

Die Autorin

Leonie Steinberg ist das Pseudonym einer ehemaligen *Stern*-Redakteurin. Sie arbeitet heute als freie Autorin, schreibt Romane für Jugendliche und Erwachsene sowie Drehbücher für TV-Filme und Serien. Leonie Steinberg lebt mit ihrer Familie in Hamburg.

LEONIE STEINBERG

Nur leben ist schöner

ROMAN

Diana Verlag

FSC
www.fsc.org
MIX
Papier aus verantwortungsvollen Quellen
FSC® C014496

Verlagsgruppe Random House FSC® N001967
Das für dieses Buch verwendete
FSC®-zertifizierte Papier *Holmen Book Cream*
liefert Holmen Paper, Hallstavik, Schweden.

Originalausgabe 06/2015

Redaktion | Carola Fischer
Umschlaggestaltung | t.mutzenbach design, München
Umschlagmotiv | © shutterstock
Satz | Leingärtner, Nabburg
Druck und Bindung | GGP Media GmbH, Pößneck
Printed in Germany

ISBN 978-3-453-35864-5

www.diana-verlag.de

Gewidmet in Liebe meinem Vater,
der dort seine letzte Ruhe fand,
wo diese Geschichte beginnt.

1. Kapitel

Mama ging gern in die Pilze. Sie fand sie alle, selbst die, die sich im feuchten Laub des Herbstes versteckten. Die Hallimasche, die angeblich gegen Hämorrhoiden halfen. Die hässlichen Flaschenboviste, die nur für kurze Zeit strahlend weiß waren, bevor sie den Farbton einer vergilbten Gardine annahmen. Die schmackhaften Lacktrichterlinge im satten Violett einer Bischofssoutane. Die Zinnobertäublinge. Die ließ Mama stehen. »Die schmecken nach Bleistift«, sagte sie. »Als würde man auf einer Mine herumkauen. Kein Mensch will auf einer Mine herumkauen. Es sei denn, man würde sie wässern, brühen und in Essig einlegen. Ja, in Essig eingelegt kann man sich Zinnobertäublinge durchaus vorstellen.« Die Pilze gediehen besonders gut in diesem Jahr, nach einem heißen Juli und einem verregneten August. Mama hatte nichts mehr davon. Sie konnte nicht mehr auf den Oktober warten. Sie starb im September.

An einem sonnigen Spätsommernachmittag setzten wir ihre Urne an der Wurzel einer Buche bei. Und so ging sie dann doch noch in die Pilze, auch wenn sie keinen mehr nach Hause tragen würde, um ihn zu braten, zu trocknen oder in Essig einzulegen.

Die Brombeersträucher, die den Waldweg säumten, bogen sich vor prallen schwarzen Früchten. Bucheckern lagen auf dem Weg. Ein Obstbaum am Parkplatz trug noch ein paar wilde Birnen, oben in den Zweigen, zu hoch zum Pflücken. Durch das Dickicht brachen Sonnenstrahlen und legten einen Schimmer von Gold auf Bäume und Moos. Ich hielt die Urne mit der Asche meiner Mutter in meinen Armen wie ein Baby. Sie war beige mit einem grünen Ginkgoblatt als einzigem Schmuck.

Es kamen nur wenige zu ihrem Begräbnis. Ein paar Freundinnen, für die sie Donauwellen gebacken und Rumtopf angesetzt hatte. Ein paar Nachbarn. Der Pfarrer, für dessen Kirchenbasar sie Schals gehäkelt und Socken gestrickt hatte. Dem nicht ganz geheuer war bei dem Gedanken, eine Urne im Wald zu verscharren. Das sei unpassend, hatte er gesagt. Respektlos. Man behalte die Toten bei sich, in der Nähe, im Dorf oder in der Stadt und vergrabe sie nicht unter Buchen, Birken oder Eichen. Aber es war ihr Wunsch gewesen, und er hatte sich gefügt. Ein Mädchen aus seiner Gemeinde spielte Kirchenlieder auf der Gitarre.

Ich versenkte die Urne in der kleinen Mulde, die ein Forstarbeiter Stunden vorher ausgehoben hatte, warf meiner Mutter ein paar Rosenblätter nach, aber ich spürte keine Trauer. In einem Ausflugslokal in der Nähe aßen wir Streuselkuchen, tranken Kaffee aus kleinen Kannen und tupften uns mit gelben Papierservietten den Schweiß von Stirn und Oberlippe, weil es für Ende September ungewöhnlich warm war.

Seit dem Begräbnis waren acht Wochen vergangen. Die Brombeeren an den Sträuchern waren schrumpelig geworden; die Birnen heruntergeplumpst von den Zweigen. Der Gemeinschaftsbaum mit dem Urnengrab meiner Mutter trug die Nummer 1071. Sie hatte nicht allein liegen wollen. Es wäre ihr komisch vorgekommen, nachdem sie fast ihr ganzes Leben in einem dicht bepflanzten Mietshaus verbracht hatte.

Es war ein Sonntag Ende November, als ich an ihrem Baum im Friedwald stand. Bei mir war meine Freundin Beatrix Keller, die alle nur als Bea kannten. Lediglich meine Mutter hatte sie Beatrix genannt. Bea kam immer zu spät, war meistens zu laut und übertrieb es in der Regel mit ihrem Appetit, der Lidschattenfarbe und hemmungslos herausposaunten Bedürfnissen, die nicht immer an Ort und Stelle befriedigt werden konnten. Doch das war Bea egal.

»Dreh dich um! Ich muss mal.«

»Hier am Baum?«

»Erde zu Erde. Asche zu Asche. Natur zu Natur.«

»Man pinkelt nicht auf eine Urne. Und schon gar nicht auf die meiner Mutter.« Ich schnaufte empört durch die Nase, aber Bea ignorierte mich, kreuzte die Beine und zappelte, als würde sie es keine Sekunde länger aushalten.

Ich deutete nach rechts auf das Dickicht der Büsche, die noch in Herbstschattierungen leuchteten, bevor winterliche Kälte ihnen die Kraft rauben würde. »Geh da rüber!«

Doch Bea, die selten tat, was man von ihr verlangte, stapfte wie ein bockiges Kind nach links davon. Die Pfennigabsätze ihrer nietenbesetzten Stiefeletten bohrten sich ins modrigbraune Laub, während ich ihr nachrief: »Auf dem Parkplatz steht ein Dixi-Klo.«

»Bis ich dort bin, habe ich einen Harnstau. Willst du das?«

»Natürlich nicht«, murmelte ich.

»Was?«

»Ich will, dass es dir gut geht«, rief ich.

Sie lachte mit ihrer tiefen Stimme. »Ich bin ja auch die Einzige, die du noch hast.«

Ich spürte, wie ich mich versteifte, legte den Kopf in den Nacken und blickte in die Wolken. Der Himmel war weiß mit ein paar Schattierungen von Grau. Zumindest das, was von ihm zu sehen war. Denn der Wald war groß und dunkel, und die Bäume standen dicht. Es war frisch. Bald würde der erste Schnee auf den Zweigen liegen. Es roch nach feuchter Erde und sauberer Luft. Eine Formation Kraniche flog noch schnell in den Süden, ehe es zu spät war. Die Kälte wickelte sich um meine Füße in den hellen Leinenschuhen und begann, meinen Körper hochzukriechen. Ich war froh, eine Mütze dabeizuhaben. Rasch zog ich sie aus der Seitentasche meines Strickmantels und stülpte sie mir über. Aus der anderen Tasche nahm ich einen Labello und fuhr mir damit über den Mund. Ich fror leicht an den Ohren und war süchtig nach Fett auf meinen Lippen.

»Warum haben die Bäume bunte Bänder?«, schallte Beas Stimme aus dem Unterholz zu mir herüber.

»Damit kennzeichnet man die, die als Grabstellen vorgesehen sind.«

»Was bedeutet Orange?«

»Prachtbaum. Alt und teuer.«

»Rot?«

»Die Liebe. Was denn sonst? Da werden die liegen, die auch im Tod vereint sein wollen.«

»Blau?«

»Familienbaum.«

»Reicht den Leuten nicht der Stress zu Lebzeiten unter der Weihnachtstanne?«

Als ich Äste knacken hörte, drehte ich mich nach rechts und sah in einiger Entfernung eine kleine Trauergesellschaft den Hügel hinaufziehen. Vorneweg ging ein Forstarbeiter mit einer Urne in den Händen.

»Und Gelb?«

»Leise! Wir sind nicht allein. Gelb bedeutet Gemeinschaftsbaum.«

»Eine WG. Okay, ich nehme Gelb.«

»Dann lass dir einen Platz für später reservieren. An einen gelben Baum passen bis zu zehn Urnen.«

»Ich meine zum Pinkeln.« Sie lachte, und ein leises Plätschern drang zu mir.

»Mach schnell! Hier in der Nähe ist gerade eine Bestattung.«

»Hast du ein Tempo?«

Mein Blick blieb an der braunen Plakette hängen, sechs Gravuren in weißer Schrift, die an einem Nagel am Baum hing. Ganz oben stand der Name meiner Mutter. Ilse Ziegler. Geboren am 21. Januar 1941. Gestorben am 13. September 2014. Darunter folgten fünf andere. Die kleine Tafel war gerade erst aus der Druckerei gekommen, wo sie das Sterbedatum meiner Mutter ergänzt hatten. Bei den anderen fünf stand nur das Geburtsdatum, was bedeutete, dass alle noch am Leben waren. Noch ein zweiter Name war mir vertraut. Er kam direkt nach dem meiner Mutter. Magda Ziegler. Das war ich. Geboren am 22. Dezember 1979. Ich war vierunddreißig Jahre alt und hatte bereits ein Grab. Es war nur die logische Konsequenz meines bisherigen Lebens.

2. Kapitel

Ich strich mit der Kuppe meines Zeigefingers über die Gravur, als müsste ich mich davon überzeugen, dass es sie wirklich gab. Um mich herum nichts als Wald und Bäume, Novemberkälte und in einiger Entfernung die Trauergesellschaft, ein Halbkreis schwarz gekleideter Figuren im Wind. Ich hörte Wortfetzen der Trauerrede – und ganz in meiner Nähe hörte ich Bea schimpfen.

»Wo bleibt das Tempo? Wenn ich noch lange hier halb nackt im Moos sitze, habe ich's an der Blase. Und wenn ich ein Blatt zum Abputzen nehme, krabbeln die Ameisen in mich rein.«

»Sind die nicht schon in Winterruhe?«, sagte ich.

»Dann eben die Maden.«

Ich musste lachen und lehnte meine Stirn an den Stamm.

Der Wind, der eine Melodie summte, trug unsere Stimmen davon und brachte die Erinnerung zurück.

Es war Silvester. Ich war sechzehn. Zu pummelig, um hübsch zu sein. Ich trug eine weiße Bluse mit einem spitzen Kragen und einen Pullunder in Braun-Gelb-Orange. Den hatte meine Mutter gestrickt, wie fast alles, was ich besaß. Der Pullunder hatte Querstreifen und war denkbar ungeeignet für ein Mädchen mit Übergewicht. Meine Haare bauschten sich in einem schmutzigen Blond um meine

Schultern. Meine Mutter hatte mir nachmittags die Haare auf rosa Papillotten gedreht. Das machte sie immer, wenn etwas Besonderes anstand, irgendetwas, das man feiern musste. Eine Gelegenheit, für die Locken angebracht waren. Für eine Dauerwelle fand sie mich noch zu jung, und ein Lockenstab war ihr ein zu heißes Eisen.

Dieses Silvester war das erste meines Lebens, das ich nicht zu Hause verbringen würde. Ich hatte mich mit Bea bei unserer Freundin Tanja verabredet. Wir wollten Blei gießen, um zu erfahren, was die Zukunft bringt. Wollten eine Musikshow im Fernsehen ansehen und vorher »Dinner for One«, etwas essen, Kiwibowle trinken. Was ich meinen Eltern verschwieg. Wie auch die Tatsache, dass ich den Pullunder ausziehen und in meine Manteltasche stopfen würde, sobald ich die Wohnung verlassen hatte. Und ich würde meine Haare verwuscheln, damit sie nicht mehr diese durch Haarspray fixierte Steifheit hatten. Wenn ich an die Gerüche meiner Jugend dachte, kam mir zuerst Haarspray in den Sinn.

»Magda?«

»Bin im Bad.«

»Essen!«

»Ich mache mit Tanja und Bea Käse-Fondue«, sagte ich, während ich mir die Wimpern mit brauner Mascara tuschte. Sie betonte das dunkle Blau meiner Augen und war nicht so auffallend wie die, mit der sich Bea ihre kohlestaubfarbenen Höhlen ins blasse Gesicht malte. Augen wie schwarze Katzen, die einen ansprangen und die, würde *ich* sie so tuschen, meine Mutter mit Penatenöl und Wattebällchen ausradieren würde.

»Es ist Silvester.«

»Ich weiß, dass Silvester ist.«

»Papa hat seinen roten Heringssalat gemacht, obwohl ihn sein Knie plagt.«

Wir hatten kein Esszimmer. Wir hatten Drei-Zimmer-Küche-Bad im dritten Stock einer Sechzigerjahre-Wohnsiedlung am Rande von Wetzlar, einer mittelgroßen Stadt in Mittelhessen. In der Altstadt gab es Fachwerk, Apfelweinkneipen und einen Dom, in den ich hin und wieder ging, wenn ich vor etwas flüchten wollte, und sei es auch nur vor den heißen Tagen im Sommer, die zwar nicht so häufig vorkamen, aber lästig genug waren, da man entweder schwitzte oder Schicht für Schicht die Kleidung ablegen musste, um nicht schwitzen zu müssen.

In unserem Wohnzimmer drückte eine tief hängende Decke auf ein Sofa und zwei wuchtige Sessel aus cognacfarbenenem Cordsamt mit schwarzen Lederlehnen, einen Perserteppich, einen Schrank aus furnierter Eiche, der herrisch das Zimmer dominierte. Darin befanden sich Nippes und sechs handgeschliffene Weinrömer aus buntem Bleikristall. In der Nische zwischen Couch und Fenster stand eine muschelfarbene Stehlampe mit Jagdmotiven, der Stoff gerüscht und gerafft wie das Kleid einer Kirmespuppe, die man früher an Losbuden gewinnen konnte. Über den Schirm hatte meine Mutter wie jedes Jahr an Silvester Luftschlangen gehängt. Aus der Stereoanlage ertönte James Last. An normalen Tagen aßen wir in der Küche. An Festtagen im Wohnzimmer am Couchtisch, der dafür mit einer Kurbel auf Esshöhe gestellt – und dessen Holzplatte mit braunen Sets vor unliebsamen Flecken geschützt wurde. Heute war so ein Tag, an dem meine Eltern dem Tisch einen Schubs in die Höhe gaben – und dem Leben gleich mit. Früher hatten sie an solchen Tagen eine Flasche »Amselfelder« entkorkt, den lieblichen Rotwein aus dem Kosovo. Meine Eltern waren keine großen Trinker. Meistens reichte ihnen für sie beide zusammen ein Piccolo, an dem sie sich über Stunden festhielten, bis der Sekt abgestanden und warm war. Und wenn sie es so richtig krachen lassen wollten, genehmigten sie sich einen Eierlikör, den meine Mutter selbst ansetzte. So war es auch an diesem Abend. Später, wenn das Essen vorüber war, würde es Salzbrezeln und Nüsschen geben.

Der Heringssalat stieß mir auf, und kurz darauf wickelte mein Vater seine Querflöte aus dem Etui, so behutsam, als würde er einer eleganten Frau aus dem Mantel helfen. So zärtlich hatte ich ihn meiner Mutter gegenüber nie erlebt. Er war Mitglied in einem Volksmusikorchester. Manchmal spielte er nur für uns. An diesen Tagen, an denen der Tisch in die Höhe gekurbelt wurde. Er wäre sehr traurig, wenn ich mir das entgehen lassen würde, sagte meine Mutter und tätschelte meine Hand, die schlaff auf der Lederlehne lag und deren Fingernägel ich mit einem Hauch von Rosa lackiert hatte.

Irgendwann war es zu spät, um ein sechzehnjähriges Mädchen noch gefahrlos außer Haus zu lassen.

»Daheim ist es doch am schönsten«, sagte meine Mutter und nickte zufrieden, als im Fernsehen die Silvesterfeierlichkeiten am Brandenburger Tor begannen und ich vor Müdigkeit schwankte, während über der Hauptstadt die ersten Leuchtraketen in den Himmel stießen. Die Menschen zählten den Countdown des ablaufenden Jahres herunter, und die Menge begann zu jubeln.

Ich ging ins Bett, weil nichts mehr passieren würde. Es war wie immer. Ich hatte mir etwas gewünscht und es nicht *hinbekommen*, es zu *bekommen*. Es hatte noch nie geklappt. Nicht einmal so eine mickrige Silvesterparty mit Fondue und rosa lackierten Nägeln und giftgrüner Bowle.

»Danke fürs Tempo!«

Ich wirbelte herum und blickte in Beas Gesicht, das mich in die Gegenwart zurückholte. »Mein Gott, hast du mich erschreckt! Tut mir leid, ich hab's vergessen.«

»Du vergisst doch sonst nie was.«

»Ich war in Gedanken.«

»Lass uns gehen!«, forderte Bea. »Ich habe keine Lust mehr auf den Totentanz hier.«

Erst jetzt entdeckte sie die Plakette, und nachdem sie die Namen studiert hatte, blickte sie mich voller Entsetzen an.

»Du weißt jetzt schon, wo du begraben sein wirst?«

»Man muss die Dinge rechtzeitig regeln. Mama und ich haben das so entschieden.«

Das war nur die halbe Wahrheit. Meine Mutter hatte das so entschieden. Wie sie alles entschieden hatte.

Meine Hände waren eiskalt.

Bea verdrehte die Augen und stieß einen verächtlichen Laut aus. »Deine Mutter will ihr kleines Mädchen ganz für sich haben. Sogar noch im Tode. Wann hat Mami das denn ausbaldowert, dass du an ihrer Seite liegst?«

»Es hat sich so ergeben«, sagte ich trotzig. »Kein Grund, daraus eine große Sache zu machen.«

Bea grinste höhnisch. »So was ergibt sich nicht einfach

so. Das muss man planen. Mein Herz würde vor Schock gefrieren, wenn ich meinen eigenen Namen an einem Grab lesen würde.«

»Es ist ja kein Grab … in dem Sinne«, entgegnete ich und merkte, wie spröde meine Stimme klang. »Wir haben noch nicht mal einen Grabstein. Es ist ein Wald. Es ist still hier und schön und voller Frieden, und es riecht gut. Es gibt Bäume und Gras, Moos und Blätter und Schmetterlinge.«

»Borkenkäfer«, sagte Bea angewidert. »Spinnen.«

»Die Vögel singen. Im Sommer scheint die Sonne. Und im Winter liegt Schnee auf den Ästen.« Ich lächelte sie an.

»Die Vorstellung, in einem Sarg tief unter der Erde zu liegen, ist doch viel schrecklicher, und vielleicht ist man noch gar nicht richtig tot wie in diesem Edgar-Allan-Poe-Film ›Lebendig begraben‹ und …«

»Ein Gutes hat die Sache hier«, fiel sie mir ins Wort. »Im Wald muss man sich nicht mit der Frage befassen, was man im Sarg trägt. Ich wüsste ehrlich gesagt gar nicht, was man anzieht, wenn man tot ist.« Sie schüttelte den Kopf und tippte sich an die Stirn. »Andere reservieren ein Hotelzimmer in Lloret de Mar und geben nachher eine Bewerbung auf ›TripAdvisor‹ ab. Du reservierst ein Grab.« Sie schüttelte den Kopf.

»Nicht alle verdrängen den Tod so wie du«, sagte ich.

»Nicht alle verdrängen das Leben so wie du«, sagte sie.

Plötzlich schien etwas auf der Namenstafel ihren Blick zu fesseln. »Valena Falsetti. Klingt wie ein Künstlername.«

»Man wüsste schon gern, was das für Leute sind, die neben einem liegen werden«, sagte ich und atmete mit einem langen Seufzer aus.

»Los, komm! Ich will hier weg!« Sie machte auf dem Absatz kehrt, schob die Hände in die hinteren Taschen ihrer Jeans und ging davon.

Ich sah ihr nach. Ziemlich wacklig auf den Beinen, stocherte sie den schmalen Waldweg hinunter, vorbei an den Brombeersträuchern, einem Andachtsplatz mit ein paar schlichten Bänken und einem Altar aus einem Eichenstamm, der von zwei Holzböcken gestützt wurde. Ein paar Rosenknospen lagen auf der Erde, die die Trauergesellschaft von eben dort verstreut hatte.

Als ich sicher sein konnte, dass Bea außer Sichtweite war, tauchte ich in meiner Basttasche ab und griff zu Notizbuch und Kuli.

»Wo bleibst du?«, rief sie.

»Komme!«

Hastig schrieb ich die Namen auf der Plakette ab, verstaute alles wieder und beeilte mich, Bea einzuholen, deren Hintern in der knappen Hose vor mir schaukelte. Ihre Stiefeletten mit den spitzen Absätzen waren nicht das Passende für unebenen Waldboden. Die silbernen Kreolen in ihren Ohrläppchen pendelten bei jedem Schritt. Als sie sich bückte, um ein Blatt abzuzupfen, das auf ihrem rechten Schuh klebte, sah man einen pinkfarbenen String aus Spitze. Sie richtete sich wieder zu voller Größe auf, rückte ihre taillenkurze weiße Lederjacke zurecht, drehte sich zu mir um, steckte sich eine Zigarette an und kniff die Lider zusammen, damit der Rauch sie nicht biss. Sie blies ihn in meine Richtung; ich wedelte ihn weg. Ein ewiges Spiel zwischen uns.

»Was hast du da oben noch gemacht?«

»Nichts.«

»Hat ewig gedauert.«

»Abschied genommen.«

»Du hast die Namen abgeschrieben.«

Sie ließ die Asche vor meine Füße fallen, und aus lauter Verlegenheit zerrieb ich sie mit der Schuhspitze auf einem gelb gefleckten Eichenblatt.

»Quatsch!«

Sie schüttelte den Kopf. »Manchmal frage ich mich, wieso du so völlig anders tickst.«

»Tue ich doch gar nicht.«

»Tust du doch.« Sie zuppelte an meinem Wollmantel. »Du trägst immer noch die Klamotten, die deine Mutter gestrickt hat, du liebst Regen mehr als Sonne und kennst die Lieblingswurstsorten von mindestens einem Drittel aller Einwohner von Wetzlar.«

»Bringt der Job so mit sich. Außerdem übertreibst du.«

»Nenn mir meine!«

»Alle.«

»Haha. So verfressen bin ich auch nicht«, maulte Bea und strich demonstrativ über ihre Hüften. »Bist ein wandelndes Filmlexikon und süchtig nach Labello …«

»Was ist dagegen zu sagen, wenn man sich pflegt?«

»Das ist ein Ersatz für Küsse, wenn du mich fragst.«

»Ich frage dich aber nicht.«

»Eine Frau ohne Liebe ist wie ein Strand ohne Sand. Sie geht vor die Hunde.«

»Wo ist deine?«, fragte ich.

»Ich habe viele kleine. Hier und dort ein Sandhäufchen. Hauptsache Bestätigung. Da muss man es hinnehmen, dass ab und zu auch mal ein Kieselstein dabei ist.«

»Du hast Affären«, widersprach ich ihr. »Keine Lieben.

Wie zu diesem Fernfahrer, der uns dreimal die Woche Ware bringt, bevor er zu seiner Frau und den Kindern nach Hause fährt. Was bist du für den?«

»Frischfleisch«, sagte Bea. »Meinst du, das wüsste ich nicht?«

»Das ist das Gute an dir«, sagte ich. »Du machst dir nichts vor.«

»Du dafür umso mehr. Du willst nicht wirklich deine Grabnachbarn kennenlernen, oder?«

Ich holte tief Luft und wischte ihre Bedenken weg. »Wozu soll das gut sein?«

»Das frage ich mich auch.« Bea kam dicht auf mich zu und schloss mich in die Arme. Sie war bestimmt zehn Zentimeter größer als ich, sie hatte die Hände auf meine Schultern gelegt, und ich spürte das Glimmen der Zigarette zwischen ihren Fingern an meinem Nacken. Aber ich rührte mich nicht, und ich roch ihren Atem, der mit einer Wolke von Moschus kam, als sie sagte: »So was Verpeiltes würde ich dir auch nicht zutrauen.«

»Das würde man niemandem zutrauen«, sagte ich. »Danke, dass du mitgekommen bist.« Ich strich über ihr lackschwarzes Haar, das sie schon seit Jahren knabenhaft kurz trug, auch wenn es früher besser zu den markanten Knochen ihres Beckens gepasst hatte, das mit der Zeit fülliger geworden war.

»Jederzeit wieder«, sagte sie. Sie runzelte die Stirn, senkte ein paar Sekunden lang den Kopf, dann hob sie ihn wieder und durchbohrte mich mit ihren Augen, die zu dunklen Schlitzen geworden waren. »Es ist unfair, dass man geboren wird, um zu sterben. Dann kann man es doch gleich lassen. Findest du nicht?«

Der Parkplatz war voller Autos. Mein roter Ford Fiesta, Baujahr 1997, stand direkt vor dem blauen Dixie-Klo. Eine weitere Trauergesellschaft war eingetroffen und formierte sich hinter dem Pfarrer, der die Urne trug und sich mit dem Zug der Schwarzgekleideten in Bewegung setzte. Bea zwinkerte einem jungen Mann zu. Er lächelte und wandte rasch den Kopf ab.

»Gott, dir ist aber auch nichts heilig«, sagte ich.

Sie zog einen Flunsch und vergaß prompt, dem jungen Mann noch einen letzten Blick hinterherzuschicken. »Wahrscheinlich ist nur seine Großtante gestorben.«

»Wer auch immer. Er hat einen Verlust erlitten.«

»Männer leiden vor allem unter dem Verlust ihrer Männlichkeit. Da wirkt ein kleiner Flirt Wunder.«

Beas breiter Mund wurde durch ihr Lachen noch breiter. Ihre Gesichtszüge waren nicht symmetrisch; ihre Haut war alles andere als makellos. In die Lücke zwischen ihren Schneidezähnen hätte mühelos eine Häkelnadel gepasst. Ihre Lippen waren prall, ihre Augen graugrün wie schmutziges Gras, das vergeblich auf Regen wartete. Sie war nicht schön. Sie war sexy. Sie atmete Sex quasi über ihre Poren aus. Über ihren rasierten Nacken flatterte ein tätowierter Schmetterling. Ihr Busen lockte wie üppige Auslegeware im weit aufgeknöpften Ausschnitt ihrer weißen Bluse. Sie tänzelte auf der Stelle und grinste, während sie sich mit der Zungenspitze einen Klecks ihres zähflüssigen Lipgloss im Ton einer pinkfarbenen Pfingstrose aus dem Mundwinkel leckte. »Ihn schützt nur seine Großtante in der Urne. Oder wer auch immer.«

»Vor wem? Vor dir?«

»Vor sich selbst.« Sie lachte ihr Ganzkörperlachen, das

sie von oben bis unten durchschüttelte. Bea nahm nichts ernst. Nicht die Männer. Nicht die Liebe. Es kommt, wie es kommt, war ihr Motto. Es war nur dann dumm, wenn gar nichts kam.

Sie ließ die Kippe fallen und trat sie mit der Schuhspitze aus, während ich ihr die Beifahrertür aufschloss.

»Du bist unersättlich«, sagte ich.

Sie lachte und zwickte mich in die Wange. »Ich habe nur dieses eine Leben, und ich will, dass es strahlt. Ist doch nicht zu viel verlangt.«

Ich startete den Motor.

»Warum klebst du eigentlich immer hinterm Steuer wie ein Affe am Schleifstein?«, sagte Bea. »Fehlt nur noch der Wackeldackel oder die Klopapierrolle unterm Häkelhut auf der Ablage.«

Ich suchte noch nach einer passenden Antwort, da redete Bea schon weiter: »Immer wenn's um Tod geht, denke ich an Sex. Ich kann gar nicht anders. Oder ich kriege Hunger. Wahrscheinlich meint man mit Leichenschmaus genau das. Man denkt an ein schönes saftiges Schnitzel. Ich freue mich schon auf deine morgen. Du machst die besten.«

Und ich freute mich darauf, dass dann wieder ein Sonntag vorbei war. Sie waren das Schlimmste. Vor allem wenn ein langer einsamer Winter vor einem lag.

3. Kapitel

Schnitzel gingen gut am Montag. Wie eigentlich alles. Nach dem Wochenende waren die Kühlschränke leer, die Kunden strömten in den Supermarkt, der direkt an der Ecke lag gegenüber der Eisdiele *Bacio,* der *Taunus*-Apotheke und der *Blumenstube* in der kleinen Einkaufspassage der Wohnstadt, wie wir dieses Viertel nannten.

Der Job in der Fleischabteilung war so gut wie jeder andere, den ich zuvor hatte. Nicht besser, nicht schlechter. Nach der mittleren Reife hatte ich eine Lehre als Verkäuferin im Einzelhandel gemacht. Ich hatte immer gern mit Lebensmitteln zu tun gehabt, und mein Lieblingsspielzeug als Kind war mein Kaufmannsladen. Ich verspürte heute noch ein Gefühl der Freude, wenn ich an die kleine Kasse auf der hölzernen Verkaufstheke, die winzige Waage, die dreieckigen rosa Papiertütchen für die Plastikzitronen, die Minischachteln mit Ariel und Dr. Oetker-Götterspeise dachte.

Nach mehreren Stationen in großen Märkten war ich vor zehn Jahren in diesem kleinen gelandet, der familiär wirkte und den Vorteil hatte, in Fußwegnähe meiner Wohnung zu liegen. Ich arbeitete sechs Tage die Woche von acht bis halb eins und von halb drei bis sieben Uhr am Abend. Am Samstag gab es keine Mittagspause, dafür war um 16 Uhr Schluss. Für mich ging's um die Wurst. Ich stand an der Theke und verkaufte Presskopf, Salami und Landjäger oder ging in der Küche hinter dem Verkaufsraum unserem Metzger zur Hand, briet Schnitzel, Koteletts und Frikadellen. Dort war ich lieber als im Laden. Ich stellte leise das alte Radio an, das seit Ewigkeiten oben im Regal stand, lackiert mit einer Schicht aus Fett und Staub, und bereitete die Speisen zu, die vorne im Laden verkauft wurden. Meine Salate hatten es zu einer bescheidenen Berühmtheit gebracht. Das war immerhin etwas. Sonst hatte ich kein Talent, mit dem ich Großes hätte vollbringen können. Ich konnte nicht singen. Nicht tanzen. Nicht malen. Ein Leben ohne Höhen und Tiefen, irgendwie unfertig, das immer in der Spur lief. Noch nicht mal das Standardmodell, denn dazu gehörten Mann und Kinder, aber das war der Strand ohne Sand, von dem Bea gesprochen hatte. Manchmal, wenn er Lust hatte zu plaudern, kam mein Chef in seinem weißen Kittel nach hinten in die Küche. Gern auch während der Mittagspause, in der ich oft nicht nach Hause ging, weil auf mich nur meine Mutter wartete – und auf ihn seine Frau. Die beiden führten den Markt gemeinsam. Er saß in einer Art Kommandozentrale in einem Kabuff hoch über dem Obst und Gemüse, zu dem man nur über eine schmale Stiege kam und von wo aus er Anweisungen übers Mikrofon gab, Sonderangebote vorlas oder Kunden darum bat, ihr Auto aus dem Parkverbot zu entfernen. Sie saß an der Kasse. An der zweiten saß Bea. Seit der Schulzeit war sie meine beste Freundin. Irgendwann hatte ich sie hergeholt, als eine neue Kassiererin gesucht wurde und der Salon, in dem sie als Friseurin gearbeitet hatte, pleite war. Unter dem Personal hatte es sich längst herumgesprochen, dass die Schnorrs eine unglückliche Beziehung führten. Sie war in etwa so kaputt wie die seit Jahren defekten Deckenleisten über der Tiefkühltruhe mit den Fischgerichten. Ich war am liebsten allein, wenn ich arbeitete, träumte vor mich hin und genoss es, den Ghettoblaster in der Mittagspause etwas lauter zu stellen. Manchmal träumte ich zu sehr, dann mähte die Klinge des Messers ein Stück Haut von meinem Finger.

Ich wusste von Bea, dass Frank Schnorr schon so manchen Annäherungsversuch bei ihr gestartet hatte. Seine Frau wusste es auch, und man sah ihr an, dass sie es wusste. Ihre Gesichtshaut wurde noch etwas blasser, wenn sie Bea und ihren Mann miteinander reden sah, auf ihren Wangen zeichneten sich rote Äderchen ab, ihre Stimme schraubte sich in die Höhe, ihre Nase erschien spitzer und ihre Lippen schmaler als sonst, was fast nicht möglich schien, aber irgendwie kriegte sie immer noch eine Steigerung ihres Zitronenmündchens hin. Ich hätte wetten können, sie wäre froh gewesen, Bea los zu sein, damit sie Frank nie mehr mit ihrem Moschusduft verrückt machen konnte und mit ihrem prächtigen Becken, das wunderbare Dinge in Aussicht stellte. Aber Bea machte ihren Job gut, man konnte nichts gegen ihre Arbeit sagen, sie war flink und beliebt bei den Kunden, außerdem würde sie nie etwas mit Frank Schnorr anfangen, der in ihren Augen nichts anderes war als ein lüsterner Mann mittleren Alters aus dem Kabuff über den Bananen. Sie spielte höchstens ein bisschen »Männerverarsche« mit ihm, wie sie es nannte.

Es war kurz vor drei an diesem Montagnachmittag. Im Laden war es ruhig. Nach dem Vormittagsbetrieb würde der nächste große Ansturm zwischen 16 und 18 Uhr kommen, wenn die Menschen aus den Fabriken und Büros heimkehrten und fürs Abendessen einkauften. Ich beschäftigte mich mit Dingen, die den weniger hektischen Augenblicken vorbehalten waren. Ich reinigte die Glasscheibe, die die Mortadella vor den Menschen schützte, spülte die Löffel aus den Gefäßen mit Feinkostsalaten und die Vorlegegabeln für die Wurst und wienerte sie, bis sie blank waren wie frisch geprägte Münzen. Ich wog Fleischsalat ab, hausgemacht, unser Angebot des Tages, zweihundert Gramm im Becher für 1,19 Euro.

»Entschuldigung«, sagte eine weibliche Stimme hinter mir.

Ich fuhr herum und erblickte eine Frau meines Alters mit einem kleinen Jungen an der Hand, der ungefähr sechs Jahre alt sein mochte.

»*Sie* müssen entschuldigen!«, sagte ich lächelnd. »Ich habe Sie nicht gesehen.«

»Sie waren beschäftigt. Den Zipfel Geflügelfleischwurst, bitte! Ohne Knoblauch.«

»Sehr gerne.«

»Kennen wir uns nicht?«

Da ich ihr keine Wurstsorten zuordnen konnte, war ich mir sicher, dass sie nicht zu unserem Kundenstamm zählte.

»Jetzt hab ich's«, sagte sie, »wir kennen uns aus dem Krankenhaus.«

Als ich nicht gleich reagierte, fuhr sie fort: »Dem Klinikum in der Forsthausstraße. Unsere Mütter lagen zusammen auf einem Zimmer.«

Mit Grauen dachte ich an die Zeit zurück, als meine Mutter nach ihrem Herzinfarkt dort gewesen war. Matt und bleich hatte sie in den Kissen gelegen. Die Stimme gebrochen. Das Gesicht wie aus Wachs. Ich war hin- und hergehetzt zwischen Supermarkt und Klinik, mehrmals täglich. Waren nur vier Minuten mit dem Auto.

»Wie geht es Ihrer Mutter?«, fragte die Kundin.

»Sie ist tot.«

»Das tut mir leid.« Sie seufzte. »Wenn man so etwas hört, dann mag man gar nicht weitermachen, als sei nichts, und nach einem Viertel Schwarzwälder Schinken verlangen, nicht wahr?«

»Dafür bin ich da«, sagte ich.

Höflichkeit war das oberste Gebot. Dazu gehörte auch die Wurst für die Kinder. »Kinder sind die Kunden von morgen«, pflegte Frau Schnorr zu sagen. »Denken Sie daran«, hatte sie uns neulich erst auf einer Mitarbeiterversammlung eingeimpft, »früher reichte es, auf den Wunsch eines Kunden hin ›gerne‹ zu erwidern. Heute reicht das nicht mehr. Heute muss es heißen: ›sehr gerne‹. Und das ›sehr‹ muss im Brustton der Überzeugung kommen. Sie müssen alles ›sehr gerne‹ tun, selbst wenn Sie es vor Rückenschmerzen nicht aushalten.«

Die nächsten Tage unterschieden sich nicht von den vorangegangenen. Ich verkaufte Leberkäse, Schwartenmagen und Zwiebelmett, und manchmal leistete ich Bea in einer kurzen Pause auf dem Hof Gesellschaft, wo sie rauchen konnte, während sie mit den Lastwagenfahrern flirtete, die neue Ware brachten, Milch und Matjes im Glas und Mangos. Eines Nachmittags stand wieder die Kundin an der Wursttheke, deren Mutter zusammen mit meiner im Krankenhaus gewesen war. Wieder hatte sie ihren Sohn dabei, wieder verlangte sie Schwarzwälder Schinken und Wienerle fürs Kind, stellte sich vor als Silke Bender und sagte:

»Verzeihen Sie meine Neugier, aber woran ist Ihre Mutter gestorben, wenn ich fragen darf?«

»Sie hatte eine Lungenentzündung. Diesmal war es nicht das Herz«, sagte ich, während ich vier Wiener in Papier hüllte und mit einer zweizinkigen Gabel eine Scheibe Gelbwurst zu einer Rolle drehte und sie dem Jungen über die Theke reichte.

»Damals doch auch nicht«, entfuhr es ihr.

Mitten in der Bewegung hielt ich inne, zog die Gabel zurück und merkte, dass es mir plötzlich nicht mehr ganz so leicht fiel, die von mir verlangte Freundlichkeit an den Tag zu legen. »Wie meinen Sie das?«

»Meine Mutter hat mir erzählt ...«, begann Silke Bender.

»Mama, ich will die Wurst!« Der Junge schnaufte und wies mit ausgestrecktem Zeigefinger auf mich. »Die soll die mir geben!«

Silke Bender beugte sich halb hinunter zu ihrem Sohn. »Meinst du nicht, es wäre nett, Spätzchen, wenn du ›bitte‹ zu der Tante sagen würdest?«

»Ihr Junge braucht eine klare Ansage«, mischte sich Frau Wagner ein, eine betagte Kundin aus der Uhlandstraße (Pfälzer, Teewurst, Bratenaufschnitt), die soeben an den Tresen getreten war. »›Ich möchte, dass du *bitte* sagst!‹ So geht das!«

»Was fällt Ihnen ein, sich in meine Erziehung einzumischen?«, fauchte Silke Bender, bevor sie sich wieder an mich wandte. »Ich weiß ganz sicher, dass man bei Ihrer Mutter nichts gefunden hat. Alle Untersuchungen, Labor, Röntgen, Ultraschall, EKG, waren in Ordnung.«

»Woher wollen Sie das wissen?«, stieß ich zwischen zusammengepressten Zähnen hervor.

Sie beugte sich etwas weiter über den Tresen, hielt verschwörerisch eine Hand vor den Mund und flüsterte: »Vor der Bettnachbarin kann man nichts verbergen in diesen winzigen Zimmern.«

Plötzlich verspürte ich eine tiefe Abneigung gegen diese Frau.

Nichts anmerken lassen, ermahnte ich mich. Höflich bleiben. Zuvorkommend. Bloß nicht pampig werden. Darin hast du doch Erfahrung. Also, halt den Mund, verkaufe ihr weiterhin totes Schwein und denk an was Schönes.

»Man könnte auch sagen: Ihre Mutter hat sich da was eingebildet. Der Arzt hat gesagt, es sei psychisch. Eine Spirale aus Panik und Angst.«

»Sie kam mit akuten Problemen in die Klinik, hatte Beklemmungsgefühle, Atemnot, Herzstolpern, Druck auf der Brust. Das kann man sich wohl schlecht alles einbilden.«

»Könnten Sie Ihre Privatunterhaltung bitte beenden! Ich hab's eilig«, sagte Frau Wagner, während sie sich mit einem Plastikspießchen einen Würfel der Lyoner in den Mund schob, die auf der Theke zum Probieren auslag.

»Dass Rentner nie Zeit haben«, sagte Silke Bender. »Könnte Maximilian jetzt bitte die Wurst bekommen?«

»Seien Sie versichert: Meine Mutter war krank«, raunte ich ihr zu, während ich ihrem Sohn die Scheibe reichte. »Ernsthaft krank.«

»Möchtest du nicht ›danke‹ sagen, mein Schatz?«

»Ich will ›Capri Sonne‹!«

Silke Bender lachte ein dünnes Lachen in meine Richtung. »Immer neue Wünsche, nicht wahr?«

»Ich will ›Capri Sonne‹!« Maximilian stampfte mit dem Fuß auf.

»Manchmal«, fuhr sie fort, während sie ihren Sohn zu ignorieren versuchte, »äußern sich Neurosen in Form von körperlichen Schmerzen … Ein Viertel Harzer Mettwurst mit Bärlauch, bitte!«

»Sie wollen also sagen: Meine Mutter war eine Hypochonderin?« Meine Wangen begannen zu glühen, während ich die Wurst abwog.

»Das haben Sie gesagt. Welchen gekochten Schinken können Sie mir empfehlen?«

Ich pustete mir eine Strähne aus der Stirn, die sich unter meiner weißen Kopfhaube gelöst hatte, und räusperte mich. »Der italienische mit Rosmarin wird gern genommen.«

»Aber bitte hauchfein geschnitten, knapp hundert Gramm.«

»Sehr gerne.«

Auch sie eine Verfechterin der Unsitte, dachte ich verärgert, alles transparent gehobelt zu verlangen, jede Salami- und Schinkenscheibe schleierdünn wie ein Streifchen Mull, um sich wie ein Feinschmecker zu fühlen. Währenddessen schimpfte Frau Wagner mit Lyoner im Mund: »Haben Sie heute kein Gelee da?«

»Ist leider aus«, sagte ich.

»Was ist Gelee, Mama?«

»Wackelpudding mit Fleischsaft.«

Der Junge simulierte einen Würgereiz.

»Könnte sich Ihr Bengel bitte Kommentare zu meiner Bestellung verkneifen?«, empörte sich Frau Wagner, bevor sie sich wieder an mich wandte. »Sie bieten Schweinebraten an und haben kein Gelee da? Ist das Ihr viel beschworener Dienst am Kunden?«

»Ich will ›Capri Sonne‹!«

»Gleich, Schatz!«

»Das kann schon mal vorkommen«, versuchte ich Frau Wagner zu besänftigen.

»Das darf nicht vorkommen«, sagte sie. »Besorgen Sie welches!«

»Auf die Schnelle lässt sich das wohl nicht machen«, stieß ich hervor, atmete einmal tief durch und schob in versöhnlichem Ton nach: »Gelee wird sowieso überbewertet, finden Sie nicht?«

»Das lassen Sie mal meine Sorge sein«, sagte sie. »Wo haben Sie Ihre guten Manieren gelassen?«

Ich hasste sie. Und ich hasste mich, weil ich mir wieder einmal wünschte, ich hätte alles anders gemacht und müsste nie mehr eine weiße Haube tragen und über Glibberwürfel mit Maggi nachdenken und ständig »sehr gerne« sagen.

Kalter Schweiß brach mir im Nacken aus und lief zwischen meinen Schulterblättern hinab, während mir heiße Röte in die Wangen schoss. Ich hatte das Gefühl, es war zu wenig Sauerstoff im Laden, und schnappte nach Luft.

An was Schönes denken.

Meeresrauschen.

Vogelgezwitscher.

Silke Bender lächelte mich an: »Noch ein Stück von der Kalbsleberwurst im Golddarm! Und das wär's dann für heute.«

»Sehr gerne.« Ich setzte das Messer an die Pelle und blickte fragend zu ihr hoch.

»Ein bisschen mehr.«

Ich gab einen Zentimeter dazu.

»Ein bisschen weniger.«

Das Ganze einen halben Zentimeter zurück.

»Das ist jetzt zu wenig. Man will ja noch Wurst im Papier haben.«

Ein paar Millimeter mehr.

»Warum nicht gleich so?«

Warum, schoss es mir durch den Kopf, hatte meine Mutter mir nie erzählt, dass sie gar keinen Infarkt gehabt hatte?

Immerhin hatte mich ihre Erkrankung daran gehindert, vor sechs Jahren mit dem Mann zusammenzuziehen, bei dem ich zum ersten Mal weiche Knie bekam. Den ich auf der Weihnachtsfeier unserer Belegschaft kennengelernt hatte, im Balkan-Restaurant gleich nebenan, wo er mit Kollegen am Nachbartisch saß. Er war Steinmetz, ein lustiger Kerl. Mit ihm konnte ich lachen, er hörte mir zu, er mochte wie ich Schlager und deftige Küche und glaubte daran, dass ein Schnaps zuverlässig bei der Verdauung half. Ich träumte davon, mit ihm zu leben. Ich träumte davon, mit ihm gemeinsam am Samstag die Wohnung zu putzen, am Sonntagmorgen im Bademantel zu frühstücken, ab und zu ins Kino zu gehen, auf eine schöne Hochzeit zu sparen und in den Flitterwochen nach Bulgarien zu reisen. Ich träumte von einem weißen Kleid aus Crêpe de Chine, Herzluftballons, einem Reisregen und einer dreistöckigen Torte mit Marzipanrosen. Als meine Mutter herzkrank wurde, erwachte ich aus meinen Träumen, blieb bei ihr wohnen, begleitete sie regelmäßig zum Arzt und sortierte am Sonntagabend nach der »Lindenstraße« die Wochenration ihrer Tabletten in die kleinen weißen Plastikkästchen einer Pillenbox mit der Aufschrift der Wochentage. Irgendwann verlor der Steinmetz das Interesse und lernte eine andere kennen. Ich konnte es ihm noch nicht mal verübeln.

Meiner Mutter war es selbstverständlich vorgekommen, dass ich bei ihr blieb. Ihr Herzinfarkt war reine Panik vor dem Alleinsein. Das kapierte ich jetzt. Und so war mein Leben in all den Jahren nichts anderes gewesen als eine Art Wurmfortsatz ihres eigenen.

Erst als ich den Aufschrei von Frau Wagner vernahm, etwas gedämpft durch einen weiteren Würfel Lyoner in ihrem Mund, sah ich es. Ich hatte mir in den Finger geschnitten.

Immer wieder hatte ich den Leitfaden über sicheres Arbeiten an der Bedientheke durchgelesen. Hatte mir alles eingeprägt. Gründlich, wie es meine Art war. Wusste, was man beim Umgang mit der Schneidemaschine und dem Messer zu beachten hatte, wie verhängnisvoll Unachtsamkeit sein konnte.

Und nun? Nur einen Moment lang war ich nicht bei der Sache gewesen, hatte mich in Gedanken verloren, vor mich hingeträumt. Die Wunde im linken Zeigefinger schien recht tief zu sein. Das Blut schoss heraus, floss auf das weiße Schneidebrett und perlte an der goldenen Wursthülle ab.

»Igitt«, rief der Junge. »Die Frau ist so was von eklig, Mama«

Ich riss ein paar Papiertücher aus der Halterung an der Wand, wickelte einen Strang davon um den blutenden Finger und rannte kopflos davon.

Eklig.

Ich jagte durch die Gänge, rempelte eine Frau mit einem Kinderwagen an, stolperte beinahe über einen Einkaufskorb, der mitten im Gang stand, und schaffte gerade noch einen Schlenker nach links, um einem Pappaufsteller auszuweichen, auf dem das Foto einer Partyrunde für neue Fonduesoßen warb. Kein schlechtes Timing jetzt, da es auf Weihnachten und Silvester zuging. Eine Cornflakes-Packung fiel zu Boden, die etwas zu weit aus dem Regal herausragte und die ich mit der Schulter streifte.

Bea an der Kasse schaute mich groß an, als ich wortlos in meinem Kittel aus dem düsteren Laden auf die Straße stürzte.

Aus den Augenwinkeln sah ich, wie Bea Bodylotion und Brokkoli durch die Kasse scannte und mir mit offenem Mund eine Kaugummiblase hinterherschickte. Kaugummi zu kauen war während der Arbeitszeit verboten. Doch ich wusste von Bea, dass sie immer einen in der Kuhle zwischen Zunge und unterer Zahnreihe in Reserve hatte, wo es niemand bemerkte. Ich hätte mir fast was darauf eingebildet, dass es etwas gab, womit ich sie überraschen konnte. Das kam nicht oft vor.

Zu Hause vor dem Badezimmerspiegel kam ich wieder zur Besinnung. Erst jetzt merkte ich, wie verspannt mein Körper war, wie steif mein Nacken. Mein Kiefer schien eingerostet von dem Dauerlächeln, das ich während der Arbeit im Gesicht trug, meine Augenlider brannten vor Anstrengung. Immer noch hatte ich meinen Kittel an, und auf dem Kopf saß nach wie vor das weiße Häubchen, das ich beim Verkauf tragen musste, weil es die Lebensmittel vor Haaren und Hautschüppchen schützte. Ich desinfizierte die Wunde und legte einen Verband an, den ich mehrmals täglich wechseln würde. Ich hatte Erfahrung mit Verletzungen. Mit denen, die man sah. Und solchen, die unsichtbar waren. Ich war ein ängstlicher Mensch, und ich stellte mich darauf ein, später eventuell einen Arzt konsultieren zu müssen. Die Wunde konnte zu eitern beginnen, der Finger taub werden. Wer sagte mir, dass nicht ein Nerv durchtrennt war? Ich war froh, dass meine Mutter vor ein paar Jahren auf Auffrischung meiner Tetanus-Impfung gedrängt hatte.

Nur vor sich selbst hatte sie mich nicht schützen können. Auf einmal war alles klar. Die plötzlich wieder einsetzenden Herzbeschwerden letzten Sommer, als es Anfang August brüllend heiß geworden war. Am Himmel hatte seit Tagen keine Wolke gestanden, die Sonne hatte alles weggebrannt. Bea und ich hatten beschlossen, eine Woche an die Nordsee zu fahren, in die winzige Ferienwohnung von Beas Tante auf der Insel Wangerooge. Ich hatte mich gefreut. Es würde herrlich sein, aus der Stadt herauszukommen, sich eine Kuhle im Sand zu graben und im Meer zu schwimmen, die Boote auf dem Wasser zu beobachten und unter einem bunt gestreiften Sonnenschirm zu liegen. Es war das, was Menschen taten, wenn die Tage weiß und grell waren, wenn die Nächte keine Kühlung brachten und wenn das bisschen Wind, das manchmal aufkam, die Hitze in der Wohnung nur hin und her wedelte. Ich hatte meinen Koffer fertig gepackt und wollte Bea abholen, als meine Mutter sich an die Brust gefasst und nach Luft gerungen hatte. Ich hatte Bea abgesagt. Sie war allein gefahren und kaum erstaunt gewesen. Sie hatte damit gerechnet, sagte sie später, dass etwas dazwischenkommen würde.

Meine Mutter aber hatte mir am Abend des Tages, der zur Abreise vorgesehen war, die Hand getätschelt. »Es ist nicht schön, immer einen Engel zu brauchen. Aber es ist gut, einen zu haben.«

»Es ist nicht schön, immer ein Engel zu sein«, hatte ich leise erwidert.

Sie hatte es nicht gehört, hatte gelächelt und sich einen Eierlikör eingeschenkt.

4. Kapitel

Die ganze Geschichte begann an diesem novembertrüben Dienstagmorgen. Mein Finger puckerte so sehr, dass ich mich krankmeldete, was ich sonst nie tat. Ich schleppte mich immer zur Arbeit, irgendwie. Es war weniger mein Finger, der mich quälte, als der Wunsch, einmal kein Engel zu sein. Meine Chefin war sauer, als ich ihr telefonisch Bescheid gab. Über meinen Auftritt gestern müssten wir ohnehin noch reden, sagte sie. »Erst richten Sie ein Blutbad an …«

»Tut mir leid.«

»Dann rennen Sie davon, als wäre der Leibhaftige hinter Ihnen her.«

»Tut mir leid.«

»Sehen Sie zu, dass Ihr Finger schnell heilt. Wir brauchen Sie. Gute Besserung.«

»Vielen Dank.«

Ich legte auf.

Tut mir leid.

Vielen Dank.

Sehr gerne.

Mir dröhnte der Kopf, und ich schnitt eine Grimasse. Ich hatte das alles satt.

Plötzlich im Besitz eines freien Tages holte ich mein Notizbuch hervor und studierte die Namen, die ich mir am Sonntag vom Stamm der Buche Nummer 1071 abgeschrieben hatte. Thaddäus Mahn las ich. Geboren 1942. Valena Falsetti. Geboren 1947. Fritz König. Geboren 1930. Ana Blumenberg. Geboren 1976. Nicht *Anna. Ana*. So als käme der Name schlaftrunken daher, wo er eigentlich voller Tempo und Temperament angerauscht kommen müsste. Weiß der Himmel, wieso dieses eine N einfach so aus der Reihe getanzt war oder wie eine Masche beim Stricken fallen gelassen wurde.

Ich machte mir Frühstück. Die Küche war ein kleiner quadratischer Raum aus dunklem Holz, in der sich seit den Siebzigern nichts verändert hatte. Wie immer aufgeräumt, wie immer alles an seinem Platz. Ehrlich gesagt, wusste ich noch nicht einmal, wie man Unordnung macht. Ich kochte Kaffee und ein Ei, steckte zwei Weißbrotscheiben in den orangefarbenen Toaster, auf den ich als kleines Mädchen Prilblumen geklebt hatte, die inzwischen verblasst waren. Im Wohnzimmerschrank befand sich das weiße Service mit Goldrand (für gut), im Hängeschrank in der Küche ein braunes aus Steingut (für jeden Tag). Ich nahm ein Alltagsgedeck, setzte mich, butterte meinen Toast, köpfte mein Ei, griff zu einem kleinen Streuer aus dunklem Holz und ließ Salz auf den weich gekochten Dotter rieseln.

Als ich Anfang zwanzig war, hatte ich davon geträumt, allein zu leben. Gelbe Tulpen in Vasen zu stellen. Mich nicht länger an feste Essenszeiten zu halten und am Sonntag nicht um acht Uhr aufstehen zu müssen, weil jemand aus der Gemeinde vor dem Gottesdienst vorbeikommen könnte, dem man nicht im Nachthemd begegnen durfte. Ich hatte mich darauf gefreut, amerikanische Krimis zu gucken, in denen es von Leichen nur so wimmelte, nackt vom Bad ins Schlafzimmer zu huschen und keine Schnittchen mehr zu essen, die meine Mutter »bunt« nannte, nachdem sie sie mit *Perlzwiebelchen* und *Gürkchen* und süßsauer eingelegten *Maiskölbchen* garniert hatte. Heimlich sah ich mich damals mit zweiundzwanzig nach einer Wohnung um, anderthalb Zimmer, Kochnische, Nasszelle würden reichen. Selbst das Wort »Kochnische« klang nach Freiheit, und »Nasszelle« hatte einen Hauch von Obszönität. Doch dann starb mein Vater, der um einiges älter als meine Mutter gewesen war, und der Zeitpunkt eines Auszugs war denkbar ungünstig. Das konnte ich meiner Mutter nicht antun. Fast dreizehn Jahre vermied ich alles, was ich ihr nicht antun konnte.

Außer meiner Beinahe-Verlobung mit dem Steinmetz hatte ich hin und wieder ein kleines Abenteuer, zu unwichtig, um darüber zu reden. Nie blieb ich über Nacht bei einem Mann. Wir hinterließen nur ein paar Spuren auf dem Laken, aber nicht im Leben des anderen. Ich kam immer wieder nach Hause; alles andere wäre mir vor meiner Mutter peinlich gewesen.

Nachdem ich den letzten Bissen Honigtoast mit Kaffee hinuntergespült und zwei neue Scheiben in die Öffnung zum Rösten gesteckt hatte, hielt es mich nicht länger am Tisch. Ich setzte mich ins Wohnzimmer an meinen alten Computer, der auf der Arbeitsplatte des antiken Sekretärs stand, ignorierte die Brotscheiben, die geräuschvoll aus dem Toaster hüpften, und googelte die Namen, die ich im Friedwald aufgeschrieben hatte.

Und damit begann nun endgültig diese ganze wahnwitzige Geschichte, die mein Leben für immer verändern sollte.

Valena Falsetti war eine bekannte Operndiva, die in Wiesbaden lebte und schon lange nicht mehr auftrat. Ihr Name war mir bekannt vorgekommen, irgendwo war ich schon mal auf ihn gestoßen. Über Thaddäus Mahn fand ich nichts. Ebenso wenig wie über Fritz König. Auf Ana Blumenberg war ich besonders gespannt. Sie war nur drei Jahre älter als ich. Wie mochte sie sein? Was liebte sie? Was hasste sie? Wovor hatte sie Angst?

Ihren Namen fand ich sofort. Auf der Website eines Fünf-Sterne-Hotels im Taunus ploppte ihr Porträt auf. Sie war die Direktorin. Auf anderen Fotos war sie in eleganten Kostümen bei der Begrüßung von VIP-Gästen zu sehen. Eine schöne Frau mit unnahbarer Miene, blond wie Sommerweizen, groß und schlank, neben der man nicht stehen wollen würde, wenn die eigenen Haare den Farbton angelaufenen Messings hatten, die Augen von einem nicht weiter erwähnenswerten Blau waren, die Nase einen kleinen kecken Schlenker nach oben machte und sich ein paar Pfunde an der unteren Körperhälfte angedockt hatten. Vielleicht übertreibe ich etwas, aber ich hatte nun mal die Figur einer Frau, die nie Sport getrieben und ständig die falschen Sachen gegessen hatte. Ana Blumenberg dagegen war der Typ für Parmaschinken und Mailänder Salami, aber so was von hauchfein geschnitten. Wenn sie nicht sogar Vegetarierin war.

Aufhören, dachte ich.

Schluss.

Aus.

Es reicht.

Den Notizblock mit den Namen zuklappen. Den Computer ausschalten.

Wieso ich genau das *nicht* tat, sondern erneut den Block zur Hand nahm, mich an den Namen mir unbekannter Menschen festkrallte und nach einigem Zögern die Bestatterin anrief, über die meine Mutter vor sechs Jahren die beiden Grabstellen für uns gekauft hatte, kann ich mir heute noch nicht erklären. Die Frau hieß Mareike Schmitz. Meine Mutter hatte ihr eine Tasse Kaffee und dänisches Buttergebäck angeboten, hatte ihr von ihrem Herzinfarkt erzählt (»Man muss Vorsorge treffen, nicht wahr?«) und davon, dass mein Vater im Familiengrab seiner Eltern beigesetzt worden war (»Nun sind mein Mädchen und ich alleine«). Als Frau Schmitz wieder gegangen war, besaßen wir zwei Ruhestätten an der Buche Nummer 1071 auf einem bewaldeten Höhenzug im Taunus, eine gute Dreiviertelstunde mit dem Auto von unserem Wohnort entfernt. Sie kosteten zusammen rund eintausendfünfhundert Euro, die meine Mutter bezahlt hatte, ohne mit der Wimper zu zucken.

Sie hatte uns quasi eine Runde Sterben spendiert.

Mareike Schmitz konnte sich sofort erinnern. »Ihre Mutter war eine weitsichtige Frau«, sagte sie. »Seien Sie froh, dass alles geregelt ist und Sie später keine bösen Überraschungen erleben.«

Ich hätte ihr jetzt entgegnen können, dass das Verbrennen des eigenen Leichnams samt Sarg in doppelter Spielfilmlänge bei siebenhundertfünfzig Grad durchaus in die Kategorie »böse Überraschung« fällt, aber ich verkniff es mir und sagte stattdessen: »Ich würde gern die Leute von meinem Baum kennenlernen.«

»Da müssen Sie die Verwaltung vom Friedwald anrufen. Warum interessiert Sie das, wenn ich fragen darf?«

»Möchte man nicht wissen, wen man zum Nachbarn hat?«

»Wir dürfen keine Adressen herausgeben«, sagte kurz darauf eine Dame, die sich als Gabriele Mally vorgestellt hatte. »Wir unterliegen dem Datenschutz. Aber es gibt die Möglichkeit, an einer unserer Waldführungen mit einem Förster teilzunehmen. Da begegnen sich manchmal die, die sich einen Baum teilen, und man trinkt vielleicht einen Kaffee zusammen. Das ist ja das Wunderbare am Wald: Er nimmt dem Tod seine Muffigkeit.«

Ich schwieg.

»Ich kann den anderen an Baum 1071 gern Ihre Kontaktdaten zukommen lassen«, sagte Frau Mally in mein Schweigen hinein. »Wer Interesse hat, setzt sich mit Ihnen in Verbindung. Möchten Sie das?«

Wollte ich das wirklich? Wollte ich, dass mich ein Wildfremder abends zwischen Käsebrot und Tagesschau anrief und sagte: »Unsere mineralischen Knochenbestandteile, unsere Zähne und nicht brennbaren Implantate werden demnächst Seite an Seite liegen. Wollen wir nicht bei Gelegenheit mal auf gute Nachbarschaft anstoßen?«

Himmel, ich war verrückt geworden! Das Ganze war eine Schnapsidee. Eine widerspenstige Strähne fiel mir in die Stirn. Ich klemmte sie hinters Ohr.

Ich hatte fast fünfunddreißig verdammte Jahre damit zugebracht, ein ganz gewöhnliches Mädchen zu sein. Es war wirklich an der Zeit, etwas Ungewöhnliches zu machen.

»Ja, das möchte ich.« Dann griff ich zum Labello, den ich immer in Reichweite hatte, und kleisterte reichlich davon auf meine trockenen Lippen.

5. Kapitel

Inzwischen war es früher Nachmittag geworden. Ich lief zu meinem Auto, das am Straßenrand stand, ließ mich auf den Sitz fallen, startete den Motor und fuhr los. Ich scherte aus, und damit meine ich nicht nur die Parklücke. Heute ging nichts seinen gewohnten Gang. Es war nur ein Gefühl, dass es Tage gab wie diesen, Tage, an denen vielleicht irgendetwas passieren würde, etwas, das die Dinge für immer verändern konnte und dem Leben eine neue Richtung gab. Aber noch redete ich mir ein, dass ich lediglich eine Spazierfahrt machen würde, weil es zu Hause nichts gab, was auf mich wartete. Niemanden, dessen Lieblingsgeräusch es war, meinen Schlüssel im Türschloss zu hören. Ich hatte Zeit. Zeit war das Einzige, was ich hatte.

Es machte mir noch nicht einmal etwas aus, dass es in dieser Minute anfing zu regnen und dicke Tropfen auf mein Autodach pladderten. Ich war kein Profi im Aufbrechen und Wegfahren und Davonjagen, hatte keine Erfahrung darin, allein an andere Orte zu kommen, an fremde Orte, seien sie auch noch so nah, und mich sanft durch den Tag treiben zu lassen. Büsum oder Brocken mit meinen Eltern, als ich Kind war. Ein paar Tage Gardasee oder Lüneburger Heide später dann als junge Frau. Zu mehr als zu diesen Busreisen mit meiner Mutter war es nie gekommen. In

Italien hatte mir der Busfahrer schöne Augen gemacht, aber das lag vermutlich nur daran, dass ich mit Abstand die Jüngste war.

Meine Fantasie hatte mich an Orte gebracht, an denen es blauen Himmel, gleißendes Sonnenlicht, Meer, Hunderte von bewältigten Kilometern im Rücken, fremde Gerüche aus Gassen, Fischereihäfen, Restaurantküchen gab. Das waren meine Reisen gewesen. Und sie hatten mir gereicht. Bisher. Gewiss war das Leben schöner, wenn man plötzlich Berge vor der Tür hatte. Oder Wasser. Doch kaum kehrte man zurück, hatte den Koffer ausgepackt und die erste Waschmaschine angestellt, fingen die Probleme wieder an, und alles war beim Alten. Vor allem man selbst.

Und jetzt? Jetzt fuhr ich los. So einfach schien mir das. So leicht, dass ich eine Weile vor mich hinsummte. Ich fühlte mich sicher. Am Steuer hatte ich mich immer sicher gefühlt. Ich war eine gute Fahrerin. Weil ich manchmal gerne Gas gab, lagen ein Paar rote Rallyehandschuhe im Fach des Armaturenbretts.

Ich ließ die Stadt hinter mir und passierte ein paar dieser Orte, die so typisch waren für Hessen: Reklametafeln für Apfelwein an Fachwerkmauern, übers Pflaster rumpelnde Trecker, leer gefegte Dorfplätze unter alten Linden, Gasthöfe, in denen es Rippchen mit Kraut und »Handkäs mit Musik« gab, Leben, das träge vor sich hintrieb wie ein Wasserball auf ruhiger Fläche.

Es regnete stärker. Die Scheibenwischer quietschten, neue Gummiblätter würden bald fällig sein, die Tropfen perlten groß und schwer an der Windschutzscheibe ab, und zwischen den Bäumen, die die Straße säumten, hingen Nebelschlieren wie Spinnweben. Als kurz darauf mein Handy bimmelte, fuhr ich rechts ran. Es war Bea. »Die Schnorr hat so einen Hals«, sagte sie, und ich sah es förmlich vor mir, wie meine Freundin mit ihren Händen eine unförmige Kraftprotzkontur andeutete, um ihre Worte zu unterstreichen.

»Meinetwegen?«, fragte ich.

»Heute bist du mal der Buhmann. ›Wegen so einem kleinen Ratscher so ein Theater‹, hat sie gemeint.«

»Von mir aus.«

»So rebellisch kenne ich dich ja gar nicht.« Ich hörte, wie sie den Rauch ihrer Zigarette ausstieß. »Wo bist du? Ich war kurz vor Ende der Mittagspause bei dir und habe dein Auto nicht gesehen.«

»Ich fahre zum Friedwald.«

»Mami besuchen? Du hängst immer noch an ihrem Rockzipfel.«

»Ich bin eben gern im Freien. Ich mache einen Ausflug. Gehe ein bisschen spazieren.«

»Im Regen?«

»Hier regnet's nicht«, log ich.

»Ich muss wieder rein«, sagte sie. »Konnte mir nur gerade die kleine Zigarettenpause abknapsen, weil im Laden tote Hose ist.«

»Ich melde mich heute Abend«, versprach ich.

Schon während ich mit Bea telefonierte, kriegte ich ein schlechtes Gewissen, weil ich meiner Freundin nicht die Wahrheit gesagt hatte. Hätte ich das getan, wären von ihr nur die falschen Fragen gekommen und von mir die falschen Antworten, und eine kleine Sache hätte sich plötzlich zu etwas Großem entwickelt.

Ich wollte nicht zum Friedwald. Ich wollte zu einem Ort, der gestern noch keinerlei Wichtigkeit in meinem Leben gehabt hatte und an dem ich noch nie gewesen war, obwohl er nicht weit von meiner Heimatstadt entfernt lag.

Ich war entspannt und glücklich an diesem Nachmittag wie selten zuvor und spürte plötzlich einen unvernünftigen Anfall von Lebensfreude.

Warum war ich nicht öfter so? So unternehmungslustig? So entschlossen wie jemand, der nicht länger an einem Steg auf ein Schiff warten will, das ihn doch niemals abholt, sondern selbst die Segel setzt?

Nach knapp siebzig Kilometern hatte ich mein Ziel erreicht. Hübsch war es hier trotz des Regens. Hier konnte man es aushalten. Ich nickte mir im Innenspiegel zu und schenkte mir ein Lächeln. Es war die Belohnung dafür, dass ich wirklich Ernst gemacht hatte. Spontane Entschlüsse waren nie mein Ding gewesen, deshalb war das hier für den Anfang eine ziemlich reife Leistung.

Das Anwesen, auf das ich durch einen Park mit angrenzendem Golfplatz zusteuerte, lag imposant und märchenhaft in der immer kahler werdenden Herbstlandschaft. Ich fühlte mich wie hineinkopiert in eine zum Leben erweckte Ansichtskarte. Meine Augen klebten an dem sandfarbenen Backsteinbau mit all seinen Türmen und Zinnen und Erkern und den in Schiefer eingelassenen Dachluken, während ich auf den Parkplatz einbog. Ich fand eine Lücke zwischen einem Jaguar und einem Porsche und erblickte noch mehr solcher Autos, die man fährt, wenn man vielleicht manches zu verbergen hat – nur nicht seinen Reichtum. Ich hatte kaum den Motor ausgestellt, da wurde meine Tür geöffnet, und vor mir stand ein blonder Mann in roter Livree mit einem schwarzen Schirm. Er war zu jung für den ernsten Ausdruck, den er im Gesicht trug – und zu schmächtig für die Uniform, in die man ihn gesteckt hatte. Er krümmte sich, wie es übereifrige Diener zu tun pflegen. Die Ärmel seiner Jacke reichten bis weit über die Handgelenke. Ich war versucht, sie umzukrempeln. Das war eine Angewohnheit von mir. Ich musste die Dinge an ihren Platz rücken. Ich konnte mich gerade noch beherrschen und konzentrierte mich stattdessen auf die goldenen Knöpfe an seiner Jacke, die selbst im Regen blitzten.

»Herzlich willkommen im *Schlosshotel* in Kronberg!«, sagte er.

Ich versuchte, meiner Stimme einen festen Klang zu geben, und verbat mir, vor Unsicherheit zu kichern. »Ich wollte mich nur kurz umschauen«, sagte ich.

»Das sollten Sie unbedingt! Wir haben Anfang des Jahres renoviert. Nun ist unser Haus noch schöner geworden.«

Er hielt mir die Tür auf – und den Schirm über mich, während ich ausstieg. Ich schloss mein Auto ab, er geleitete mich zum Eingang, klappte den Schirm zusammen, führte mich die Treppen hoch, und schon standen wir im Foyer.

»Dieses Gemäuer hat die Mutter des letzten deutschen Kaisers errichten lassen«, sagte der Hotelpage.

»Majestätisch«, flüsterte ich. Dieser Pomp! Die Gemälde, die Antiquitäten, die Glasvitrinen voller Schätze. Dieser Reichtum, der in der Luft lag. Das Knistern des Kaminfeuers. Der Perserteppich, der alles verschluckte, die Schritte, den Alltag, die Sorgen, die man eben noch gehabt hatte, um sie dann hier zu vergessen, sie abzustellen wie einen schäbigen Koffer, dessen man sich schämte. Der Lüster an der Decke. Die Blumen in riesigen Vasen. Rote Amaryllis, wohin man auch blickte, süßlich duftend wie Karamell und wunderbar zur Jahreszeit passend, so kurz vor dem Advent.

Der junge Mann überließ mich meinem Schicksal, machte einen Diener und ging davon. Ich spazierte herum, schaute und staunte und bewunderte, wusste nicht, wo ich zuerst hingucken sollte. Irgendwann stand ich in der »Bibliothek der Kaiserin«, wo die Gäste bei Kaffee und Tee saßen. Ich konnte meinen Blick nicht abwenden von den silbernen Kännchen. Dem Champagner in schlanken Kelchen. Den eleganten Frauen, die perlend lachten und zur Begrüßung Küsse haarscharf an den Wangen der anderen vorbei in die Luft hauchten.

Bussi, Bussi!

Und mittendrin ich.

Ich. Aschenputtel im Schloss. Aschenputtel unterm Kronleuchter.

Weit weg von Sülzwurst und Siebzigerjahre-Toaster mit Pril-Blumen. Aber leider trug Aschenputtel wetterfeste Stiefel mit griffiger Sohle und hatte keine Ahnung, wo sich der Glasschuh hier versteckte.

Ich hörte nichts als gedämpfte Klassik, das diskrete Klappern der Tassen, die leisen Stimmen der Gäste. Mir war, als fiele ich aus der Zeit.

Eine Kellnerin in weißer Jacke mit goldenem Hotel-Emblem kam auf mich zu. »Kann ich Ihnen helfen? Darf ich Ihnen etwas bringen?«

Sie lächelte hinreißend, und ich beschloss zu bleiben. Nicht lange. Nur auf ein Tässchen. Sie geleitete mich an einen runden Tisch in Kaminnähe, an dem zwei himbeerrot bezogene Sessel standen. Das Tischtuch war weiß und glatt und steif wie ein Brett. Darauf standen zwei Gedecke. Die junge Frau streckte die Arme aus und half mir aus dem Mantel. Ich wünschte, ich hätte mich für meinen dunkelblauen Trench entschieden und nicht für den aus Strick mit Zopfmuster und Holzknöpfen, an dem sich die Wolle flächendeckend zu kleinen Fusselknäueln zusammenklumpte. Hastig nahm ich der Kellnerin den Mantel wieder ab, ehe er weggetragen würde zu einer Garderobe, wo er genauso fehl am Platz wäre wie mein Auto zwischen all den anderen Wagen.

Ich ließ mich auf der vorderen Kante des Sessels nieder und legte mir den Strickmantel über die Beine. Das tat ich immer, zu Hause nahm ich dafür ein Kissen. Ich mochte es mir nicht ansehen, wie meine Oberschenkel durch das flache Aufliegen auf der Sitzfläche in die Breite gingen. Was die Waage zu viel anzeigte, machte mein Selbstbewusstsein mit Untergewicht wieder wett. Es gab ohnehin wenige Dinge, die ich beruhigender fand als ein Kissen auf dem Bauch. Ein wenig an den Ecken herumfingern, die Federn der Füllung drücken und knacken lassen. Knispeln hatte meine Mutter das genannt.

»Wenn ich Ihnen etwas empfehlen darf«, unterbrach die Kellnerin meine Gedanken, »unser *English Afternoon Tea* wird weit über Kronberg hinaus sehr geschätzt«.

Na, also! Tee. Der konnte nicht die Welt kosten. Ich bestellte Earl Grey. Den gab's bei uns im *Bacio* im Beutel. Dort ließ ich immer ein zweites Mal heißes Wasser nachfüllen, um zu sparen, aber darauf würde ich hier verzichten.

Als die Kellnerin kurz darauf einen Servierwagen in meine Richtung rollte, blickte ich mich um in der Erwartung, hinter mir noch mindestens drei andere Gäste sitzen zu sehen. Da war aber niemand. Es gab nur mich in diesem Teil des Raums.

Sie stellte eine silberne Kanne vor mich hin, diverse Zutaten wie flüssige Sahne und Milch, verschiedene Sorten Zucker und Kandis. Ein Glas Champagner zur Begrüßung und eine dreistufige Etagere aus weißem Porzellan folgten, voll mit Herrlichkeiten. Obsttörtchen. Lachsschnittchen. Sandwichs mit Gurke. Erdbeeren, in dunkle Schokolade getunkt.

Erdbeeren im November.

Wo gab's denn so was? Das konnte unmöglich mit dem lieben Gott vereinbart worden sein.

»Und hier haben wir noch unsere berühmte *Scones*«, sagte die Kellnerin. Eine Art kleine gesüßte Brötchen, auf das ich etwas von der Konfitüre und dem Streichrahm geben müsse. Das sei sehr britisch.

Ich war beeindruckt. Ich kannte die Nummer mit Nüsschen in manchen Kneipen, und das war schon ein guter Grund zur Freude, wenn's irgendwo eine Knabberei umsonst gab. Aber das hier? Das war nun wirklich ausgesprochen großzügig. Ich nippte am Champagner, hatte das Glas ziemlich bald leer, fühlte mich beschwingt. Ich lächelte in mich hinein und steckte mir eine Frucht in den Mund, prall und rot und saftig. Ich war so … so frei. Langsam rutschte ich von der Sesselkante Richtung Lehne, schlug die Beine übereinander, wie ich es bei den anderen weiblichen Gästen gesehen hatte. Ich nahm einen Schluck Tee, ja, so sagte man das, *ich nahm einen Schluck,* das kannte ich aus Filmen, in denen ältere Damen in königsblauen Etuikleidern mit mozartkugelgroßen Perlen um den Hals und abgespreiztem kleinem Finger aus hauchfeinen Porzellantässchen tranken, während das Kaminfeuer prasselte und sie mit dem Earl of Oxford über den Dauerregen in England plauderten. Ich machte es ihnen nach, verrührte meinen Kandis mit einem kleinen silbernen Löffel und erfreute mich an dem fröhlichen Kling und Klung, das zu hören war, als der Löffel gegen die dünnen Wände des Porzellans schlug. Einen Moment lang war ich irritiert, weil einige Gäste vorwurfsvoll in meine Richtung blickten, ich schob es auf meinen alten Strickmantel und versuchte, es auf die leichte Schulter zu nehmen, spreizte dafür den kleinen Finger umso steifer, trank den köstlichen Tee, naschte eine Erdbeere und murmelte ein ehrfürchtiges »Lecker«.

Jemand in meiner Nähe räusperte sich, meine Augen machten einen schüchternen Schwenk, ich fing erneut einen pikierten Blick auf und beobachtete, wie die letzten Besucher allmählich die Bibliothek verließen. Es war kurz nach halb sechs. Die Tee-Zeit war vorbei. Ich war allein.

Das Feuer knisterte und knackte. Für einen Moment schloss ich die Lider und träumte davon, dass das hier mein Reich wäre. Ich brauchte gar nicht das ganze Hotel. Ich brauchte nur diesen Raum für meinen Traum, der in einer Frühstückspension spielte, die mir allein gehörte. Ich hatte nichts in meinem Leben dafür getan, außer vielleicht, dass ich meinen Gästen sehr wohl den Unterschied zwischen ungarischer und französischer Salami hätte erklären können.

Außerdem hatte ich vor Jahren in einem Abendkurs Buchhaltung belegt. Ana Blumenberg, deretwegen ich hier war, wenn ich ehrlich sein sollte, mochte die mächtige Hoteldirektorin sein. Mir würde es genügen, mit einer kleinen Pension meine eigene Geschichte zu schreiben, nur leicht aufs Papier gedrückt, mit Bleistift statt mit schwarzer Tinte.

Als ich meine Augen wieder öffnete, ging mein Herzschlag schneller, und ich fühlte mich wie in einem Film, in dem ich die Hauptrolle hatte. Auch ohne Perlenkette und Etuikleid. Wie »Pretty Woman« mit einem Hauch von »Sissi«. Langsam erhob ich mich und durchstreifte den menschenleeren Raum. So, dachte ich mir, genau so würde es aussehen im Kaminzimmer, in dem meine Gäste das Frühstück einnehmen würden. Mit den Händen strich ich über die roten Vorhänge, zupfte hier, glättete da, schüttelte ein Kissen mit Rosenmuster auf und legte es behutsam zurück in den Sessel, schaute, ob die Bücher in den Vitrinen und Regalen akkurat geordnet waren, trat an einen der Tische, verbeugte mich leicht und sagte: »Natürlich haben wir Grünen Tee da. Und wenn ich Ihnen die Stachelbeermarmelade empfehlen dürfte …« Ich lächelte. »Selbstverständlich hausgemacht.«

Ich ging weiter zu einem anderen Tisch, der frisch eingedeckt war, und maß mit der Breite meines Daumens den Abstand zwischen Teller und Tischkante aus – das hatte ich im »Perfekten Dinner« gesehen. In meinem Gesicht stand ein Lächeln größter Zufriedenheit. Alles war bestens. Nur diese eine Amaryllis, deren Blütenblatt am Rand runzlig war wie Fingerspitzen nach einem langen Bad, störte mich, dort drüben auf der lackierten Kommode mit den Perlmuttintarsien. Ich eilte darauf zu und knipste nach kurzem Zögern die müde Blüte mit Daumen und Zeigefinger ab.

»Manchmal«, sagte ich zu einem meiner imaginären Gäste am Nebentisch, »braucht es die Chefin, um diese kleinen Dinge zu sehen. Noch etwas von dem frisch gepressten Orangensaft? … Kommt sofort!« Ich lächelte charmant in die Runde und reckte meinen verbundenen Finger. »Oh, nein, das ist nichts. Danke der Nachfrage. Ein Indianer kennt keinen Schmerz und wir im Hotelgewerbe erst recht nicht.«

Ich setzte meinen Spaziergang durch den Raum fort, warf die Blüte ins Kaminfeuer und war so versunken in mein eigenes Spiel, dass ich erst jetzt die Anwesenheit der Kellnerin entdeckte, die unbemerkt von mir eingetreten war. Falls sie mich für verrückt hielt, so ließ sie mich das nicht spüren, wofür ich ihr dankbar war. Doch ich war verlegen und stolperte beinahe über einen Sessel, als ich einen Schritt zurücksetzte. Gerade eben noch konnte ich mich an der Lehne festhalten, bevor ich Gefahr lief, der Länge nach hinzufallen. Einige Augenblicke hatte ich mich großartig gefühlt. So, als hätte ich plötzlich ein Visum für ein solches Leben. Hastig murmelte ich eine Entschuldigung, während die Mutter des letzten Kaisers aus dem Goldrahmen streng auf mich niederblickte.

Die Kellnerin legte mir die Rechnung in einem braunen Ledermäppchen auf den Tisch. Ich ließ mich wieder auf der Kante meines Sessels nieder, schlug das Mäppchen auf – und zuckte zusammen. Dreiunddreißig Euro! Eine halbe Tankfüllung. Ein Wocheneinkauf an Lebensmitteln. Eine Jeans und zwei T-Shirts bei »Kik«.

»Was dürfen wir Ihnen zum Abschied kredenzen?«, fragte sie.

»Nichts«, beeilte ich mich zu sagen.

»Ein Sherry oder Port ist im *English Afternoon Tea* inbegriffen.«

»Ja, dann …« Ich entschied mich für den Sherry, legte die geforderte Summe plus zwei Euro Trinkgeld in die Lederhülle, jetzt war sowieso alles egal, und nachdem ich mein Glas geleert hatte, stand ich auf und nahm meinen Strickmantel. Die Kellnerin streckte die Hand danach aus und wollte mir hineinhelfen, aber ich sagte, mir sei nicht kalt, vielen Dank auch, packte mir den Mantel über den Arm und verließ mit raschen Schritten die »Bibliothek der Kaiserin«. Ich ging zurück in die Halle und wollte gerade das Hotel verlassen, da sah ich sie.

Sie kam die Treppe herunter. Sie kam ganz genauso die Treppe herunter, wie man solch eine Treppe herunterzukommen hat. Der Page, der noch in seine rote Jacke hineinwachsen musste, lief ein paar Meter hinter ihr und trug einen aluminiumfarbenen Koffer mittlerer Größe. Ich erkannte sie sofort. Die kurzen blonden Haare, streng aus der glatten, geräumigen Stirn gekämmt, das schöne Frostgesicht und ein geschulter Weitwinkelblick, mit dem sie in Sekundenschnelle die ganze Halle fotografierte. Die Nasenflügel waren leicht gebläht, was ihrem Gesicht einen Ausdruck größter Konzentration gab. Sie war höher gewachsen als die meisten Frauen, schlank und sehnig.

Sie war's. Ana.

Ana Blumenberg.

Die Frau mit dem fehlenden N im Vornamen.

Die Chefin.

Eine sandfarbene Hose umspielte locker ihre Beine, eine

weiße Perlenkette steckte im Ausschnitt eines cremefarbenen Blazers. Sie erreichte das Ende der Treppe und lächelte mir zu. Gern hätte ich mir etwas darauf eingebildet, bemerkte aber sogleich, dass sie dieses Lächeln auch den anderen in der Halle schenkte und dass sie es beliebig an- und ausknipsen konnte wie Licht mit einem Schalter. Sie bog um das hölzerne Geländer und betrat die Nische im hinteren linken Winkel des Foyers, in dem sich die Rezeption befand. Ein eher bescheidener Auftritt für die erste Anlaufstelle der Gäste, der nicht so recht zu dem Prunk drumherum zu passen schien.

Ich konnte sogar verstehen, was sie sagte. »Bitte, Pierre«, wandte sie sich an den jungen Mann hinter der Rezeption, »sorgen Sie dafür, dass heute Abend der Pianist ›Somewhere over the Rainbow‹ spielt, wenn Mrs. Norton die Bar betritt. Es ist ihre Lieblingsmelodie. Und denken Sie an die Rosenblätter, die flächendeckend über den Fußboden der ›Royal Suite‹ verstreut werden sollen. Überraschung von Dr. Eckmann für seine Gattin zum Hochzeitstag.«

»Welche Farbe?«

»Was würden Sie sagen? Welche Farbe sollten Rosen zum Hochzeitstag haben?« Die Ungeduld in ihrer Stimme war unüberhörbar.

Er zog seinen Kopf zwischen die Schultern wie eine Schildkröte, während er antwortete. »Rot?«

»Keine schlechte Idee«, sagte sie und rauschte davon, wobei sie auf eine umgeknickte Amaryllis-Blüte in einer weißblauen Vase auf einer Konsole zeigte. Durch eine Kopfbewegung gab Pierre ihr zu verstehen, dass er verstanden hatte. Dann verschwand Ana nach draußen, einigen Gästen zunickend, gefolgt von dem Pagen mit ihrem Koffer.

Ich blieb ihr auf den Fersen. Es war Zeit für mich, nach Hause zu fahren. Im Gehen drehte ich mich noch mal um und sah, wie Pierre etwas unbeholfen die umgeknickte Blüte barg. Wir hatten etwas gemeinsam, Ana Blumenberg und ich. Wir hatten nicht nur unsere Grabstellen an *ein* und demselben Baum. Wir hatten auch beide eine Abneigung gegen all das, was zu welken begann, obwohl es blühen sollte. Es war keine große Sache, aber sie machte mich auf unerklärliche Weise glücklich.

Kalter Regen fiel. Der Asphalt auf dem Parkplatz glänzte. Nasskalte Windstöße pfiffen ums Schloss. Die Dunkelheit hatte längst eingesetzt. Ich fröstelte, wickelte mich in meinen Strickmantel und schlang die Arme um meinen Oberkörper, um mich zu wärmen.

»Bedauerlicherweise ist die Limousine zum Gäste-Transfer im Einsatz, Frau Direktor«, hörte ich den Pagen zu Ana Blumenberg sagen. Sie holte einen kamelhaarfarbenen Paschminaschal aus ihrer geräumigen Tasche und drapierte ihn um die Schulter.

Verstohlen beobachtete ich sie aus einiger Entfernung.

»Dazu ist unsere Limousine da, nicht wahr? Besorgen Sie mir bitte ein Taxi zum Hauptbahnhof nach Frankfurt, Moritz!«, sagte sie zu dem Pagen und blinzelte in den Himmel. »Ich wüsste nicht, wann ich das letzte Mal einen solchen Regen erlebt habe. Der beste Tag, um alles hinter sich zu lassen und in den Urlaub zu fahren. Was ist nun mit dem Taxi?«

»Der Nahverkehr streikt, Frau Blumenberg. Alle Taxen sind im Einsatz.«

»Das habe ich glatt vergessen. Ausgerechnet heute.«

Ich verscheuchte eine Strähne, die mir der Wind in die Stirn blies und brachte das Kunststück fertig zu sprechen, zu atmen, zu denken. Alles zusammen. Oder nicht zu denken, denn dann hätte ich vermutlich das Folgende nicht gesagt.

»Kann ich Ihnen meine Hilfe anbieten?«, hörte ich eine Stimme, die unverständlicherweise meine eigene war.

Die beiden wandten ihre Köpfe und blickten mich an.

Ich hatte nach ihrer Aufmerksamkeit geschnappt. Und zu meiner großen Überraschung biss Ana Blumenberg an.

6. Kapitel

Manchmal blickte ich zu ihr hinüber und betrachtete sie von der Seite, während sie mit abgewandtem Kopf aus dem Fenster schaute, auch wenn es dort nichts zu sehen gab außer der Dunkelheit und den Scheinwerfern und dem Regen, der einen Heidenlärm auf dem Autodach machte. Ich sah nur ihren Nacken mit dem blonden kurzen Haar und ihre linke Hand, die das Kinn stützte und an deren Daumen ein doppelreihiger silberner Brillantring steckte. Es schien die einzige Extravaganz zu sein, die sie sich erlaubte. Ihr Make-up war auf raffinierte Art beinahe unsichtbar. Auf ihren Nägeln lag transparenter Glanz, auf ihren Lippen ein mattes Milchkaffeebraun. Wir fuhren schweigend.

Ihr Schweigen machte mich nervös, weil ich es meiner eigenen Bedeutungslosigkeit zuschrieb, dass man sich in meiner Gegenwart langweilte.

Die Straßen waren verstopft. Wir kamen nur langsam voran und krochen immer noch durch die kleine Taunusstadt, in der die Menschen auf das Auto hatten umsteigen müssen, anstatt mit der S-Bahn zwischen Franfurt und Kronberg zu pendeln, wie sie es sonst im Feierabendverkehr getan hätten. Die Lichter der Autos spiegelten sich in den Pfützen. Die Regentropfen malten waagrechte Muster auf die Scheibe, die Wind und Wischer zerstörten. Ich sagte, bei diesem Wetter hole man sich ja glatt den Tod, aber falls ich erwartet haben sollte, dass ihr das ein leises Lächeln entlocken würde, hatte ich mich getäuscht.

Ich schaute in den Innenspiegel, sah, wie meine Zungenspitze sich nervös zwischen meinen etwas zu klein geratenen Schneidezähnen hindurchbohrte, und rutschte unbehaglich auf meinem Sitz hin und her, den ich beim Einsteigen zu weit nach hinten gestellt hatte, um nicht als Wackeldackel-Fahrerin zu gelten.

Gerade wollte ich das Radio einschalten, wollte die Stille überbrücken, da drehte sie mir ihr Gesicht zu. Sie brachte das Kunststück fertig, beim Sprechen zu lachen und beim Lachen zu sprechen, als sie sagte: »Lümmeln Sie immer so lässig hinterm Steuer? Fehlt nur noch ein ›Benzin im Blut‹-Aufkleber an der Scheibe.« Ihr kleiner Lachanfall war vorüber; sie rief sich selbst zur Vernunft. »Ich sollte wirklich meinen Mund halten. Gerade bin ich meinen Führerschein losgeworden wegen zu hoher Geschwindigkeit an einer Autobahnbaustelle. Mir kann es manchmal nicht zügig genug gehen. Ich habe immer schon zu schnell gelebt.«

Und ich zu langsam, dachte ich.

Ich konnte ihre feinen Züge bewundern, die blasse glatte Haut und die blonden Haare, die so kurz waren, dass sie nicht in die Stirn fallen konnten, egal welche Bewegung sie auch machte.

»Was ist mit Ihrem Finger passiert?« Sie deutete auf den Verband.

»Nur ein kleiner Schnitt.«

»Sie kommen aus Wetzlar?«

Eine hell erleuchtete Tankstelle schwemmte Licht ins Auto, und für einen Moment sah ich in ihre Augen. Die Farbe war undefinierbar, eine verschwommene Mischung aus Blau, Grau und Grün. Vielleicht entdeckte man ein paar gelbe Punkte oder ein paar karamellfarbene Linien, wenn man die Möglichkeit hätte, genauer hinzusehen.

»Woher wissen Sie das?«

Ein kühles Lächeln huschte über ihren Mund, der breit und schmal und dessen Oberlippe scharf gezeichnet war. »Ihr Autokennzeichen.«

Ich schüttelte den Kopf über meine eigene Dummheit. »Logisch.«

»Ich glaube«, sagte sie, »wir sollten es uns nicht antun, bei diesem Betrieb nach Frankfurt reinzufahren. Lassen Sie uns doch gleich auf die Autobahn. Ich fahre mit Ihnen nach Wetzlar und nehme mir von dort eine Taxe nach Gießen, wenn es Ihnen nichts ausmacht.«

»Nach Gießen? Ich dachte, Sie wollten zum Frankfurter Hauptbahnhof?«

»Sie haben mit angehört, was ich zu unserem Hotelpagen gesagt habe?«

»Es ließ sich nicht vermeiden. Verzeihen Sie. Ich wollte nicht lauschen.«

»Das ist kein Geheimnis. Ich werde eine Reise antreten.«

»Wohin soll's denn gehen?«

Einen Moment lang fühlte ich mich behaglich wie bei einem Plausch unter Freundinnen. Wenn man jetzt noch im Radio leise Musik hätte und ein paar Raffaello im Handschuhfach. Sie würde mir eines auswickeln, und wir würden uns anlächeln, während ich es in den Mund schob. Ich liebte Kokos.

»Das weiß ich nicht«, sagte sie in meine Gedanken hinein.

»Sie wollen verreisen und wissen nicht, wohin?«

»Das ganze Leben ist eine Reise, die gut enden wird, wenn man in Bewegung bleibt. Aber manche Reisen haben einen ungewissen Ausgang.«

»Man braucht ja nur den falschen Zug zu erwischen«, sagte ich und brachte ein klägliches Kichern zustande. Sie erwiderte nichts, und ich wünschte, ich hätte wenigstens etwas zum Spielen für meine Hände. So blieb mir nichts anderes übrig, als mich am schwarzen Kunstlederbezug des Lenkrads festzuhalten, der klebrig wurde unter meinen feuchten Händen.

»Ich fahre Sie nach Gießen«, sagte ich.

»Das müssen Sie nicht.«

»Kein Problem.«

»Das wäre mir unangenehm.«

»Es ist nur ein klitzekleiner Schlenker.«

»Nicht nötig.«

»Liegt fast auf dem Weg.«

»Ich möchte Ihnen keine Umstände machen.«

»Das machen Sie nicht.«

Kaum auf der Autobahn, steckten wir erneut im Stau. Uns war die Puste ausgegangen. Das galt nicht nur für den Verkehr. Ich brütete über Worten, die ich sagen könnte, aber mir fiel nichts ein. Ich war keine Meisterin des Small Talks. Niemand, der amüsant über eine Grippewelle plaudern konnte, über den Beginn der Grillsaison oder einen sexy Fußballer.

Die Zeit verstrich auf leisen Pfoten, und wir hockten fest. Ich spürte ihre Unruhe und bekam ein schlechtes Gewissen, ihr meine Hilfe angeboten zu haben. Wahrscheinlich wäre sie besser dran ohne mich. Sie hätte komfortablere Möglichkeiten gehabt für einen Transfer nach Gießen. Nervös nestelte ich am Thermostat und versuchte, die Heizung in Gang zu bringen, aber heiße Luft produzierte sie vorzugsweise im Sommer. Jetzt blieb sie kalt, und das Gebläse machte Getöse.

»Ich weiß auch nicht, wieso es nicht warm wird«, flunkerte ich. »Sonst tut sie's immer.«

»Ich kann Heizungsluft nicht ausstehen«, sagte sie. »So ist es besser für den Teint.«

Schließlich griff sie zum Handy. Sie wandte ihr Gesicht ab und blickte in den Regen, während sie darauf wartete, dass sich am anderen Ende jemand meldete. »Blumenberg. Guten Abend! Ich wollte Ihnen nur mitteilen, dass ich mich verspäte. Ich hoffe, es ändert nichts an dem geplanten Ablauf morgen. Ja, ich melde mich nachher auf Station 3.2. Auf Wiederhören!«

Sie stellte ihr Telefon aus und legte es zurück in die Tasche, dann räusperte sie sich, fuhr sich mit der Hand durchs Haar und schwieg, und erst als es nicht mehr auszuhalten war, das Schweigen, der Regen, und ich gerade etwas sagen wollte, irgendeine Bedeutungslosigkeit über das Wetter, begann sie zu sprechen.

»Was haben Sie im Hotel gemacht?«

Tja, was hatte ich da zu suchen gehabt? Während ich mir mit dem Ärmel das Gesicht rieb und die Wolle meine Nase kitzelte, fiel mir endlich eine Ausrede ein: »Ich wollte es mir nach der Renovierung mal anschauen.«

»Gefällt's Ihnen?«

»Es ist wunderschön. Sehr stimmungsvoll. Atmosphärisch dicht.«

Das hatte ich neulich in einer Filmkritik gelesen, und ich fand, es passte zu ziemlich allem.

Zum ersten Mal schlich sich ein vergnügtes Lächeln auf ihr Gesicht. »Das freut mich. Dann haben wir ja alles richtig gemacht. Atmosphärisch dicht ist ein tolles Kompliment.«

»Es muss herrlich sein, in einem Hotel zu arbeiten«, setzte ich das Gespräch fort, ehe es wieder in Schweigen versanden würde, und blickte kurz zu ihr hinüber. »Ich habe auf dem Parkplatz gehört, dass Sie die Direktorin sind.«

Sie nickte.

»Ich mag Berufe, die so mühelos wirken«, schwärmte ich. »Bei denen man sich nicht die Hände schmutzig macht und am Abend noch so gut riecht wie am Morgen.«

»Manche Karriere in einem Fünf-Sterne-Hotel beginnt in einer Pension Garni.« Sie drehte mir ihr Gesicht zu, legte die Hand auf meine Sitzlehne und sah mir in die Augen. »Sie beginnt mit einer Laufbahn als Zimmermädchen und damit, dass die Hausdame einem mit Schwarzlicht hinterherspioniert, ob man die Urinflecken vom WC geputzt hat.« Sie lächelte an mir vorbei einem für mich unsichtbaren Punkt in der Dunkelheit zu. »Es ist nicht immer nur alles Glanz und Glamour, funkelnde Kronleuchter, Hummer und Kaviar und Shakehands mit George Clooney. Warum haben Sie nie in einem Hotel gearbeitet, wenn es Ihnen Spaß gemacht hätte?«

»Wie haben Sie denn angefangen?«, stellte ich die Gegenfrage, streckte meinen Nacken und richtete mich im Sitz auf.

»Ich?« Sie verschränkte die Arme vor der Brust, nachdem sie ihren Blazer glatt gezogen hatte, damit er keine Falten warf. »Ich habe mich hochgedient, bin ins Ausland gegangen, St. Petersburg, Rio, New York. Ich bin losgezogen mit der Leichtigkeit der Jugend, dem Vorsatz, hart zu arbeiten und dem Willen, Karriere zu machen und nebenbei die Welt kennenzulernen. Mehr braucht es nicht.«

»Ich habe vorhin Ihre Anweisungen gehört: die Lieblingssongs der Gäste. Die Rosenblätter für die Suite …«

»Den Tierarzttermin für den vereiterten Backenzahn des Dobermanns«, warf sie ein. »Den am Flughafen vermissten Koffer eines Gastes, den Mechaniker für das kaputte Auto, den in der Oper verwechselten Mantel. Es war vermutlich ein Fehler, dass ich nach dem Weggang unseres italienischen Concierges, der heute einen Butlerservice in Frankfurt betreibt, all dessen Aufgaben an die Rezeption abgewälzt habe. Ich brauche dringend wieder einen. Ich brauche eine gute Seele des Hotels. Einen Fels in der Brandung. Einen, der nachts um drei ein Brautkleid besorgen kann, eine Lesebrille mit plus fünf Dioptrien und einen Zehnertisch in dem für das nächste Vierteljahr hoffnungslos ausgebuchten Restaurant.«

Mich beeindruckte etwas ganz anderes. »Das war sehr mutig, als junge Frau in die Welt hinauszugehen.«

»Es gibt nichts, was einen halten kann, wenn man etwas wirklich will. Alles andere ist eine faule Ausrede. Oder Feigheit.« Sie zog eine Puderdose aus der Tasche und kontrollierte, ob die Wimperntusche Schatten unter ihre Augen gemalt hatte.

Ich schwieg eine Weile, bevor ich sagte: »Es gibt Menschen, die einen lieben und nicht loslassen.«

»Jemanden zu halten, ist kein Zeichen von Liebe. Wer wirklich liebt, gebärdet sich nicht wie ein eifersüchtiges Frauchen, das sich an seinen Schoßhund klammert. Der lässt die Leine locker.«

»Und was ist, wenn jemand auf einen angewiesen ist?« Meine Stimme klang trotzig. »Nur mal so gefragt.«

Sie ließ die goldene Dose zuschnappen. »Ich verstehe schon, was Sie meinen. Die Freiheit ist nicht für jeden etwas. Sie ist gefährlich. Da draußen gibt es wilde Tiere, und nicht alle lassen sich zähmen.«

Endlich löste sich der Stau auf, und der Verkehr kam in Fluss.

Ich blickte in den Rückspiegel, weil mich eine Lichthupe blendete, wich auf die rechte Fahrbahn aus, ordnete mich kurz darauf wieder links ein und setzte zum Überholen einiger Lastwagen an. »Sie halten mich für feige?«

Keine Antwort. Sie hatte die Augen geschlossen. Mir war nach einem heißen Kaffee und nach Musik, aber ich traute mich nicht, das Radio anzudrehen, denn ich dachte, sie wäre eingeschlafen. Ich gab Gas, ich wollte nach Hause, dem Regen entfliehen, der in Sturzbächen auf den Asphalt pladderte.

»*Ich* bin feige«, kam es plötzlich unter halb geschlossenen Lidern vom Beifahrersitz. »Denn ich habe anderthalb Jahre gewartet.«

»Gewartet worauf?«

Wieder verfiel sie in Schweigen.

»Ich fahre nach Gießen, weil ich dort in die Klinik muss«, sagte sie schließlich. »Neurochirurgie. Ich werde morgen früh um sieben operiert. Gleich als Erste. Ein Aneurysma im linken Frontallappen des Gehirns. Acht Millimeter groß. Sie wissen, was das ist?«

»Ich habe schon mal davon gehört.«

»Eine stark erweiterte Arterie, die jederzeit platzen kann. Man kann daran sterben.«

Geräuschvoll presste ich die Luft aus den Lungen, bevor ich durch die Nase weiteratmete. Ich nahm mir vor, die folgenden Worte vorsichtig zu setzen, aber aus meinem Mund kamen keine. Es hätte auch keine Silbe mehr dazwischen gepasst, denn einmal angefangen, sprudelte es aus ihr heraus. »Bis zu 12 000 lebensbedrohliche Hirnblutungen aufgrund eines geplatzten Aneurysmas im Kopf gibt es jährlich. Frauen trifft's häufiger als Männer. Schreibt der ›Spiegel‹. Ich denke also, dieser Quelle kann man trauen.« Ihr Ton war so ungerührt, als ginge es um nichts weiter als um die Bestellung neuer Schuhspanner fürs Hotel.

»Festgestellt wurde *meines* beim Routine-Röntgen des Kopfes nach einem Sturz vom Pferd. Es war an einem meiner seltenen freien Sonntage. Ich habe die OP aufgeschoben, immer wieder, habe mir eingeredet, dass es keine Eile hat, dass ich noch jede Menge Zeit habe. Ich wollte das alles nicht. Kein Krankenhaus. Keine Schläuche. Kein Elend. Dann kamen die Kopfschmerzen, der Schwindel, das ständige Klopfen im Kopf. Und jetzt ist eben *keine* Zeit mehr.«

Unsere Blicke kreuzten sich.

Tränen schossen mir in die Augen. Hastig wandte ich den Kopf ab und kurbelte das Fenster hinunter, nur einen winzigen Spalt, um klare Abendluft zu atmen.

»Man öffnet den Schädel und schließt die Ausbuchtung mit einem Clip, einer Klammer aus Titan. Es gibt Schlimmeres. Es gibt immer Schlimmeres.«

Meine Hände begannen zu zittern, und die Anspannung malte rote Kreise auf meine Wangen. Das passierte mir immer, wenn ich mit meinen Nerven am Ende war. Das wusste ich. Dazu musste ich nicht in den Spiegel gucken. Ich sehnte das Ende dieser Fahrt herbei.

Sie lachte ihr tiefes kehliges Lachen, als wäre die ganze Geschichte höchst amüsant. »Der Kopf hat seinen eigenen Kopf, nicht wahr?« Sie fasste sich an die Schläfe und schwieg. Ich wünschte mir, dass es weniger finster wäre. Nicht November, nicht auch das noch.

»Das Aneurysma kann platzen während des Eingriffs. Ich werde also entweder Glück haben und weiterleben, oder ich werde sterben. Aber im Prinzip haben wir ja alle keine andere Alternative.«

Die Scheibenwischer flogen von links nach rechts. »Ich trage eine Zeitbombe im Kopf, und vielleicht explodiert sie genau in dem Augenblick, in dem man versucht, sie zu entschärfen. Weiß man's? Was soll das Gejammer? Wenn's schiefgeht, werde ich zwar nicht mehr Australien sehen, und auch Israel steht noch auf meiner To-do-Liste, aber immerhin gehöre ich zu den Glücklichen, die Sushi und Rucola kennenlernen durften und in die Botox-Ära hineingeboren wurden. Ich habe alles gehabt. Und sterben müssen wir alle. Den Unterschied macht nur die Intensität, mit der wir gelebt haben.« Sie schnippte mit dem Finger. »Außerdem habe ich weder Haustiere noch Pflanzen oder Kinder, die versorgt werden müssen. Nichts kann verkommen, verhungern, verwahrlosen, verdursten, verwelken, erfrieren. Ich habe also wirklich allen Grund, vollkommen entspannt zu sein.«

Ich presste einen Moment lang die Hand auf meine

Brust und biss mir auf die Lippen, bevor ich eine Locke aus meiner Stirn scheuchte, die sich gelöst hatte. Ich hatte es ja so gewollt. Hatte meiner Lebenslandkarte unbedingt eine unbekannte Insel hinzufügen wollen.

»Auch wenn man sich in einer Situation wie dieser fragt«, fuhr Ana ungerührt fort, »wozu bin ich eigentlich da? Um mit dem Küchenchef das Verwöhnmenü für den Abend durchzusprechen, gern auch vegetarisch, vegan, laktosefrei, glutenfrei, nussfrei, alkoholfrei? Haben Sie Kinder?«

»Ich bin allein«, sagte ich und täuschte einen Hustenanfall vor, damit sie meine Tränen nicht sah, von denen ich nicht genau wusste, ob ich sie nur um ihretwegen weinte. Hastig wischte ich mit dem Ärmel meines Strickmantels über die Augen.

»Was haben *Sie* auf Ihrer To-do-Liste? Welche Länder?«

»Ich bin nie viel gereist.« Ich zögerte einen Moment. »Also gibt's da noch eine Menge. Aber zu Hause ist es ja auch ganz nett.«

Wir schwiegen. Dunkelheit. Regen, der nicht aufhören wollte. Mit den Spitzen ihrer Zeigefinger massierte sie ihre Schläfen.

»Ich möchte irgendwann das ›Seepferdchen‹ machen«, sagte ich schließlich und merkte, wie rau meine Stimme klang.

Ihr Kopf fuhr herum. »Bitte?«

»Das ›Seepferdchen‹. Ich kann nicht schwimmen. Ich stelle es mir schön vor, in die Stille des Wassers einzudringen.«

»Ja, das ist schön. Sehr schön ist das. Ich heiße übrigens Blumenberg. Ana Blumenberg.«

»Magda Ziegler«, murmelte ich, aber ihr klingelndes

Handy fiel mir ins Wort. Während sie telefonierte und von Bestuhlungsmöglichkeiten für ein Führungskräfteseminar im »Grünen Salon« sprach, atmete ich tief durch. Man würde ihr den Schädel aufbohren, und sie redete von Sitzordnung. »Ich habe Urlaub«, sagte sie zum Schluss, schien aber recht zufrieden über die kleine Störung zu sein, da sie ihr wohl bewies, dass im Hotel ohne sie nichts lief. Sie legte auf und wandte sich wieder mir zu.

»Im Hotel soll niemand Bescheid wissen. Deshalb die Geschichte mit den Ferien. Glauben Sie, man bekommt so etwas wie eine Quittung im Leben?«

Ich suchte noch nach einer Antwort, da fuhr sie schon fort.

»Vielleicht war ich manchmal zu hart. Zu egoistisch. Habe alles als zu selbstverständlich genommen. Hatte mich ans Glücklichsein gewöhnt.« Sie holte tief Luft. »Ach, du lieber Himmel! Jetzt rede ich schon von mir in der Vergangenheitsform.«

Ich war kurz versucht, ihr die Hand auf die Schulter zu legen, aber dazu kam es nicht, denn sie musste niesen.

»Gesundheit!«, wünschte ich.

Plötzlich fing sie an zu lachen. Es war ein volles Lachen, tief aus ihrem Körper kommend, eines von der Sorte, das einem Tränen in die Augen treibt und das Zwerchfell hüpfen lässt, und es verscheuchte für einen Augenblick die nachtdunkle Leere dieses Novemberabends.

»Der war gut«, sagte sie.

Der Regen ließ nach, als wir in Gießen ankamen. Und jede Ampel war grün.

Wir hielten vor einem Kasten aus Stahl und Glas mit

Holzstreben zwischen den Fenstern. Ein paar rot gestrichene Hingucker an der hell erleuchteten Fassade. Sie stieg aus, und ich folgte ihr, um den Kofferraum aufzuschließen.

»Haben Sie jemanden, der sich um Sie kümmern wird?«

»Nein. Keine Eltern mehr. Keine Geschwister.«

»Genau wie ich«, sagte ich und war froh über eine weitere Gemeinsamkeit neben den verwelkten Blüten. Aber ihre Miene blieb verschlossen.

»Freunde?«, wagte ich einen neuen Vorstoß.

Sie mauerte sich in Schweigen ein.

»Sie packen das!«, ließ ich nicht locker und versuchte, Zuversicht in meine Stimme zu legen. Zusammen hoben wir den Koffer heraus, und ich hätte ihr gerne noch etwas Tröstendes mit auf den Weg gegeben. Hätte gern von Weihnachten erzählt, vom ersten Schnee und der Mandelbaumblüte im nächsten Frühjahr, von einem heißen Sommer, der dann folgen und dass nach den Schmerzen nur noch Schönes kommen würde. Aber sie kam mir zuvor.

»Ja, natürlich«, sagte sie. »Warum auch nicht? Ich habe einen erstklassigen Chirurgen. Der hat alles, was man braucht. Selbstvertrauen. Ein scharfes Skalpell. Und gute Instinkte.«

In diesem Moment hatte ich das Gefühl, dass sie es wirklich schaffen würde. Sie war dieser Typ Frau, der das Leben mit starken Armen unterhakt und dem Teufel ins Gesicht lacht.

»Danke fürs Mitnehmen«, sagte sie. »Und für den Umweg.«

»War kaum einer«, erwiderte ich. »Alles Gute!« Ich ergriff ihre Hand. Sie hielt meine einen Moment lang fest, dann drückte sie so stark zu, dass es fast schmerzte. Als sie ihre Hand unerwartet rasch zurückzog, fiel mein Arm kraftlos hinunter wie der einer Lumpenpuppe mit schlaffen Gliedern.

»Wenn ich die Wahl habe zwischen *mit* und *ohne* Geplänkel, entscheide ich mich gern für *ohne*«, sagte sie, und ehe sie die Mauer wieder endgültig hochgezogen hatte, gelang es mir, ihr meine Handynummer zu nennen, die eine ganz einfache Zahlenkombination hatte, 988, dann drei mal die Neun, einmal die Null. 0177 die Vorwahl. »Einfach zu merken«, sagte ich, »oder?«

Sie antwortete nicht.

»Nein, warten Sie! Ich schreibe sie Ihnen auf.«

»Das müssen Sie nicht.«

»Macht keine Mühe.« Ich riss die Autotür auf, kramte in meiner Tasche nach meinem Notizbuch, begann, die Nummer auf eine Seite zu kritzeln und riss sie heraus.

»Lassen Sie nur!«, rief sie mir zu. »Ich werde Sie ohnehin nicht anrufen. In meinem Alter ist das Boot bereits voll mit Menschen, die einen begleiten. Wir sollten unsere kleine Bekanntschaft nicht vertiefen. Ich weiß gar nicht, wieso ich Ihnen das alles erzählt habe. Es muss an der Operation liegen. Auf Wiedersehen.« Den Koffer hinter sich herziehend, warf sie den Kopf in den Nacken und drehte sich noch einmal zu mir um: »Lernen Sie schwimmen! Schwimmen Sie sich frei!«

Damit ging sie davon, während sich das Geräusch der Gummirollen auf dem nassen Pflaster, untermalt vom Klackern ihrer Absätze auf dem Asphalt, langsam entfernte.

Lernen Sie schwimmen! Schwimmen Sie sich frei!

Schwimmen Sie sich frei!

Ich hätte sie gern noch gefragt, ob ich sie besuchen kommen durfte.

Sie hätte es mir ohnehin nicht gestattet. Das Boot war voll. Und selbst wenn ich in der Lage wäre zu schwimmen, würde ich ohnehin nur hinterherpaddeln.

Aber eines Tages würden wir Zeit miteinander haben.

Viel Zeit. Unendlich viel Zeit.

Nur dass sie davon noch nichts wusste.

7. Kapitel

Es tat gut, wieder zu Hause zu sein, im Sicheren, im Warmen, eine Arztserie zu sehen, in der es um Schicksale ging, die weit weg waren von meinem eigenen, eine Tasse Tee zu trinken, ein Käsebrot zu essen, sich in das Licht der Kerzen und eine Decke zu hüllen. Als sie in »Grey's Anatomy« ausgerechnet ein Hirnaneurysma operierten, schreckte ich auf. Warum ausgerechnet heute? Gab es keine anderen Themen? Als würde das Fernsehen nur darauf warten, den wunden Punkt aufzuspüren, dachte ich, die Schwäche des Zuschauers auszunutzen, als wäre es eine Blaupause des wirklichen Lebens. Ich war erschüttert, als der Patient starb. Meine Augen drohten zu überfluten.

»So dramatisch ist es auch nicht«, versuchte ich, mich selbst zu trösten. Doch es klang ziemlich wenig nach der Wahrheit.

Es war dramatisch, dass er es nicht geschafft hatte. War es nicht unser aller Wunsch, dass am Ende alles gut wird? Trieb uns nicht genau das an? Die Aussicht auf ein Happy End?

Ich schlief mit dem Gedanken ein, am nächsten Tag nach Gießen zu fahren, um mich nach Ana Blumenberg zu erkundigen, obwohl ich Krankenhäuser hasste.

Ich konnte kein Krankenhaus betreten, ohne an die Episode zu denken, die sich ereignet hatte, als ich fünfzehn war und die neunte Klasse besuchte. Für ein Schülerpraktikum arbeitete ich drei Wochen lang im Klinikum einer benachbarten Kleinstadt, in die ich jeden Morgen mit dem Bus fuhr. Der Beruf der Kinderschwester kam mir verlockend vor. Tagsüber würde ich meinen Patienten vorlesen, ihnen singende Luftballons bringen, die Kleinen füttern, den älteren unter den Mädchen die Fußnägel lackieren, und nachts tankte ich Kraft bei der Musik Robbie Williams, den ich heiraten würde. Das ganze Leben ein Gebilde aus Glück. An diesem Morgen hatte ich Frühschicht.

Es war kurz nach sechs, und man hatte mich damit beauftragt, Milch aus der Krankenhausküche im Keller zu holen, für die Teeküche des Labors. Ich lief durch endlose Gänge im Bauch des Riesengebäudes, meine Schritte hallten von den Steinfliesen wider, genau wie die anderer Personen in benachbarten Korridoren, die ich aber nicht zu sehen bekam. Ich wusste, irgendwo hier unten musste auch die Pathologie sein, wo man die Toten untersuchte, und die Leichenhalle, in die sie danach kamen. Die Tatsache, dass ich am gestrigen Abend, als meine Mutter ein paar Stunden außer Haus war, mit Bea »Shining« auf Video geguckt hatte, machte es nicht besser. Irgendwo hinter mir fiel eine Tür ins Schloss, ich hörte ein Männerlachen. Es klang höhnisch in meinen Ohren. Mein Herz setzte einen Moment lang aus, bevor es dazu überging, in wilden Schlägen gegen meine Rippen zu boxen. Mein Atem wurde schneller, genau wie meine Schritte, das Licht der Neonröhren über mir war erbarmungslos und kalt, und der Angstschweiß brach mir aus allen Poren. Am

Ende rannte ich mit den Milchtüten in meinem Arm, bis ich den Fahrstuhl erreichte, der viel zu lang auf sich warten ließ, bevor er endlich, endlich aus dem achten Stock hinunterglitt und sich die stählerne Tür für mich öffnete. Ich lehnte mich gegen die Wand, zitternd, klitschnass geschwitzt, und beschloss, ab jetzt auf zwei Dinge zu verzichten: auf Horrorfilme und eine Ausbildung zur Krankenschwester. Meine Mutter war froh. Einerseits. Sie hätte sich schwergetan mit meinen Schichtdiensten, sagte sie einmal. »Wo bist du dann, wenn ich dich brauche?« Anderseits war eine Krankenschwester in Reichweite nie verkehrt, wenn jemand älter wurde und »die Garantie langsam abläuft«, wie sie es nannte. Die Sache im Krankenhauskeller kurierte mich. Ich tröstete mich damit, dass vor den Heliumballons die Mutprobe mit der Blutprobe gekommen wäre. Ich war nicht der Typ, der anderen Menschen mit einer Nadel in der Vene herumstocherte. Robbie Williams trennte sich von »Take That«, und kurz darauf bewarb ich mich um eine Lehrstelle als Verkäuferin im größten Supermarkt am Platze, wo ich es einmal sogar zur »Mitarbeiterin des Monats« brachte. Die Urkunde hing heute noch gerahmt in unserem Wohnzimmer neben einem Wandkalender mit Türen in der Provence.

Gleich am Morgen rief ich Frau Schnorr, meine Chefin, an, um mich einen weiteren Tag krankzumelden. Es sei bereits der zweite, sagte sie und bestand auf einer Krankmeldung vom Arzt.

»Ich fehle sonst nie«, protestierte ich.

»Die meisten Arbeitsgeber verlangen sie inzwischen schon am ersten Tag. Und das ist durchaus rechtens. Urteil vom Bundesarbeitsgericht vom 14.11.2012, Aktenzeichen 5 AZR 886/11.«

»Ist ja schon gut.«

Somit ging ich zum Arzt in der Nachbarschaft, Dr. Hahn, der vor Kurzem die Praxis seines Vaters übernommen hatte, unserem Hausarzt seit Jahrzehnten. Die erste Erkältungswelle rollte, die Menschen krächzten, schnieften, schnaubten und husteten ihre Bazillen auf Gummibäume und ins »Goldene Blatt«. Das Wartezimmer war überfüllt, und Hahn junior besah sich in Hektik meinen Finger, der mir vorkam wie ein unförmiger Klumpen, rot, heiß und geschwollen. Er machte es mir leicht. Ich war beinahe gerührt, dass mein Finger so gut mitspielte. Hahn junior instruierte die Sprechstundenhilfe, einen neuen Verband anzulegen, verschrieb mir eine antibiotische Salbe und kondolierte mir zum Tod meiner Mutter.

»Es war sicherlich nicht einfach, sie bis zu ihrem Tod zu pflegen. Aber dafür sind Töchter ja da.«

Ich wusste nicht, ob er das ernst meinte, denn er fing an zu lachen und sagte: »Meine Eltern haben Vorsorge getroffen. Die haben fünf Kinder.«

Er schrieb mich eine Woche krank. Was wollte ich mehr?

Ich brachte den gelben Zettel zu Herrn Schnorr, der wie immer in seinem Kabuff über dem Markt thronte und auf Kunden, Kartoffeln und Kiwis herab sah. Seine Frau war nirgendwo zu entdecken, auch Bea saß nicht an der Kasse, was mich wunderte, sondern unser Lehrling Tobias.

»Wo ist Bea?«, fragte ich Herrn Schnorr.

»An der Wursttheke. Irgendjemand muss den Job ja machen. Und sie macht ihn fantastisch«, sagte er, kam die Stufen hinuntergeklettert, damit wir nicht so brüllen mussten und schnalzte mit der Zunge, während seine Augen irrlichterten. »Dieses Mädchen könnte dem Teufel Weihwasser schmackhaft machen.«

Und dir sogar die tödliche brasilianische Wanderspinne in einer Bananenkiste, dachte ich, als ich eine Bewegung in meinem Rücken spürte, die mir verriet, dass wir nicht länger allein waren. Ich drehte mich um und blickte in die böse blitzenden Augen seiner Frau. Sie war wütend. Auf ihn. Auf sich. Auf Beas Mühelosigkeit. Darauf, dass man sich am Glück der ersten Jahre nicht mehr festhalten konnte. Ich kam ihr da wie gerufen. Als Blitzableiter. Sündenbock.

»Es gibt einige personelle Umstrukturierungen«, sagte sie. »Bea wird ab jetzt die Wursttheke machen.«

»Und ich?«

»Wir planen einen Brathähnchenstand draußen am Eingang vor dem Markt. In einem Imbisswagen. Anfang Januar soll's losgehen. Täglich von 10 bis 20 Uhr frische Hühner vom Grill. Und Pommes. Ein neuer Dienst am Kunden. Man muss im Gespräch bleiben.«

Herr Schnorr betrat wieder sein Kabuff und löschte das Licht. Halb eins. Mittagspause.

Sprachlos blieb ich im Licht der ausgehenden Neonröhren zurück.

Ich wartete noch ein paar Stunden, bevor ich am Nachmittag zu Ana Blumenberg nach Gießen aufbrach. Frisch operiert, würde ich sie ohnehin nicht gleich auf der Station antreffen. Wenn überhaupt. Ich musste es probieren. Es dunkelte fast schon wieder, als ich losfuhr. Ein nahtloser

Übergang. Den ganzen Tag über war es nicht richtig hell geworden; die Sonne war dem grauen Himmel nicht gewachsen gewesen. Ich hatte ein mulmiges Gefühl. Ana hatte gestern Abend deutlich gemacht, dass sie keinen Kontakt wünschte. Und mir war mehr als klar, dass ihre und meine Welt zwei verschiedene Planeten waren. Zwei Sonnen, zwei Monde, andere Luft, andere Erde, anderes Universum.

Trotzdem musste ich wissen, wie es ihr ging. Und so betrat ich die Klinik. Die Halle ähnelte eher einem Hotelfoyer als einem Krankenhaus. Sie war geschmackvoll möbliert und ziemlich beeindruckend. Ich steckte meinen Kopf in die Cafeteria, in der junge Ärzte vor Sandwichs und Salattellern saßen, diskutierten und lachten. Die Szene erinnerte mich an »Grey's Anatomy«, und ich musste lächeln. Ich sah Patienten und Besucher vor den beiden Wandapparaten stehen, von denen aus man deutschlandweit umsonst telefonieren konnte. Ich kaufte einen der Blumensträuße, die vor einem Süßwaren- und Zeitschriftenladen aus einem Holzgestell ragten. Ein paar blasse Gerbera inmitten von Blättern und Zweigen und Hagebutten für 12,90 Euro. Das war Wucher. Aber ich wollte nicht mit leeren Händen vor Ana stehen, sollte ich zu ihr vorgelassen werden. Dann trat ich an die Rezeption.

Ein korpulenter Mann in mittleren Jahren blickte vom Computer auf. »Kann ich Ihnen helfen?«

»Ich suche Ana Blumenberg. Station 3.2.«

»Moment, bitte!« Er tippte den Namen ein und blickte auf den Bildschirm.

»Die gibt's hier nicht.«

»Was?«

»Die haben wir nicht.«

»Aber sie ist gestern Abend gekommen und heute operiert worden.«

»Nicht bei uns.«

»Das kann nicht sein. Ich habe sie selbst gebracht. Gestern gegen halb acht. Habe sie hier abgesetzt. Und ich weiß, dass sie auf Station 3.2 liegt. Hab's mit eigenen Ohren gehört.«

»Die Neurochirurgie.«

Ich spürte, wie sich meine Nackenmuskeln versteiften. »Ganz genau.«

»Fragen Sie dort nach, wenn Sie mir nicht glauben.«

Kleine Denkpause. Durchatmen.

Mit einem Nicken seines Kopfes deutete er nach links. »Da vorne! Die beiden ersten Fahrstühle, die bringen Sie nach oben. Die hinteren sind fürs Personal.«

»Das ist doch alles nicht wahr«, brummte ich in die cremefarbenen Gerbera und bestieg nach einer Frau mit Gehhilfe samt Begleitung den Lift.

»Die drei«, sagte die mit der Gehhilfe zu der Frau, die für sie drückte. Als der Fahrstuhl hielt, kommandierte sie: »Nach rechts. Links liegen die schweren Fälle.«

Links war die Station 3.2. Links lag Ana. Hatte ich zumindest gedacht.

»Suchen Sie jemanden?«, fragte eine junge Schwester, während ich im Flur stand und nicht wusste, wohin, und sie die grauen Tabletts mit Abendessen aus dem Wagen zog. Die große Uhr an der Wand zeigte kurz nach halb fünf.

»Ich suche Ana Blumenberg.«

»Sind Sie eine Angehörige?«

Ich verneinte, während mir der Geruch von Kohlrabi in die Nase stieg, der wohl noch vom Mittagessen in der Luft hing, muffig wie ein alter, feuchter Keller.

»Ich bin eine …«, ich zögerte, denn ich war mir der Ungeheuerlichkeit meiner Antwort bewusst, »… eine Freundin«.

»Sie ist nicht mehr bei uns. Mehr darf ich Ihnen nicht sagen. Es tut mir leid! Ich muss das Essen verteilen. Die Patienten warten.«

Eine zweite Schwester, zierlich und die blonden Haare streng zurückgekämmt wie eine Ballerina, trat an den Wagen und machte sich ebenfalls an den Tabletts zu schaffen. Sie nickten mir beide zu und gingen davon, um Brot- und Wurstscheiben mit Tomatengarnitur zu den Patienten zu bringen.

»Moment«, rief ich und hob die Hand, um ihnen nachzuwinken. Aber sie nahmen mich nicht mehr wahr, und ich merkte, dass ich vor lauter Nervosität ein paarmal hektisch blinzelte, während ich den Worten der beiden lauschte, die zu mir herüberwehten.

»Das ist wirklich eine tragische Geschichte«, sagte die Blonde.

»Gott nimmt immer jemanden raus«, sagte die andere. »Es gibt immer einen, der einfach so durchflutscht.«

Ich hatte Angst, ich würde zu Stein erstarren. In den Ohren hörte ich meinen Puls, mein Kopf schmerzte, und ich schnappte nach Luft. Erneut klangen Gesprächsfetzen zu mir herüber.

»Gerade macht die Putzfrau Zimmer 3.214 fertig«, sagte die Schwester, mit der ich gesprochen hatte, zu ihrer Kollegin. »Wir platzen aus allen Nähten. Auf der 3.1. bringen sie in ihrer Verzweiflung schon welche aus der Orthopädie unter.«

Ich war mir sicher, dass das Anas Zimmer gewesen sein musste. Die 3.214. Ich schaute auf die Tafeln mit den Nummern neben den Türen, bis ich es gefunden hatte. Es lag in einem kleinen Seitentrakt, rechts, etwas versteckt, ganz am Ende des Flures. Die Tür stand offen. Eine Putzfrau hüllte das Bett mit Plastikfolie ein. Als sie mich sah, lächelte sie. Ich lächelte zurück, und dieses Lächeln spannte auf meiner Haut wie eine Gesichtsmaske, die anfing zu bröckeln.

»Wissen Sie, wer hier lag?«, fragte ich. »Lag hier eine Frau Blumenberg?«

Sie zuckte mit den Schultern und sagte, sie spreche kein Deutsch. Ich drückte ihr meinen Strauß in die Hand und lief davon, setzte mich in mein Auto und fuhr los. Als ich an der ersten Ampel anhielt, verlor ich die Fassung. Wasser schoss in meine Augen, und ich presste meine zitternden Hände zwischen die Knie, damit sie Ruhe gaben. Es war nicht Trauer, die mich überkam. Es war etwas wie … Wehmut. Ich hätte Ana gern noch mal gesehen, aber sie war genauso schnell verschwunden, wie sie in mein Leben getreten war. Ich hatte sie verloren, ohne sie richtig kennengelernt zu haben, und erinnerte mich nur an ihre Hand, die meine einen Moment lang zu fest gedrückt hatte, an perfekt geschnittenes Haar, ein tiefes Lachen, einen Ring am Daumen und daran, dass wir beide verwelkte Blüten hassten.

Jetzt war sie tot. Gestorben an einem Tag, an dem der Himmel unentwegt bedeckt gewesen war.

Wenn Anas Sterben einen Sinn gehabt hatte, dann den:

Ich sollte endlich anfangen, das Glück zu suchen. Es musste ja nicht das ganz große sein, ein mittelgroßes wäre auch schon was. Und selbst gegen ein kleines wäre nicht viel zu sagen.

8. Kapitel

Ich machte mir keine Illusionen. Die Zukunft wurde nicht automatisch besser, nur weil man die Gegenwart langweilig fand. Man stand nicht morgens auf und war ein anderer Mensch. Man kugelte nicht vor Wonne über den Fußboden, aß Spaghetti mit Miesmuscheln zum Frühstück oder nahm sich vor, ab nächster Woche mit Schlaghose und Fransenweste in einem Bulli um die Welt zu fahren oder mit Straßenkreide irgendetwas von Rembrandt in der Fußgängerzone aufs Pflaster zu malen. Vielleicht gab es Leute, die das taten, aber so war ich nicht. Auch wenn ich ein wenig mehr Energie verspürte als vorher und vielleicht eine kleine Anwandlung von Abenteuerlust, konnte ich nicht auf der Stelle den Schalter umdrehen, die Uhr auf null schrauben und ein neues Leben anfangen, weil ich gar nicht gewusst hätte, wohin mit meinem alten. Mit dem Eimer ausschütten wie abgestandenes Wasser, um frisches nachzufüllen? So einfach war das nicht. Also musste ich klein anfangen. Und ich wusste auch schon wie.

Mit diesem Tag würde es beginnen. Früh am Morgen stand ich auf. Auch heute noch schlief ich auf der Bettcouch in meinem Jugendzimmer; im Rücken die Polster der Lehne, an die ich mich so gern anschmiegte, weil es sonst in meinem Leben so wenig zum Anschmiegen gab.

Normalerweise hätte ich Decke und Kopfkissen auf einem Stuhl ans offene Fenster gelegt. So wie meine Mutter das immer getan hatte. Heute reichte es mir, alles weit zu öffnen und mein Bettzeug als wirren Haufen auf der Matratze liegen zu lassen. Die Nacht hatte Frost gebracht, der den Regen ablöste, und schon nach zehn Minuten Lüften legte die Kälte die Wohnung auf Eis. Ich blickte kurz auf den Blumenkasten vorm Fenster, der ein paar Zwergkoniferen beherbergte, das einzige Grün weit und breit, winterhart, nicht kaputtzukriegen.

Ich duschte, zog eine dunkelblaue Jeans und eine rosa Bluse an, meinen Strickmantel und darunter eine dünne graue Jacke aus Baumwolle. Mit einem Haushaltsgummi band ich meine Haare zu einem Pferdeschwanz, trank eine Tasse Nescafé und schmierte Margarine und Quittengelee auf eine Scheibe Toast, der ich nicht wie sonst die Zeit ließ zu rösten.

Ich hatte es eilig. Es war gerade mal kurz nach halb acht, als ich zu meinem Auto lief, mich hineinsetzte, Radio, Scheinwerfer und Motor anwarf und mich in den Verkehr einordnete. Eine Viertelstunde später erreichte ich den Parkplatz vor dem größten Baumarkt der Stadt. Ich war zu früh. Nachdem ich zehn Minuten gewartet hatte, machten sie endlich auf. Ich ging hinein, roch vom Backwarenstand den Duft des frischen Brotes und von der Metzgertheke den von soeben gebratenen Frikadellen, Nahrung für hungrige Heimwerker, eilte durch die riesige Halle und stellte mich kurz darauf etwas außer Atem und mit zehn großen Pappkartons auf meinem Einkaufswagen an der Kasse an. Plastiksäcke würde ich auch brauchen, doch da meine Mutter immer von allem einen Vorrat zu Hause hatte, auch von Dingen, die sie nie benötigte, war ich wenigstens damit eingedeckt.

Da ziehe wohl jemand *um,* sagte die Kassiererin und deutete auf die zusammengefalteten Kartons.

»Da zieht jemand *aus*«, sagte ich und kaufte anschließend an der Fleischtheke zwei Hühnerbeine für später, denn ich wusste, gegen Mittag würde ich Appetit bekommen.

Ich hetzte zurück, und sobald ich daheim die Tür hinter mir ins Schloss gedrückt hatte, zog ich Jacke und Mantel aus, warf sie achtlos auf einen Stuhl, nahm ein paar Rote-Kreuz-Säcke aus der Besenkammer neben der Küche, brachte sie ins Schlafzimmer meiner Eltern, öffnete den Kleiderschrank meiner Mutter und fuhr zurück, als mir ihr Geruch entgegenschlug. Der nach Handcreme und Zwiebeln und selbstgemachtem Eierlikör.

Ohne zu zögern, riss ich alles heraus, die Wintersachen, die auf der linken Seite des Schranks lagen, und die rechts für den Sommer. Rupfte Blusen und Kleider von Bügeln, Hosen und Röcke und legte sie in die Säcke, während ich in andere die Pullover bettete, die nach Farben geordnet in den Fächern gestapelt waren, wie mit dem Lineal abgemessen. Genauso machte ich es mit den Kittelschürzen, den geblümten Nachthemden und der Unterwäsche, den Büstenhaltern in Größe 100 C, den Miederhöschen, den hautfarbenen Unterröcken. Ich fand eine schwarzhaarige Afroperücke, die sie als junge Frau im Karneval getragen hatte. Es gab Fotos, die das belegten, und anhand des mit Bleistift notierten Datums auf der Rückseite war ich davon überzeugt, dass ich das Produkt eines beschwipsten Winterabends auf einer Engtanzparty war, als die Sünden noch nach Bowle und

Cola-Weinbrand schmeckten. Eigentlich hatten meine Eltern für diese Art Party damals schon nicht mehr das richtige Alter. Meine Mutter war achtunddreißig, mein Vater sogar achtundvierzig, als ich geboren wurde. Doch in dieser Nacht waren sie wohl sorglos gewesen, angeheizt durch Marianne Rosenberg und Boney M. und eine flackernde Discokugel über ihren Köpfen, meine Mutter mit dem Afro, in einer silbernen Lurexbluse und auf gelben Plateausohlen, mein Vater mit Koteletten, Schnauzbart, einem erbsengrünen Hemd und einer Kette mit Peace-Anhänger.

Ich nahm einen neuen Sack und warf eine Strumpftasche aus rotem Kunststoff mit gesteppten Nähten hinein, die man wie eine Ziehharmonika aufklappte und in deren Fächern, getrennt durch Plastikschichten mit Blümchendekor, dünn wie Schwimmhäute, ihre Strumpfhosen lagen. Es erstaunte mich selbst, wie konsequent ich ein ganzes Leben ausrangierte, wegradierte, fortschaffte. Erst als ich die Spuren von Druckerschwärze von ihrem Nachtjob in der Druckerei an den Ärmeln eines weißen Pullovers entdeckte, als mir ein fehlender Knopf an einer grün-blau gestreiften Bluse auffiel, der den wachsamen Augen meiner Mutter wohl entgangen sein musste und dem nur noch ein längliches Fädchen an der Knopfleiste nachtrauerte, als ich einen Kaffeefleck auf einem hellen Kostümrock wahrnahm, musste ich schlucken. Diese Nachlässigkeit, die so wenig zu ihr gepasst hatte und die mir selbst fremd war, rührte mich. Erschöpft ließ ich mich aufs Bett fallen. Selbst nach dem Tod meines Vaters war es immer für zwei bezogen gewesen. Ich dachte an den letzten Atemzug meiner Mutter, der für immer im Spinnennetz meiner Erinnerung hängen bleiben würde. Dieser finale Seufzer, den sie getan hatte, lang und wie aus ihrem Innersten herauswehend, als würde eine Tür im Wind zugehen. Ich wartete darauf, dass endlich Tränen kamen. Einmal *musste* ich doch um sie weinen. Aber sie kamen nicht.

Ich zog die Bettwäsche ab, verpackte die Decken und Kopfkissen, dann räumte ich den Schrank meines Vaters leer. Meine Mutter hatte das nie übers Herz gebracht. Nicht weil sie meinen Vater so sehr geliebt, sondern weil sie es gehasst hatte, Witwe zu sein.

Ich lief weiter in die Küche und ins Wohnzimmer, zerrte aus den Schränken, was sich im Laufe der Jahre angesammelt hatte, und warf es in die Kartons. Ein Knabberset mit der Aufschrift »Für die kesse Party«. Einen Eiswürfelbehälter mit einem Mantel aus schwarzem Leder. Cocktailgabeln, die im Maul eines hungrigen Delfins aus Olivenholz steckten. Glasuntersetzer mit Schmetterlingsflügeln. Einen Kerzenständer aus schwarzem Draht in Form einer gebuckelten Katze, der auf dem Couchtisch stand, so lange ich denken konnte. Ich wollte mir gerade die Stehlampe vornehmen, die ich aufgrund ihres Gewichts mit seitlich aufgesetztem Holzfuß aus dem Wohnzimmer rollte, da klingelte es an der Tür.

Bea stand vor mir. Sie war etwas außer Atem. Die Raucherei ging allmählich auf ihre Lunge, ihr Lachen war heiser, ihre Stimme kratzig, und das führte dazu, dass ich oft den Impuls hatte, *mich* zu räuspern, wenn *sie* zu reden begann. Dritter Stock ohne Fahrstuhl war eine Herausforderung für sie.

»Schon Feierabend?«, sagte ich.

Es begann bereits zu dunkeln. Hatte der Tag nicht eben erst angefangen?

»Mittwochs immer früher. Vergessen?«

»Wo du doch jetzt bei der Wurst bist!«

»Gib nicht mir die Schuld, dass mich die Schnorr dorthin gesteckt hat, okay?« Sie drängte sich an mir vorbei durch die Tür. »Passt ihr natürlich gut in den Kram. Da hocke ich nicht mehr in Blickweite ihres Alten, wo die Kasse direkt in der Einflugschneise seines Kabuffs liegt.«

»Mich will sie an den Hähnchenstand verbannen.«

»Da verbrennst du dir doch nur die Finger. Bitte, geh wieder zur Wurst. Mich hat heute eine Veganerin blöd angeblafft, Massentierhaltung und so, als würde ich persönlich die armen Ferkel einsperren, mir ist fast schlecht geworden von dem Zwiebelgestank auf den Mettbrötchen, so ein kleiner Rotzlöffel hat die Wurst ausgespuckt, die ich ihm gegeben habe …«, sie rollte mit den Augen, »… weil was Grünes drin war …«

»Pistazien«, sagte ich.

»Und beim Abfüllen des Eiersalates in ein Schälchen ist mir der ganze Kladderadatsch vom Löffel gerutscht und auf meine neuen Stiefel von Zalando geplumpst.« Anklagend deutete sie auf einen eiskugelgroßen Fettfleck auf rosa Wildleder. »Kurzum: das Grauen. Du wolltest gestern Abend anrufen.«

»Vergessen.«

»Was'n los mit dir? Und was ist hier los? Ziehst du aus?«

Ich fuhr mit dem Handrücken über die Stirn, die sich klebrig anfühlte. Ein paar Haare hatten sich gelöst und pappten an meiner Haut.

»Du wirkst aufgewühlt und überdreht«, sagte sie. »Voll mit Adrenalin.«

Konnte sein. Ich war beschwingter als sonst. Vielleicht weil um mich herum alles zu Geschichte wurde und ich gerade ein paar Erinnerungen umbrachte.

»Ich miste aus«, erklärte ich.

»Wozu?«

»Ich brauche Platz. Will endlich die Dinge kaufen, die mir gefallen.«

»Frag doch Gisela.«

»Welche Gisela?«

»Welche Gisela?«, äffte sie mich nach. »Meine Nachbarin. Die hat Beziehungen nach Italien. Die kommt günstig an venezianischen Glaskram.«

»Danke für den Tipp, aber lass mal.«

Sie begann in einem der Kartons zu kramen. »Und was passiert hiermit?«

»Für den nächsten Kirchenbasar.«

Sie holte die Knabbersetschalen in Neonfarben hervor. »Die kannst du nicht weggeben! Hey, das war unser Motto: ›Für die kesse Party‹. Weißt du nicht mehr? Wenn wir allein waren, haben wir ...« – sie umklammerte den Holzständer der Stehlampe und schwenkte ihn hin und her wie einen Mikrofonständer – »auf der Couch neben *dieser* Lampe gesessen, haben die ›Spice Girls‹ gehört, knallrosa Fanta getrunken und Chips gefuttert.«

Einmal war es nicht bei Fanta geblieben. Meine Gedanken wanderten zurück zu der Nacht vor meinem 17. Geburtstag. Meine Mutter musste vom Abend an bis in die frühen Morgenstunden hinein in der Druckerei Prospekte in den

Knick der Zeitungen legen, mein Vater war mit seiner »Humtata-Mucke«, wie Bea es nannte, auf Tournee. Es war nicht sein richtiger Job. Angestellt war er im Büro eines Heizkesselbauers. Aber man war stolz darauf, einen Künstler in den eigenen Reihen zu haben und handhabte die freien Tage locker. Ich hatte es häufiger gedacht: Die Querflöte war seine Geliebte, die ihn wegbrachte von uns.

Bea hatte Apfelwein dabei, um mit mir in meinen Geburtstag reinzufeiern. Apfelwein sei kein Alkohol, sagte Bea. Es sei im Prinzip nur Apfelsaft mit ein paar harmlosen Umdrehungen.

Als meine Mutter gegen vier Uhr nachts aus der Druckerei nach Hause kam, hing ich halb tot auf der schwarz-gelb karierten Bettcouch in meinem Zimmer. Meine Augen lagen schwer wie Bleikristall in den Höhlen, saures Gas stieg aus meinem Verdauungstrakt in die Atemorgane. Ich musste aufstoßen. Immer wieder. Dann weinte ich und kotzte die Toilette voll. Wenn ich nur an Beas ›Camel Filter‹ dachte, von denen ich ein paar am offenen Wohnzimmerfenster geraucht hatte, wurde mir noch Wochen danach übel.

»Das wird ja ein schöner Geburtstag heute«, grollte meine Mutter, tauchte einen Waschlappen in eine Schüssel mit kaltem Wasser und presste ihn mir auf die Stirn. »Und ich habe extra ›Kalten Hund‹ gemacht.«

Ich rannte ins Bad und übergab mich erneut, bevor sie kurz darauf morgens um sechs den Kuchen an meiner Bettkante aß.

»Findest du wirklich, dass Beatrix der richtige Umgang für dich ist?«, fragte sie, während die Kuchengabel gegen ihre Zähne klapperte.

Ein paar Stunden darauf rief mein Vater aus Würzburg

an, um mir zu gratulieren. Ich wollte ihn provozieren, wollte ihm erzählen, dass ich in meinen Geburtstag reingefeiert hatte, nicht länger die brave Magda war, gutes Kind. Da fuhr die Rechte meiner Mutter an meinen Lippen vorbei wie ein Peitschenhieb durch die Luft, und sie nahm mir blitzschnell den Hörer aus der Hand.

Das sei ab jetzt unser Geheimnis, befahl sie. Und fast schien es, als würde sie es genießen, dass ihr mein schlechtes Benehmen ein Pfand überlassen hatte.

Den schalen Geschmack des Alkohols auf meiner Zunge wurde ich nicht mehr los. Ich trank sieben Jahre keinen Tropfen, und ich konnte nie mehr diesen Kuchen essen, der nach verfrorenem Pudel klang. Seitdem hatte ich meinen Geburtstag am liebsten übergangen.

»Was hast du mit der Lampe vor?«, holte mich Beas Stimme aus meinen Erinnerungen.

»Zum Elektroschrott.«

»Das kannst du nicht machen. Das ist …« Bea suchte nach Worten und sah mich mit einem ungläubigen Ausdruck in den Augen an. »Das ist unsere Jugend. Das gehört genauso dazu wie diese Tapete.« Sie deutete auf die Wände, auf die gelben und orangefarbenen Kreise auf braunem Grund, bevor sie die Säcke mit den Kleidungsstücken entdeckte, mit der Hand hineinfuhr und die schwarz gelockte Perücke meiner Mutter herausfischte.

»Damit haben wir Modenschau gespielt. Manchmal hatte ich Klamotten von mir dabei.« Bea ließ die Perücke wieder fallen und ging voran ins Schlafzimmer.

»Du hattest immer schöne Sachen«, sagte ich. Sie waren mir immer zwei Nummern zu klein gewesen, sie waren auch Bea zu eng, aber aus Prinzip kaufte sie nie etwas in Größe vierzig, was sie hätte haben müssen, sondern alles in achtunddreißig. Sie hatte das Selbstbewusstsein dafür, denn Bea wurde gemästet mit Komplimenten. Und während ich noch daran dachte, wie wir uns in ihr rotes Kleid mit dem gesmokten Oberteil und der schwarzen Schleife unter dem Busen hineingezwängt, wie wir uns im Spiegel mit dunkel umrandeten Kajal-Augen und unseren rosa Fanta-Zungen angegrinst hatten, quietschte sie los, hielt sich einen der Büstenhalter meiner Mutter vor die Brust und nahm mit spitzen Fingern ein Miederhöschen hoch.

»Lass das!«, sagte ich.

»Nun hab dich nicht so.«

»Pack's wieder ein!«

»Spaßbremse.«

»Leg's zurück!«

Sie lachte, schmiss sich auf die Matratze und bettete den Kopf auf ihre im Nacken gefalteten Hände. »Immer nur hautfarbene Schlüpfer«, sagte sie. »Das nenne ich ein vermurkstes Leben.« Sie starrte an die Decke, an der es nichts zu sehen gab außer weißer Farbe, die im Laufe der Jahre grau geworden war, und einer beigen Stofflampe mit brauner Strickbordüre.

»Früher haben wir auf der Schaukel hinter unserem Haus gesessen, haben in den Himmel geguckt und uns gefragt: Wie kommen wir hier raus?«

Ich legte mich zu ihr. »Wird schon noch«, sagte ich. »Auf uns wartet noch was Großes.«

»Du hättest es verdient.«

»Ist irgendwas passiert, dass du so sentimental bist?«

Sie drehte sich auf die Seite, zwirbelte eine ihrer kurzen

Haarsträhnen zwischen den Fingern und verzog den linken Mundwinkel zu einem fast verlegenen Lächeln. »Hab nur Mitleid mit dir, weil du jetzt Vollwaise bist.« Aufmerksam betrachtete sie mich. »Du bist heute anders«, sagte sie und wedelte mit der Hand vor meiner Nase herum, damit ich ihre weiß lackierten Fingernägel bewundern konnte. Bea legte viel Wert auf Maniküre. Sie ging alle paar Wochen zu einer Vietnamesin, die ihr das Gefühl gab, dass immerhin ihre Nägel in der ersten Liga mitspielen konnten.

»›Ab jetzt unlackiert und kurz‹, hat die Schnorr gesagt. Kannst du dir das vorstellen? Ich bin doch für keinen Typen ›die schärfste Frau der Welt‹, wenn ich Nägel habe, als würde ich auf einem Kartoffelacker arbeiten. Die hat nicht mehr alle Latten am Zaun.« Sie wischte sich mit dem Ärmel über die Augen. »Immer wenn man nicht mit ihr rechnet, taucht sie plötzlich auf und steht hinter einem. Wie ein Seeungeheuer aus der Tiefe.«

»Weinst du?«

»Doch nicht wegen der.«

Sie sprang vom Bett auf und nahm einen Rahmen vom Fensterbrett, in dem ein Foto meiner Mutter steckte. Aufgenommen im letzten Sommer in einem Gartenlokal. Sie trug ein geblümtes Kleid und hatte vor sich auf dem Teller ein Stück Käsekuchen. »Nicht dass ich deine Mutter besonders gemocht hätte«, sagte sie und schniefte, »aber du hast gar nicht richtig getrauert. Das ist nicht gut. Das frisst einen irgendwann von innen auf.« Ich nahm ihr den Rahmen ab und wischte mit dem Ärmel meiner Bluse darüber, auch wenn kein Stäubchen drauf war.

»Ich haue jetzt ab. Ciao, bis morgen.«

Kaum war Bea aus der Tür, drückte ich mich an den

Kartons und Säcken im Flur vorbei und ging ins Wohnzimmer. Das Bild meiner Mutter stellte ich in die Schrankwand hinter eine durchsichtige Scheibe. Hinter Glas konnte sie bleiben.

Dann rollte ich die Stehlampe wieder zurück an ihren Platz. Wahrscheinlich war ich doch nicht so geübt im Umbringen von Erinnerungen. Ich würde es lernen müssen.

9. Kapitel

Irgendetwas in mir war immer noch unruhig und musste am nächsten Tag hinaus in den Herbststurm, der gerade erst damit begonnen hatte, sich auszuheulen. Der Wind tobte. Er packte die letzten Blätter an den Bäumen und ließ sie fallen, sobald er genug davon hatte, mit ihnen zu spielen.

Ich suchte eine Antwort auf die Frage, was mit Ana Blumenberg passiert war. Obwohl es nicht viele Möglichkeiten geben konnte. Ich hatte das Gefühl, ihr an unserem Baum nahe zu sein. Außerdem hatte ich meiner Mutter etwas mitzuteilen. Und somit machte ich mich erneut auf in den Friedwald. Die Welt roch schon nach Schnee, besonders hier draußen weit ab von den Städten. Fahles Licht fiel durchs Unterholz, während ich zu unserer Buche stapfte. Ich fröstelte. Seitdem ich das letzte Mal hier gewesen war, hatte sich einiges verändert. Ruhe war eingekehrt. Der Winter kam. Die Natur schlief ein. Kein Mensch war zu sehen. Der Waldaltar lag verlassen da.

Mein Herz klopfte wie verrückt, und das kam nicht nur von dem kleinen Anstieg über die Böschung. »Hier bin ich wieder, Mama«, sagte ich zu der Plakette an Baum 1071.

Ich hatte es nie gemocht, wenn sich ihr Gesicht anspannte, und ihre Augen diesen entschlossenen Ausdruck bekamen, der mir andeuten sollte, dass jegliche Diskussion zwecklos ist. Noch schlimmer war dieser leidende Blick, der zum Ausdruck brachte, sie hätte mehr von mir erwartet.

Ich schaute zum Himmel, der so drückend grau wirkte, als wäre er aus Beton. Mein Atem beruhigte sich langsam.

»Ich habe aufgeräumt. Eure Sachen aussortiert. Würde dir vermutlich nicht gefallen. Hole mir was Neues in die Wohnung.«

Ich schwieg eine Weile und merkte, wie ich vor Anspannung mit den Zähnen knirschte.

»In ein paar Wochen werde ich fünfunddreißig. Und weißt du was, Mama, der Zug ist abgefahren für mich. Eigentlich dachte ich immer, wenn ich alleine bin, dann suche ich mir einen Mann, der gut riecht, für den ich gerne backe und der mich kitzelt, während wir Fangen spielen. Mit dem ich Kinder kriege und der mir sagt, dass ich schön aussehe. Der mich in den Arm nimmt, wenn ich traurig bin, und alles ist wieder gut.« Ich legte meine kalten Hände an meine erhitzten Wangen, um sie zu wärmen. Warum hatte ich bloß nicht an Handschuhe gedacht? »Aber ich glaube, ich kann das gar nicht. Ich weiß überhaupt nicht, wie das geht. Ich habe kein Talent zum Glück. Woher auch?«

Ich wunderte mich gerade über den Dreck am Stamm der Buche, eine unübersehbare Spur von getrocknetem Schlamm, da hörte ich ein Knacken im Geäst, das durch die Stille zu mir herüberdrang.

Ich wirbelte herum. Eine Gestalt rannte in einiger Entfernung wie von Furien gejagt davon. Ein kaffeebrauner Mantel plusterte sich im Wind auf und verschwand zwischen den Baumstämmen, die in ihrer Nacktheit gespenstisch wirkten. Ganz offensichtlich war die Person durch meinen Anblick aufgescheucht worden. Was verursachte ihr solche Panik? Warum verursachte *ich* ihr Panik?

Ich beschloss zu gehen und stakste über glitschiges Laub zurück zum Parkplatz. Mir war unheimlich zumute, und ich beschleunigte meine Schritte. Ich hatte es eilig, zu meinem Auto zu kommen. Die Ruhe im Wald wirkte auf einmal beängstigend. Ich sah auf die Namenstafeln an den Bäumen und hielt Abstand zu ihnen, weil ich wusste, ich war allein mit der Asche der Toten. Mein Fuß verfing sich in einer Wurzel, die auf dem Weg lag, geformt wie ein Lasso, ich kam ins Straucheln und konnte mich gerade noch abfangen. Ich rutschte ein Stück den abschüssigen Pfad hinunter, die nassen Blätter hinterließen dunkle hässliche Flecken auf meinen grauen Wildlederschuhen, die ich bisher so gut behütet hatte. Die Sohle war zu glatt. Es waren keine Schuhe für den Wald. Ich dachte zu wenig nach in letzter Zeit. Eisiger Wind umarmte mich und ließ meine Augen tränen. In meinen Wimpern verfingen sich die ersten Schneeflocken.

Mein Handy klingelte. Es konnte nichts Dringendes sein. Ich erwartete selten dringende Anrufe. Aber ich war froh über die Ablenkung und zog das Telefon aus der Seitentasche meiner Daunenweste, ohne die Schritte zu verlangsamen. Es war Frau Mally vom Friedwald.

»Gute Nachrichten, Frau Ziegler. Herr Thaddäus Mahn findet die Idee, Ihre Bekanntschaft zu machen, wenn ich ihn zitieren darf, ›ausgesprochen reizvoll‹. Aber Sie sollten sich beeilen! Fahren Sie zum Seniorenstift am Schlosspark in Bad Homburg.«

Sie wollte bereits auflegen, da japste ich in den Hörer. »Frau Mally!«

»Ja.«

»Haben Sie etwas von Frau Blumenberg gehört?«

»Nein. Wenn sie sich nicht bei Ihnen gemeldet hat, wird sie kein Interesse an einem Kennenlernen haben. So etwas kann man nicht erzwingen.«

»Das meine ich nicht. Ich meine …«, winkte ich ab, obwohl Gabriele Mally das gar nicht sehen konnte. »Ist ja auch egal …« Ich seufzte. »Danke für Ihren Anruf«, sagte ich schließlich und steckte mein Telefon wieder ein. Mein Magen schlug Purzelbäume, und ich schnappte nach Luft. Hektisch kramte ich nach einem Labello. Ich hatte die Dinger überall deponiert. In jeder Handtasche, jeder Jacke. Aber ausgerechnet jetzt fand ich keinen. Es machte mich verrückt. Ich brauchte was zum Schmieren. Glätten. Lindern. Besänftigen. Beruhigen.

Ich fühlte mich außerstande, jetzt einen Sterbenden zu besuchen. Allein bei dem Gedanken daran hatte ich das Gefühl, dass mein Gesicht schneller alterte. So wie auch meine Lippen im Zeitraffer immer trockener wurden.

Ich musste schnellstens mit dem Unsinn aufhören.

Ich *würde* damit aufhören, beschloss ich.

Würde mich in mein Auto setzen und nach Hause fahren. Punktum. Schluss. Aus. Ende mit dem Spuk.

Nach einer knappen halben Stunde kam ich in Bad Homburg an. Trotz der Kälte in meinem Wagen war mein Twinset unter der Daunenweste am Rücken durchgeschwitzt.

Ich mochte die Stadt. Sie war klein und zauberhaft und strahlte Geborgenheit aus. Die romantischen Hauptattraktionen waren zuckrige Fachwerkhäuser, ein beeindruckendes Landgrafenschloss, ein Spielcasino und ein alles überragender Weißer Turm. Es war kein Problem, das Seniorenstift zu finden, zumal keine Schneeflocke mir mehr die Sicht vernebelte.

Ich wollte immer noch nicht da rein. Mir war nicht wohl bei dem Gedanken, auf alte Menschen zu treffen, die gebeugt über ihren Tellern mit Eintopf saßen, um irgendwann aufzutauchen wie aus einer anderen Welt und jeden dankbar anzusehen, der auch nur ein klitzekleines bisschen nett zu ihnen war. Ich fürchtete mich vor diesem typischen Altenheimgeruch, der einen glauben ließ, hier würden mittags ständig saure Nieren gekocht. Ich kannte das nur zu gut: den Nierchengeruch, den Malventee zum Abendessen, Klamotten in Grau und Braun und allen Schattierungen von Beige, Frauen, die zu viel redeten, und Männer, die kaum noch vorhanden waren. Es erinnerte mich an meine Mutter, auch wenn sie nie in einem Heim gelebt hatte.

Ich spürte, wie mein rechtes Auge zuckte, was manchmal vorkam, wenn ich angespannt war. Ich wühlte im Handschuhfach. Auch dort fand sich kein Labello. Herrgott!

Ich leckte mir über die Lippen, atmete tief aus, verließ den Wagen und ging auf das Seniorenstift zu.

»Was hast du dir da nur eingebrockt?«, murmelte ich, blieb stehen und blickte auf das Haus, in dem er sterbenskrank in seinem Bett liegen würde, der alte Mann mit den großen ausgehöhlten Augen, der mich kennenlernen wollte. »Das reicht jetzt«, sagte ich leise.

»Ich gehe wohl recht in der Annahme, dass Sie auf mich warten«, sagte plötzlich eine Stimme in meinem Rücken. Ich fuhr herum. Der Wind zupfte ein paar Strähnen aus meinem Pferdeschwanz und wehte sie mir in die Stirn. Ich verscheuchte die Haare, die mir ins Gesicht flatterten, indem ich einen Schwall Luft ausstieß und nach oben pustete.

Ein Mann stand vor mir. Ich schätzte ihn auf Anfang siebzig. Eine gepflegte Erscheinung, die ganz den Eindruck machte, als würde sie sich schon vor dem Frühstück dafür rüsten, mit Grandezza in den Tag zu starten. Klein und zierlich, randlose Brille, schwarzer Filzhut mit Ripsband. Die Augen hinter den Gläsern waren wässrig blau, und von der Nase zogen sich tiefe Furchen bis hinunter zu den Mundwinkeln. Aber den Rücken, den hatte das Alter noch nicht gebeugt.

Der Anzug des Mannes war von einem dunklen, warmen Grau mit dem leicht metallischen Schimmer von Anthrazitkohle, sein weißes Hemd saß tadellos, die bordeauxrote Krawatte setzte einen eleganten Farbtupfer, der sich im Einstecktuch seines Jacketts wiederholte. Gegen die Kälte trug er einen dunklen Mantel. Seine schwarzen Schuhe glänzten wie mit Speckschwarte behandelt. Unter seinem linken Arm klemmte eine sattelbraune Aktenmappe aus Leder, die ihre besten Tage hinter sich hatte. Sein Mund war rund und ständig in Bewegung, so als würden seine Lippen unentwegt lautlose Worte formen oder wie ein Nagetier an einer Nuss knabbern. Es war weniger seine Kleidung, die mich darauf schließen ließ, dass ich es mit einem Gentleman zu tun hatte, es war dieser Spazierstock, auf den er sich stützte. Schwarz mit einem silbernen Entenkopf als Griff.

Er lüpfte den Hut, wobei er einen bleichen Haarkranz

entblößte, machte einen kleinen Diener und drückte meine Rechte, die ich ihm entgegenstreckte, nicht zu fest, nicht zu weich. Auffallend waren seine erfreulich trockenen Handinnenflächen, von denen er kurz vorher seine Lederhandschuhe gestreift hatte, so dass ich seine vom Alter braun gesprenkelten Hände sehen konnte.

»Darf ich mich vorstellen?«, sagte er und vermied es, meine Hand zu schütteln. Es gehörte sich nicht, den Arm seines Gegenübers durchzurütteln wie Salat in einer Schleuder, das sollte ich später von ihm lernen, wie so vieles. »Thaddäus Mahn.«

Ich hätte wetten können, dass er Pasteten bevorzugte, vielleicht hin und wieder ein Fitzelchen Bündner Fleisch.

»Magda Ziegler.«

»Sehr erfreut.«

Er guckte auf meine grauen Wildlederschuhe. Es waren die besten, die ich hatte. Die Flecken waren inzwischen getrocknet, aber sie hatten hässliche Stellen hinterlassen. Und wie wenig sie gegen die feuchte Kühle ausrichten konnten, die vom Waldboden emporgekrochen war, merkte ich an meinen immer noch kalten Füßen.

»Ihr Schnürsenkel«, sagte Thaddäus Mahn.

Mein Blick fiel nach unten, und ich sah, dass der eine offen war und seine Enden sich wie Regenwürmer im Schmutz kringelten. Ich wollte mich bücken, doch er kam mir zuvor. Beweglich und flink wie ein in die Jahre gekommener, aber immer noch gut trainierter Turner, bückte er sich und knotete mir das Band zu, die Ledermappe unter die Achsel gepresst.

Ich wollte protestieren.

»Bitte …«

Es war mir peinlich. Ein älterer Herr kniete vor mir im Dreck, wobei er es auf bewundernswerte Weise schaffte, seine Kleidung nicht zu beschmutzen.

Und plötzlich war alles wieder da. Die Jahre, die meine Mutter vor mir gekauert hatte, als ich ein kleines Mädchen gewesen war. Wie *sie* meine Schnürsenkel gebunden, einen Fleck vom Leder gebürstet, einen Staubflusen von schwarzem Lack gewischt oder meine Strümpfe hochgezogen hatte. Die weißen Strümpfe mit dem Häkelmuster und der Mausezähnchenkante am Saum, die ich immer anziehen durfte, wenn es Frühling wurde, wenn wir »Kniestrumpfwetter« hatten. Kniestrumpfwetter war das Versprechen von Sommer. Ich dachte an ihren selbst gemachten Holunderbeersaft, den ich als Kind trinken musste, wenn ich erkältet war, an die Säckchen mit heißen Zwiebeln gegen Ohrenschmerzen, und plötzlich überfiel mich die Trauer um meine Mutter mit voller Wucht. Genau in diesem Moment, als die Erinnerungen zurückkamen und meine Gegenwart von meiner Vergangenheit besucht wurde. Während ich in all den Wochen nicht geweint hatte, so tat ich es jetzt umso heftiger. Hier vor dem Seniorenstift am Rande des Schlossparks von Bad Hombrug, vor einem wildfremden Mann, der mir mein Schuhband gebunden hatte. An diesem Ort mit Blick auf einen prachtvollen Barockgarten und auf die alten Leute mit ihren Rollwägelchen hatte ich das Gefühl, dass die Trauer mich ausfüllte und anfüllte, dass sie meinen Magen mit Luft aufpumpte, bis ich fast zu platzen drohte, dass ich nicht mehr atmen konnte und dass sich etwas in meiner Kehle ausdehnte wie ein Instant-Knödel, der im Wasser aufquoll. Ich konnte nicht in Worte fassen, was ich empfand, weil es so gewaltig war.

»Kommen Sie!«, sagte Thaddäus Mahn und legte mir sanft den Arm um die Schulter. »Wollen wir uns setzen?« Er deutete auf eine Bank.

Ich schüttelte den Kopf, fuhr mir mit der Hand durch meine zerzausten Haare und würgte ein letztes Schluchzen hinunter.

»Sie haben recht«, sagte er. »Bei den Temperaturen werden wir uns nur verkühlen, was ein unvernünftiges Wagnis darstellen würde.«

Er zog ein Stofftaschentuch mit einem in dunkelblauer Schrift gestickten Monogramm aus der Innentasche seines Mantels und reichte es mir. Es tat gut, das weiße Leinen auf meiner Wange zu spüren. Ich tupfte meine Tränen ab und schnaubte meine Nase.

»Ich wasche es und bringe es Ihnen wieder.«

»Aber ich bitte Sie«, entrüstete er sich. »Machen Sie sich keine Umstände! Darf ich fragen, was Sie so bewegt?«

»Der Tod meiner Mutter. Sie hat die Grabstelle neben mir. Sie starb im September. Ich dachte eigentlich, ich bin darüber weg. Oder wenn ich ehrlich bin, muss ich zugeben: Ich kann gar nicht darüber weg sein, weil ich bisher keine Trauer verspürt habe. Oder noch anders gesagt: Meine Trauer ist sehr rasch zu einer Sache geschrumpft, mit der es sich leben lässt.«

»Manchmal ist es mit unseren Gefühlen wie mit einem Foto. Erst wenn man das Bild entwickelt, sieht man, was alles drauf ist. So verhält es sich auch mit Freude und Schmerz. Sie entstehen oft viel später.«

Behutsam nahm er mir das Tuch aus der Hand und ließ es in der Innentasche seines Mantels verschwinden, so diskret, als handle es sich um das Beweisstück in einem Mordfall.

»Ich würde Sie gerne zu einer Tasse Tee einladen, wenn Sie erlauben.«

»Tee wäre jetzt bestimmt gut.«

»Das freut mich. Denn ich habe bemerkt, Sie wollten gerade gehen, bevor ich Sie angesprochen habe.«

»Ich wäre nicht gegangen. Ich gehe nie, wenn ich eigentlich gehen will. Das ist mein Problem.« Ich atmete tief und laut aus, um das Ende meines kleinen Zusammenbruchs einzuläuten.

Kein Wunder, dass ich fertig war mit den Nerven! Ich hatte Blind Dates mit Todgeweihten, die plötzlich quietschlebendig vor mir standen und vitaler schienen als der Großteil der Leute, die ich kannte. Ich sah im Wald Gespenster, und meine Lippen hatten inzwischen Risse wie die Schale einer Walnuss. Da musste man einfach durchdrehen.

»Sie sind motorisiert, wie ich vermute?«

Ich nickte.

»Habe ich ein Glück«, sagte er und hakte mich unter. »Etwas, das ich nie geschafft habe.«

»Ein Auto?«

»Ich habe nicht mal den Führerschein. Ich war mein ganzes Leben lang sozusagen fremdgesteuert.« Er lachte heiser, und seine blassblauen Augen hinter den Brillengläsern funkelten. »Das bezieht sich allerdings nur aufs Chauffiertwerden, wobei ich charmanten Chauffeusen wie Ihnen eindeutig den Vorzug gebe.«

»Wohin darf ich Sie fahren?«

»Lassen Sie sich überraschen! Ich werde Sie hinführen.«

Als wir nach einer Viertelstunde in Kronberg ankamen, schöpfte ich Verdacht und musste lächeln. Und als wir kurz darauf vor dem *Schlosshotel* vorfuhren, konnte ich einen kleinen Juchzer nicht unterdrücken. Ich freute mich, wieder hier zu sein.

»Sie kennen es?«, fragte er.

»Wer kennt es nicht?«

Normalerweise wrang ich meinen Teebeutel im *Bacio* aus und freute mich über einen Gratis-Keks auf der Untertasse, und nun war ich fast schon Stammgast im vornehmsten Hotel am Platze und spielte die Diva.

Es war das zweite Mal innerhalb weniger Tage, dass ich auf dem himbeerrot bezogenen Sessel an dem kleinen runden Tisch mit der gestärkten Decke Platz nahm, am prasselnden Kamin in der »Bibliothek der Kaiserin«. Thaddäus Mahn hatte beim Betreten der Halle seinen Mantel abgegeben, ich würde den Teufel tun. Niemals würde ich meine Weste außerhalb meines Blickfeldes irgendwo hängen lassen. Nicht dass sie etwas Besonderes wäre, ganz gewiss nicht, das Lachsrosa passte nicht zum Heidekrautton meines Twinsets, aber ich hatte die Dinge, die mir gehörten, nun mal gern in meiner Nähe – und im Auge, was vermutlich in unserer Familie lag. Die Kellnerin, die mich vor drei Tagen bedient hatte, trat auf uns zu und reichte die Karte. Sie lächelte mich offen an, und ich war mir sicher, sie erkannte mich wieder. Mir wurde warm in der Nähe des Feuers. Auf meiner Stirn glänzte der Schweiß. Ich merkte, wie fahrig meine Bewegungen waren, während ich mit den Händen mehrmals über meine Oberschenkel in den taupefarbenen Hosen strich, als wolle ich meine Unruhe wegwischen, die leisen Spuren meiner Nervosität.

Worüber reden?

Warum nicht über das Naheliegende, entschied ich.

»Frau Mally vom Friedwald machte es sehr dringend«, sagte ich zögernd, denn ich befürchtete, dass es sonst wie ein Vorwurf klingen könnte.

Er lachte. Das Kunstlicht ließ seine Haare weißer und seine Haut fahler aussehen.

»Ich wollte einfach, dass etwas passiert. Dass das Leben noch etwas für mich bereithält. Und als Sie den Kontakt suchten, erschien mir das als ein Wink des Schicksals. Was habe ich sonst noch? Ich bin ein alter Mann, der nicht viel anderes zu tun hat, als mit anderen alten Leuten im Wartezimmer auszuharren, bis der Tod ihn aufruft. Da mag es noch so nett sein, dass wir zusammen Halma spielen und ein Wiener Café mit gutem Kuchen haben – und Südsonne auf dem Balkon.«

Ich kaute auf dem Zahnfleisch herum und guckte auf meine Hände. Plötzlich wurde mir bewusst, dass ich zwar halb so alt war wie er, aber genauso dasaß und wartete. Ich hatte immer auf etwas gewartet. Darauf, dass jemand für mich die Entscheidungen traf, darauf, dass ich im Lotto gewann oder beim Rubbellos, dass etwas geschah, irgendetwas, dass die Riesenchance kam, eine Glückssträhne, der Jackpot, die Liebe – oder wenigstens manchmal ein Gewitter.

»Ich bedaure es, Ihnen Sorgen bereitet zu haben«, riss mich seine Stimme aus meinen Gedanken. »Das war nicht meine Absicht. Wollen wir zuerst einen Blick in die Karte werfen?«

Ich studierte die Teesorten.

»Ich würde einen *Cream Tea* empfehlen«, sagte er. »Falls ich es kurz erläutern darf: Unter *Cream Tea* verstehen die Briten die etwas schlichtere Variante des *Afternoon Tea,* den man im Allgemeinen zwischen 15 und 17 Uhr zu sich nimmt. Ein aromatischer Tee, ein kleiner Imbiss dazu wie etwa *Scones*. Das sind …«

»Kleine süße Brötchen«, fiel ich ihm ins Wort, »mit dickem Rahm und Erdbeermarmelade«.

»Ich habe es ganz offensichtlich mit einer Expertin zu tun«, sagte er und lächelte. »Und ich eitler alter Esel doziere hier. Welche Teesorte bevorzugen Sie?«

»Darling«, sagte ich, während die junge Kellnerin an unseren Tisch trat.

»Sie haben es gehört« sagte er. »Wir nehmen beide den Darling.«

»Den Darjeeling«, korrigierte sie, während ein Lächeln ihre Lippen umspielte.

»Wir neigen dazu, den Dingen, die wir lieben, einen Kosenamen zu geben«, sagte er. »Und was sollte man mehr lieben als dieses flüssige goldgelbe Glück mit dem blumigen Duft?«

Sie murmelte: »Sehr wohl« – und ging davon.

»Danke, dass Sie mich gerettet haben«, sagte ich. »Ich wusste nicht, wie man es ausspricht. Sehen Sie! Ich hätte Ostfriesentee nehmen sollen. Da hätte nichts schiefgehen können. Man sollte immer nehmen, was man kennt.«

»Dann gäbe es nur treue Eheleute, Reisen in die Lüneburger Heide und Frikadellen. Keine außerehelichen Affären, keine Langstreckenflüge nach Australien und keine weiße Tomatensuppe. Wie langweilig.«

Ich räusperte mich, drückte meinen Rücken durch und neigte meinen Kopf zur Seite, und als unser Tee kam und ich den ersten Schluck getrunken hatte, war ich froh, hier zu sitzen, das Knistern des Feuers zu hören, durch die Fensterscheiben zu beobachten, wie es wieder anfing zu schneien und zu spüren, wie meine Unsicherheit leise zugedeckt wurde.

Er lächelte, und ich lächelte zurück. Nie hatte ich geahnt, dass etwas so gut schmecken konnte wie dieser Tee. Und so guttun wie dieses Lächeln. Meine Seele fing an, sich zu entspannen, und lehnte sich vertrauensvoll an seine an. Er machte vor, ich machte nach. Ich schaffte es, den Löffel beim Umrühren des Zuckers – »Nur ein klein wenig, bloß nicht zu süß« – nicht klirren zu lassen und nicht abzulecken, den kleinen Finger *nicht* zickig abzuspreizen – »Das machte man früher, als er für gewisse Aufräumarbeiten im Gesicht zuständig war, die mit der Nase und den Ohren in Zusammenhang standen. Kein Wunder, dass ihn niemand in der Nähe seiner Teetasse haben wollte. Verzeihen Sie bitte, ich sollte wirklich nicht so ins Detail gehen« – und den Unterteller so auf Kinnhöhe zu bugsieren, dass ich die daraufstehende Tasse, wie ich fand, mühelos und ungemein anmutig an meine Lippen führen konnte.

»Mit jedem Aufguss verändert Tee seinen Charakter«, sagte Thaddäus und schmeckte dem heißen Getränk nach. Manchmal würde man erst nach dem vierten Aufguss merken, dass er blumig schmecke, nach Orchideen vielleicht.

»Ich dachte immer« sagte ich, »der Kenner trinkt den Tee mit Milch.«

»Aber doch keinen Darjeeling! Wussten Sie, dass es in Großbritannien eine nie zu schlichtende Streitfrage ist, wie der Tee korrekt getrunken wird? Da gibt es die Anhänger der ›Tee-in-Milch‹-Fraktion und die der ›Milch-in-Tee‹.«

Ich hörte kaum noch zu. Wie durch Nebel drang seine Stimme an mein Ohr.

»Die Queen soll die Variante ›Milch-in-Tee‹ bevorzugen. Ich übrigens auch.«

Mein angeknabberter Scone geriet auf dem Teller in Vergessenheit.

»Es ist ein so hübscher Anblick, wenn die kleine weiße Milchwolke in der bernsteinfarbenen Flüssigkeit aufwallt. Finden Sie nicht auch?«

Meine Knie zitterten, mein Herzschlag setzte aus.

»Ist Ihnen nicht gut? Verzeihen Sie mir! Ich rede zu viel.«

»Nein, nein. Alles in Ordnung«, stammelte ich, stellte meine Tasse mit einem klappernden Geräusch auf dem Tisch ab, sprang aus dem Sessel und lief zur Tür, ohne mich um die erstaunten Blicke der anderen Gäste in der bis auf den letzten Platz besetzten Bibliothek zu kümmern.

Ich hätte wetten können, ich hatte Ana gesehen. An ihren kurzen blonden Haaren hatte ich sie erkannt, streng zurückgekämmt aus der Stirn. Einen Moment lang hatte sie ihren Kopf durch die Tür gesteckt. Sie hatte etwas Dunkles getragen, vielleicht einen Hosenanzug, eine weiße Bluse, so genau wusste ich das nicht. Sie schien mich erkannt zu haben und war getürmt. In meinem Kopf herrschte Chaos. Als ich hinaus auf den Flur trat, war sie verschwunden. Ich drehte den Kopf nach links, nach rechts.

Nichts.

Sie schien sich aufgelöst zu haben wie die Wolke aus Milch in einer Tasse Tee. Oder hatte ich mir das alles nur eingebildet? Hatte meine Fantasie mir einen Streich gespielt?

Möglich. Darin war ich groß, erste Sahne war ich darin, mich selbst auszutricksen.

Mit hängendem Kopf schlich ich zu unserem Tisch am Kamin zurück, weil ich nicht wusste, was mich erwartete. Wie ich Thaddäus mein seltsames Verhalten erklären sollte. Ich musste sehr blass geworden sein, denn er blickte mich voller Sorge an.

Und dann erzählte ich ihm die ganze Geschichte, die ich vor drei Tagen erlebt hatte. Erzählte von meinem Besuch hier im Hotel, von Ana Blumenberg, der Direktorin, und von unserer Fahrt nach Gießen, von der schweren Operation, die ihr bevorstand und davon, dass ich sie einen Tag später in der Klinik nicht mehr angetroffen hatte, aber sicher war, sie eben hier, genau hier, an diesem Ort, gesehen zu haben. Auch die unheimliche Begegnung mit der Person im wehenden Mantel heute Nachmittag im Wald ließ ich nicht aus. War sie es gewesen?

»Es gibt Dinge, die ich nicht verstehe«, sagte ich. »Das heißt aber nicht, dass sie nicht existieren. Ich glaube, sie war hier.«

»Das wäre wunderbar«, sagte er. »Denn das hieße: Sie lebt.«

Ich spürte die Wärme des Feuers. Sie drang durch sämtliche Kleidungsschichten, die ich am Körper trug. Ich legte meine Finger auf meine angewinkelten Knie und versuchte, ruhig zu atmen.

Ich rieb mir die Augen, er sich die Hände. Thaddäus Mahn sprühte vor Entdeckergeist.

»Wissen Sie was? Ich komme aus der Hotelbranche. Ich frage einfach an der Rezeption nach Frau Blumenberg. Von Kollege zu Kollege.« Ehe ich ihn daran hindern konnte, sprang er aus seinem Sessel auf, machte eine kleine Verbeugung in meine Richtung und ging mit schnellen kleinen Schritten aus dem Raum, wobei er nicht vergessen hatte, sich die braune Aktenmappe unter den Arm zu klemmen, die bis dahin auf dem Tisch gelegen hatte. Ich überlegte, ob ich wegen seines Argwohns beleidigt sein sollte. Hatte er kein Vertrauen zu mir?

Ich wartete und ließ meine Fantasie wieder Spielchen spielen. Da sich die Tische um mich herum gelichtet hatten und niemand mehr in Hörweite saß, verbeugte ich mich leicht im Sitzen und sagte zu dem leeren Sessel gegenüber: »Unser Verwöhnmenü ist unbedingt zu empfehlen. Gern auch vegetarisch, vegan, laktosefrei, glutenfrei, nussfrei, alkoholfrei. Was immer Sie bevorzugen. Ganz wie Sie es wünschen.«

Als ich wieder aufschaute, sah ich Thaddäus, der auf mich zukam und ein leichtes Kopfschütteln andeutete.

»Ich habe nur …«, stotterte ich.

»Sie müssen sich geirrt haben, meine Liebe«, sagte er, während er Platz nahm, die Aktenmappe zurück auf den Tisch legte und fast zärtlich das Leder streichelte. »Frau Blumenberg ist in Urlaub. Ihre Vertretung hat ein holländischer Kollege übernommen. Sein Name ist Rik van Buchem.«

Ich stöhnte laut auf. »Manchmal denke ich, ich habe sie nicht mehr alle.«

»Sie sollten ausspannen. Sie haben viel hinter sich. Sie haben Ihre Mutter verloren. Ein Tapetenwechsel tut immer gut. Glauben Sie mir.«

»Und wo hängt die Tapete, die mir guttun würde?«

»In Paris.«

Ich stieß die Luft zischend durch meine zusammengepressten Zähne, was sich anhörte wie ein Pfiff.

»Paris. Klar«, sagte ich, untermalt von hysterischem Kichern. »Dass ich da nicht gleich draufgekommen bin.«

Ich fuhr gerade mit den Handflächen über meine zurückgebundenen Haare und nestelte mit nervösen Fingern am Gummi meines Pferdeschwanzes, das kaum noch strammer zu zurren war, als eine SMS einging.

Frau Mally vom Friedwald teilte mir mit, dass Fritz König bereit sei, mich zu treffen. »Er ist jeden Tag zum Mittagstisch im China-Restaurant *Panda* in Leihgestern. Punkt 11.30 Uhr. Er sitzt immer in der Mitte des Raums am hinteren der drei Zweiertische neben dem Aquarium.«

Ich hob meinen Kopf und suchte den Blick von Thaddäus Mahn. »Haben Sie morgen schon was vor? Ist nicht Paris. Fängt aber auch mit P an.«

10. Kapitel

»Herr König? Ich bin Magda Ziegler.«

Er blickte auf. Seine Augen waren gräulich mit stecknadelkopfkleinen Pupillen, sie lagen tief in den Höhlen, das Weiße um die Iris war rötlich und entzündet, an einer Stelle schien ein Äderchen geplatzt zu sein. Seine Haare waren stumpf und schütter, seine Lippen ein Strich, seine Wangen unrasiert und eingefallen. Sein Körper war hager, das Gesicht scharfkantig, die Haut bleich wie Nebel, und seine Schädelknochen standen so hervor, dass sie gewiss eine schmerzhafte Erfahrung für jeden bedeuteten, der den Kopf an seinen legen würde.

»Setzen Sie sich!«

»Gestatten!«, sagte der Mann mit dem Entenkopfstock an meiner Seite und hob kurz seinen Hut. »Thaddäus Mahn. Ich begleite Frau Ziegler. Ich hoffe, Sie haben nichts dagegen, wenn ich Ihnen Gesellschaft leiste. Sollten wir uns nicht einen größeren Tisch suchen?«

»Ich sitze immer an diesem Platz, weil man hier den Blauen Antennenwels am besten im Blick hat. Aber gut, weil Sie's sind.«

Wir wechselten an einen Vierertisch in der Nähe der Tür, den einzigen, der noch frei war. Thaddäus belegte den nicht besetzten Stuhl mit seiner Aktenmappe, die er zu meiner großen Verwunderung wieder dabeihatte und über die er wie einen Wachtposten seinen Hut stülpte.

Fritz König hüllte sich in seine wattierte olivgrüne Jacke, die vorher über seiner Lehne gehangen hatte, und mummelte sich in einen braunen Wollschal ein. Er zog ihn bis zum Kinn, das von einem Grübchen schlitzartig in zwei Hälften geteilt wurde.

»Geht es Ihnen nicht gut?«, fragte ich.

»Ich sitze hier mit einem Schal um den Hals. Macht das den Eindruck, als würde es mir gut gehen? Hier zieht's wie Hechtsuppe.«

Eine junge Frau brachte drei Speisekarten.

»Der Mittagstisch ist billig«, sagte Herr König. »Sie kriegen noch eine Suppe oder eine Frühlinsgrolle vorweg.« Er deutete auf die Karte.

»Am Samstag gibt es keine günstigere Mittagskarte«, sagte die Kellnerin.

»Geht das auf Sie? Immerhin haben Sie um das Treffen gebeten.«

»Selbstverständlich«, sagte Thaddäus, ehe ich antworten konnte. »Tja, dann«, sagte Herr König zu der Bedienung. »Ich hätte gerne eine schöne, knusprig gebackene Ente von der heißen Platte.«

»Mit Orangenscheiben?«, fragte sie. »Oder mit Mango?«

»Papperlapapp«, sagte Herr König. »Fleisch und Obst zusammen! Entweder isst man Fleisch oder Obst. Aber Obst isst man am besten gar nicht.«

»Ente mit acht Kostbarkeiten?«, schlug die Kellnerin vor.

»Muss ich mir Juwelen darunter vorstellen?« Wieder lachte er, hoch und pfeifend.

»Gemüse«, sagte sie. »Pilze, Paprika, Zwiebeln. Sehr lecker.«

»Sehl leckel«, sagte er und kniff die Augen zusammen. »Ihr Chinesen könnt doch kein R.«

»Ich hätte gerne die Hähnchenbrust Chop Suey«, sagte ich peinlich berührt und vermied es, der Kellnerin in die Augen zu sehen.

»Und ich die Eierblumensuppe«, sagte Thaddäus. »Verzeihen Sie mir. Ich bin ein schlechter Mit-Esser. Um diese Uhrzeit habe ich selten Appetit. Das liegt vermutlich noch an meiner Zeit in Frankreich. Da wurde immer abends warm gegessen.«

»In Frankreich waren Sie, so so?«, sagte Herr König.

Am Nebentisch begann ein Junge auf dem Schoß seiner Mutter zu quengeln.

»Einen nicht unbeträchtlichen Teil meines Lebens.«

»Warum müssen alle immer ins Ausland gehen? Müssen ihre Internationalität beweisen. Lächerlich.«

»Aber keineswegs. Es war mein Beruf. Ich habe dort …«, begann Thaddäus, wurde aber sofort unterbrochen.

»Ich weiß nicht, wieso Eltern ihre Kinder mit ins Restaurant schleppen müssen«, sagte Herr König.

Thaddäus und ich warfen uns einen Blick zu.

»Sind Sie Vater und Tochter oder ein Paar?« Fritz König zwinkerte uns zu. »So ein Altersunterschied ist ja nichts Ungewöhnliches heutzutage. Ich bin nicht neugierig. Ich frage nur. So bin ich. Will immer wissen, mit wem ich's zu tun habe.«

»Wir haben uns über den Friedwald kennengelernt«, sagte Thaddäus.

»Wir drei werden also zusammen …«

»… an einem Baum liegen«, vollendete ich seinen Satz.

Vorwurfsvoll blickte er sich um und ächzte: »Das Geräusper des Hintermanns geht mir auf die Nerven.« Dann schaute er wieder mich an und schien Vergnügen daran zu finden, was mit meinem Gesicht passierte, als er sagte: »Macht es Ihnen nichts, junge Frau, dass sich die Wildschweine an unserem Grab schubbern?«

Plötzlich fiel mir die Dreckschicht wieder ein, die ich tags zuvor an unserem Baum entdeckt hatte. Missmutig blickte ich ihn an.

»Wenn Wildschweine im Schlamm gebadet haben, scheuern sie sich den Schmutz samt Parasiten an der Rinde ab. Wussten Sie das nicht?«

Ich kreuzte meine Arme vor der Brust, um sie eng an meinem Körper zu haben. »Graben sie etwa die Urnen wieder aus?«

»Nur wenn sie nach Trauben schmecken. Daran finden sie Geschmack.« Er kicherte mit fisteliger Stimme.

Unser Essen kam.

Herr König pickte sich das Fleisch heraus und schaufelte das Gemüse beiseite, lehnte den Jasmintee ab, den das Restaurant offerierte – »Tee ist nur dafür, wenn ich krank bin«, bestand aber auf dem Pflaumenlikör.

»Sie wollen nicht?«, sagte er zu uns, als wir unsere Gläser nicht anrührten. Thaddäus und ich schüttelten den Kopf, und so leerte er alle drei.

Ich hätte gerne Thaddäus unter dem Tisch angestoßen, um ihm zu signalisieren, dass wir diesen krachenden Bauchplatscher hier ganz schnell beenden sollten. Er fühlte wohl ähnlich. Denn in dem Moment drängte auch er zum Aufbruch. Kaum waren wir an diesem lichtarmen Tag wieder draußen und wollten uns von Fritz König verabschieden, bat er uns darum, ihn zu Fuß ein Stück zu begleiten, er wohne gleich um die Ecke in der Nähe des Heimatmuseums. Wir kamen seinem Wunsch entgegen, aus purer Höflichkeit, und nahmen ihn in die Mitte.

»Ich hoffe, Sie kennen die Bestattungsordnung«, sagte Herr König im Gehen.

»Wie dürfen wir das verstehen?«, wollte Thaddäus wissen.

»Jeglicher Blumenschmuck am Grab ist untersagt. Bitte halten Sie sich daran. Und erst recht keine Kinkerlitzchen wie Engelfiguren oder Keramikigel oder Windräder aus Holz. Wir sind da.«

Mein Telefon klingelte.

»Hey, von meinem Rasen runter, ihr Lausebande!«, rief er ein paar Kindern zu, die in einiger Entfernung zu seiner Grünfläche auf dem Bürgersteig vorbeitobten. »Kommen Sie noch mit rein? Ich habe eh nichts zu tun. Und einen Rest Sprudelwasser müsste ich auch noch haben.«

Es war Bea.

»Wo steckst du eigentlich?«

»Natürlich komme ich sofort.«

»Das war nicht meine Frage. Ich will wissen, verdammt noch mal, wo du bist! Man erreicht dich ja nicht mehr zu Hause. Bist krankgeschrieben und nur auf Achse.«

»Krank? Du? Im Krankenhaus? Am Tropf? Oh, mein Gott!«

»Da soll es auch welche geben, die benebelte Hirne wieder klarmachen. Was ist denn los mit dir?«

»Du hast was?«

»Spinnst du?«

»Ganz grün im Gesicht?«

Mein Blick fiel auf Herrn König.

»Ein Albtraum«, murmelte ich.

»Was ist ein Albtraum?«, fragte Bea.

»Alles.«

Ich wandte meinen Blick ab von dem alten Mann und sagte ins Telefon: »Eine Lebensmittelvergiftung. Was hast du gegessen?«

Ich hörte sie explodieren. »Ich bin Kannibale und neige dazu, meine Freundinnen zu essen, und deshalb habe ich auch nur noch eine. Und nun rate, wer das ist?«

»Ich fahre sofort zum Krankenhaus.«

»Auf welchem Trip bist du gerade? Ich weiß nicht, was du genommen hast, aber empfehle es mir bei Gelegenheit, es scheint echt eine krasse Wirkung zu haben. Magic Mushrooms?«

»Was ist das?«

»Pilze, die high machen.«

»Du hast Pilze gegessen?«

»Wenn deine Mutter das erleben könnte, würde sie sich im Grab umdrehen.«

»In einem China-Restaurant? Du lieber Himmel! Mache mich auf den Weg.« Ich steckte das Handy weg und sagte zu Herrn König: »Meiner besten Freundin geht es sehr schlecht.«

»Sie hat Pilze in einem China-Restaurant gegessen?«, fragte er.

»Ja«, sagte ich leichthin.

»Jetzt sagen Sie bloß noch diesen ›Acht-Kostbarkeiten‹-Kram?«

»Möglich.«

Ich kam mir ziemlich gemein vor. Kein ganz schlechtes

Gefühl, stellte ich fest. Man konnte sich fast daran gewöhnen.

»Ich muss leider sofort los.«

»Ich schließe mich selbstverständlich an«, sagte Thaddäus. »In einer solchen Situation kann ich Fräulein Ziegler auf keinen Fall alleinlassen.«

»Aber wir sind doch noch gar nicht fertig«, rief Herr König, und der leise Unterton der Verzweiflung in seiner Stimme war nicht zu überhören. »Wir haben doch gerade erst angefangen.«

»Womit angefangen?«, sagte Thaddäus, während immer mehr Schneeflocken auf uns niederrieselten. Zum ersten Mal bemerkte ich an ihm eine Spur von Ungeduld.

»Über die Regeln zu sprechen. Jede Nachbarschaft braucht Regeln. Sonst gibt es böse Überraschungen.«

»Ich glaube, es schneit«, sagte ich unnötigerweise, während ich den Kopf in den Nacken warf und in den sauberen weißen Himmel blickte. »Wir sollten aufbrechen. Bei dem Wetter weiß man nie.«

»Richtig«, bestätigte Thaddäus. »Absolut richtig.«

Während Herr König noch mürrisch den Kindern hinterherblickte, flüsterte ich Thaddäus zu. »Ich möchte nicht an einem Baum mit ihm liegen.« Ich erschrak über meine Hartherzigkeit, dann wischte ich meine Bedenken mit einer entschlossenen Handbewegung weg. Ich hatte mein Leben lang das getan, was andere wollten. Aber jetzt wollte ich die Fäden in der Hand halten. Ich wollte nette Menschen an meinem Baum haben. Nichts war so schlimm wie Nachbarn, die man nicht ausstehen konnte.

Ich war noch in Gedanken, da sagte Fritz König: »Versprechen Sie mir wenigstens, dass Sie zu meinem Begräbnis kommen! Ich muss mich darauf verlassen können. Ich bin vierundachtzig, und ich habe Krebs. Die Krankheit wird mich besiegen. Sie beide werden mich überleben.« Seine Augen wurden feucht. Tränen liefen über sein knorriges Gesicht und vermischten sich mit den Schneeflocken, die auf seiner Haut zu schmelzen begannen. Plötzlich ertappte ich mich dabei, einen Hauch von Sympathie für ihn zu empfinden. Nur ein bisschen, einen Anflug, einen Schimmer, der jederzeit wieder verblassen konnte.

»Sie werden die Einzigen an meinem Grab sein. Es gibt sonst niemanden.«

»Haben Sie keine Familie?«

»Nicht mehr. Mit meiner Frau habe ich es mir verdorben und mit meinem Sohn auch. Ich hatte eine Gebäudereinigungsfirma, habe immer nur gearbeitet. Eines Tages wollte ich endlich auch etwas von meinem Leben haben, verliebte mich in Betty, eine unserer Angestellten, und als meine Frau dahinterkam, nahm sie unseren damals sechsjährigen Sohn Oliver und verschwand. Da war ich zweiundvierzig und sie zehn Jahre jünger.«

Ich schob die Unterlippe zwischen die Zähne und kaute darauf herum. »Und heute?«

»Meine Frau ist tot. Betty war nicht mehr als ein Strohfeuer. Und mein Sohn hasst mich. Er macht mich für das Leid seiner Mutter verantwortlich, die nicht mehr Fuß fassen konnte im Leben, die zu viel trank und zu früh starb. Oliver und ich haben keinen Kontakt, obwohl er gleich um die Ecke wohnt.«

»Hier im Ort?«, wollte ich wissen.

»In Frankfurt. Dort hat er eine Weinhandlung.«

»Das ist traurig«, sagte ich und versuchte mir diesen verknöcherten alten Mann vorzustellen als leidenschaftlichen Geliebten, der seiner Betty, die ich mir leichtsinnig und mit kirschroten Lippen ausschmückte, den Hintern tätschelte, eine Nougatpraline in den Mund schob, ihr Komplimente machte, ihr ungebührliche Dinge ins Ohr flüsterte und ihr unter den Rock fasste. Dieses Bild in meinem Kopf, verabschiedeten wir uns. Er hatte zwei Seiten, wie wir wahrscheinlich alle zwei Seiten haben. Wer sagte mir, dass nicht auch etwas Wildes in meiner Mutter gewesen war? Dass nur das Leben sie geschliffen hatte und sie nicht mehr rauskonnte aus ihrer Haut. So wie ein polierter Stein nicht wieder rau wurde. Vielleicht wäre sie lieber mit einem bärtigen Bildhauer auf eine griechische Insel abgehauen, als in der Küche zu stehen, Champignons zu füllen und sich über verklebte Frischhaltefolie zu ärgern.

Ich gab Fritz König die Hand, fälschte ein Lächeln und war froh, wieder jemanden von meiner Liste abhaken zu können. Von mir aus sollten seine sterblichen Überreste halt in meiner Nachbarschaft liegen, er hatte ja sonst niemanden, aber ein weiteres Treffen kam nicht infrage.

Als ich ihn in Bad Homburg absetzte, brachte Thaddäus noch einmal das Thema auf Paris. Er leuchtete vor Energie. Das Wässrige seiner Augen war einem klarem Blau gewichen.

»Ich habe lange dort gelebt. Und ich muss morgen für ein paar Tage dorthin. Zu einer Veranstaltung. Ich würde Ihnen alles zeigen«, sagte er. »Die ganze Schönheit dieser Stadt. Kennen Sie Paris?«

»Ich war noch nie in Frankreich.«

»Ich wüsste da ein ganz passables Hotel. Sie hätten keinerlei Ausgaben.«

Ich atmete hörbar aus. »Das kann ich nicht annehmen.«

»Oh, ich möchte Sie keineswegs kompromittieren. Bitten Sie eine Person Ihres Vertrauens um deren Begleitung, wenn Ihnen das angenehmer ist. Sie müssen sich nur entscheiden. Irgendwann.«

Und dann hatte ich mich entschieden. Irgendwann. Nach zwei Sekunden. Unerklärlicherweise.

11. Kapitel

Vielleicht war es mit uns Menschen wie mit den Aufgüssen von Tee, von denen Thaddäus im *Schlosshotel* gesprochen hatte. Mit jedem Aufguss, jedem neuen Menschen, der in unser Leben trat, änderten wir unseren Charakter. Ich ahnte jetzt schon, dass dieser Kavalier alter Schule, dieser Überlebende aus einem längst vergangenen Jahrhundert, der einem in den Mantel half, die Tür aufhielt und ständig von seinem Stuhl aufsprang, wenn ich kam und ging, bis ich selbst ganz atemlos wurde, dass dieser Gentleman mit seiner gedrechselten Sprache, den ich gestern erst kennengelernt hatte, für mein zukünftiges Leben eine bedeutende Rolle spielen würde. Es war, als hätten unsere Seelen sich getroffen.

Ich lenkte den Wagen eine Anhöhe hoch und plapperte vor mich hin, ging verschiedene Gesprächssituationen durch, die ich mit wechselnden Gesten und Grimassen untermalte. Hatte dieses schauspielerische Talent schon immer in mir gesteckt?

»Bea, was hältst du von einer Reise nach Paris?« (Gleichgültiger Gesichtsausdruck, mit dem man auch Unwesentliches fragt wie: »Brötchen mit oder ohne Körner zum Frühstück?« Bea würde natürlich die körnerlose Variante nehmen.)

»Bea, los, pack deine Sachen!« (Fäuste in die Hüften, energische Miene, zusammengekniffene Augen, Stimme zwei Oktaven tiefer.)

»Bea, du kannst dir nicht vorstellen, was mir heute passiert ist!«

(Kurzer Klatscher in die Hände, weit aufgerissene Augen, Stimme zwei Oktaven höher.)

»Bea, wo wolltest du schon immer mal hin?« (Zauberfeeblick, während meine Finger sich grazil wie eine knospende Blüte über meinem Kopf entfalteten und Sternenstaub regnen ließen.)

Ich hielt vor einem Hochhaus in der Fontanestraße nicht weit von meiner Wohnung entfernt, rötlich-brauner Klinker, kleine Balkone, von denen aus man auf die Straße und dahinter ins Grüne guckte. Draußen wurde es schon Nacht, als ich auf den Fahrstuhl wartete, der mich in den vierten Stock bringen sollte. Oben angekommen, drang das Geräusch eines Fernsehers durch den Flur, es roch nach Linseneintopf und Zigarettenrauch. Vor einer der Wohnungstüren wartete eine Mülltüte darauf, dass sie entsorgt wurde.

»Was ist denn das für eine Frage?«, wunderte sich Bea.

»Eine Frage halt.«

»Wo ich hinwill?«

»Ja.«

»Warum willst du das wissen?«

»Sag schon! Wo würdest du hinfahren, wenn es jetzt los ginge?«

»Wie jetzt?«

»Morgen.«

Ich war so aufgeregt, dass ich beim Eintreten über die Matte mit dem goldenen Aufdruck »VIP Lounge« vor ihrer Tür stolperte und meiner Freundin fast vor die Füße fiel. Nachdem ich mich stöhnend aufgerappelt hatte, riss ich mich zusammen.

»Auf die Seychellen«, sagte Bea.

»Geht's auch eine Nummer kleiner?«

Bea zog einen Flunsch.

»Sag was anderes«, drängte ich.

»New York.«

»Irgendwas in Europa.«

»Ibiza.«

»Eine Stadt«, forderte ich.

»London.«

»Wieso London?«

»Wieso nicht London?«

»So wird das nichts«, sagte ich.

Wir schnappten beide nach Luft.

»Was wird nichts?«, sagte Bea.

Ich zögerte, schaute weg, schaute wieder zu ihr hin.

»Wie wär's mit Paris?«, schlug ich vor.

»Paris?«

»Paris.«

»Hatte ich bisher nicht auf dem Zettel.«

»Wie kann man Paris nicht auf dem Zettel haben?«

»Zu viel Kultur«, sagte sie.

»Denk an die Mode! Die tollen Geschäfte. Dior. Chanel.«

»Hast du einen Clown gefrühstückt? Habe ich geerbt? Im Lotto gewonnen? Sonst H&M und plötzlich Hermes?«

»Ist das nicht ein Paketversand?«

»Erkläre mir erst mal, was diese abgedrehte Nummer

mit dem Krankenhaus sollte! Komm rein! Tiefkühlpizza mit Schinken? Oder meine weltberühmten Käsechips aus dem Ofen?«

»Ich kriege nichts runter.«

»Könnte mir nie passieren.«

»Morgen essen wir Croque Madame«, sagte ich, als Bea endlich die Wohnungstür hinter uns geschlossen hatte.

»Monsieur wäre mir lieber«, sagte Bea. »Käsechips also.«

Über uns tackerten Absätze auf Laminat, im Wohnzimmer war Ascheregen auf den weißen Flokati niedergegangen, und im Schlafzimmer zeugten Mascaraspuren auf dem Kopfkissen davon, dass Bea sich nicht die größte Mühe mit dem Abschminken gab. Echte Blumen gab es nicht, dafür jede Menge Plastikpflanzen und Seidensträuße, die jeden Tornado überlebt hätten – und somit auch Beas sorglose Art, der allenfalls ein Kaktus gewachsen war. Sie lotste mich in die Küche und riss die Kühlschranktür auf. Der Inhalt war mager. Zwei Dosen Bier, eine Flasche Asti Spumante, eine angebrochene Packung Milch, drei Becher Schokopudding mit Sahne, mehrere Tüten mit geraspeltem Gouda.

»Wärest du nicht gekommen, hätte es heute Karo einfach bei mir gegeben. Aber wenn ich Gäste habe, gebe ich mir natürlich Mühe.« Sie nahm das Bier heraus, öffnete beide Dosen und reichte mir eine. Dann zog sie das Blech aus dem Backofen, in das sich über die Jahre die Käsereste eingebrannt hatten, nahm eine Tüte Gouda-Fäden und verteilte sie in kleinen Häufchen.

»Was wäre denn Karo einfach gewesen?«, fragte ich, während ich ihr zusah.

»Was Unaufwändiges wie Hering in Tomatensoße aus der Dose mit einer Scheibe Knäcke. Aber das Leben ist zu kurz für Knäcke. Das hier«, sagte sie stolz und schmiss die Ofentür zu, »ist genau das Richtige, um uns beide aufzupäppeln. Ich kann dir sagen: Ich hab's bitter nötig.«

Wir gingen ins Wohnzimmer, und sie drückte mich auf einen wackligen Korbstuhl, von dem sie behauptete, er sei aus Frankreich. Sie selbst warf sich in ihren alten braunen Ohrensessel mit den Holzlehnen, streckte die Beine von sich und kickte mit der Spitze ihrer rechten Stiefelette die linke vom Fuß. Mit Tränen in den Augen hielt sie mir ihre erhobenen Hände entgegen, nachdem sie die Bierdose auf den Boden gestellt hatte. Ihre Nägel waren kurz und farblos. »Und das mir, die nie ungeschminkt aus dem Haus geht, weil man nicht weiß, wem man auf dem Weg zum Zigarettenautomaten begegnet.« Sie blickte auf ihre Füße in den schwarz-weiß geringelten Socken und atmete hörbar aus, bevor sie den Kopf wieder hob. »Und so eine bescheuerte Haube muss ich auch tragen. Wenn man die absetzt, stehen dir die Haare zu Berge. Jetzt weiß ich, wieso die Schnorr so froh ist, mich an die Wursttheke zu verbannen. Weil ich da absolut bescheuert aussehe. Die lacht sich jetzt ins Fäustchen.«

Sie sprang auf, stolperte beinahe über ihre Stiefeletten, fluchte und ließ sich der Länge nach auf das Sofa fallen, dessen Alter eine gehäkelte Decke aus bunten Quadraten gnädig verhüllte.

»Ich weiß, wie man da aussieht, Bea. Ich mache den Job seit zehn Jahren. Ich will das auch nicht mehr.«

»Du willst kündigen? Wovon willst du deine Miete zahlen?«

»Meine Mutter hat mir eine kleine Summe hinterlassen. Damit komme ich ein Jahr über die Runden, und wenn ich jeden Tag nur Spaghetti mit Ketchup esse und Leitungswasser trinke, vielleicht auch sechs Monate länger.«

»So eine wie dich findet die Schnorr sowieso nicht mehr«, seufzte Bea. »Du bist die Idealbesetzung für eine Verkäuferin. Knabberst nicht an den Fingernägeln, deine Zähne sind schön, das heißt, du kannst bedenkenlos lächeln, was ja nicht unwichtig ist. Du hast keinen Mundgeruch, zumindest ist mir das noch nicht aufgefallen, du würdest niemals ohne blitzweißen, gestärkten Kittel zur Arbeit erscheinen. Du benutzt prinzipiell kein Parfüm, lackierst dir nie die Nägel, hörst dir höflich jeden Mist an, bist geschickt, kurz und gut: Du bist ganz der Typ, den die Kunden lieben. Du bist stinknormal.«

»Danke.« Meine Mundwinkel zuckten. »Habe selten so was Nettes über mich gehört.«

»Was sollte das eben mit Paris?«, fragte sie.

Ich erzählte ihr die ganze Geschichte. Von Ana Blumenberg und Thaddäus und Herrn König und dass ich froh gewesen war, ihre Stimme am Telefon zu hören. Ich endete mit der Einladung nach Frankreich.

Als ich fertig war, schaute mich Bea mit großen Augen lange an. Sehr lange. Die Arme vor der Brust verschränkt, die Hände unter die Achseln geschoben, saß sie kerzengerade unter der pinkfarbenen Kuckucksuhr und sagte: »Du bist alles andere als stinknormal. Ich hatte ja keine Ahnung, wie wenig stinknormal du bist. Wo hast du denn plötzlich diese Abenteuerlust her? Kriegt man die vom Pizzaservice?«

Sie zog die Nase hoch, sprang vom Sofa und verließ das Zimmer. »Du weißt schon, dass man dafür ein richtig geiles T-Shirt kriegt, was du mal eben so für einen Pott Beuteltee in dem Luxusschuppen raushaust, oder?«

»Kein Beutel. Frisch gebrüht. Was machst du?«

»Packen.«

»Wie packen? Wieso packen?« Mein Herz schlug so schnell, dass mein Brustkorb zu platzen drohte.

Bea baute sich im Türrahmen auf. »Ich dachte, ich soll mit.«

»Und ich dachte, du magst Paris nicht.«

»Wie soll ich es nicht mögen, wenn ich's nicht kenne? Soll ich nun mit oder nicht?«

»Natürlich sollst du. Du musst!«

Kurz darauf hörte ich sie im Schlafzimmer rumoren. Meine Stimme klang hoch und fassungslos, als ich ihr zurief: »Aber du hast doch gar keinen Urlaub. War eine blöde Idee von mir, Bea. Vergiss es! Mal wieder das Gehirn ausgeschaltet. Typisch!« Ich lachte kurz auf, mein Lachen klang so trocken, dass es kruschelte. »Du kannst dich doch nicht auch noch krankmelden.«

Wieder erschien sie im Türrahmen und betrachtete ihre Hände mit den unscheinbaren Nägeln. »Ich kann. Ich werde. Magen Darm.« Sie wackelte mit den Fingern. »Rache für das hier.«

»Du brauchst ein Attest.«

»Kein Problem. Ich habe meine Beziehungen.«

Ich schlug die Hände vors Gesicht. »O Gott, Bea! Sag nicht, dass wir wirklich nach Paris fahren!« Ein Zucken lief durch meine Beine, die mir immerhin noch so weit gehorchten, dass ich aufstehen und auf derselben Stelle wie wild vor mich hin hüpfen konnte, bevor ich mehrmals mit den Fäusten gegen die Wand trommelte. Ich schloss die

Augen und stellte mir vor, wie ich abends vor dem Eiffelturm stehen und hinaufblicken würde, bis mein Nacken ganz steif war. So viel Sterne am Himmel und erfüllt von Glück. Dann rief ich mich zur Vernunft. Ich sollte nach Hause fahren und packen. Ich musste mich sputen. Keine Zeit vertrödeln. Das hatte ich die letzten Jahre genug getan. Als ich aus Beas Wohnung rannte, stieg mir der Geruch verkohlter Käsechips in die Nase. Die mussten rabenschwarz sein, überlegte ich. Rabenschwarz wie die Seele von Racheengeln.

Das Ganze war absolut unfassbar. Einmalig. Mehr noch. Es war ein perfekter Beginn für meinen Vorsatz, mir endlich ein kleines Kuchenstück vom Leben zu nehmen, eines mit Zuckerguss und Cocktailkirsche, ehe ein blassroter Sonnenuntergang in einigen Jahren oder Jahrzehnten, wer wusste das schon, das Ende einläuten und mich an der Seite von Fritz König unter modrig-feuchtem Waldboden begraben würde, ganz zu schweigen von den Wildschweinhorden, die zu Besuch kämen.

Ich war bereit für ein neues Kapitel Magda Ziegler. Alles hatte seine Zeit. Sein Ende. Und seinen Anfang.

12. Kapitel

Ich wäre niemals gefahren, ohne vorher die Fenster zu putzen. Das gehörte sich so. Man wusste nie, ob man von einer Reise zurückkehren, und erst recht wusste man nicht, wer der Erste war, der die Wohnung betreten würde. Aber jetzt war ich fertig. Ich hatte alles gepackt, ich hatte sogar an mein bestes Kleid gedacht, taubenblau, knielang, mit Puffärmeln – und an mein schönstes Lächeln, auch das hatte ich dabei. Den Verband um meinen Finger hatte ich durch ein Pflaster ersetzt. Ich fand, man konnte unmöglich mit einem bandagierten Finger in die Stadt der Liebe reisen.

Wir saßen im Auto, unterwegs nach Bad Homburg, um Thaddäus abzuholen. Ich war gespannt, wie die erste Begegnung zwischen Bea und ihm ausfallen würde. Sie waren so verschieden. Vor allem aber interessierte mich, wie wir zu dritt in meinem kleinen Auto nach Paris fahren sollten, denn um Beas wuchtigen Koffer hineinzubekommen, hatten wir schon die Rückbank umklappen müssen.

»Was hast du bloß alles eingepackt?«, hatte ich sie gefragt.

»Ein paar T-Shirts«, hatte sie gesagt und mit einem zufriedenen Blick auf meine Sitzposition: »Endlich hast du das mit dem Sitz gecheckt.«

T-Shirts waren Beas große Leidenschaft, sie besaß Hunderte davon, die sie nach Anleitung eines asiatischen Videos im Internet auf Größe eines herkömmlichen Briefumschlages zusammenfalten konnte. Vermutlich hatte sie mindestens fünfzig davon im Koffer, zusätzlich zu ihren heiß geliebten Röhrenjeans in allen möglichen Farben. Sie trug wieder die nietenbesetzten Stiefeletten und die taillenkurze weiße Lederjacke. Ihre rote Fransenhandtasche war so prall gefüllt, dass die Nähte zu platzen drohten. In einer »Edeka«-Tüte steckten zwei große Flaschen Cola, zwei Dosen mit roséfarbenem Prosecco, eine Tüte Chips mit Ketchup-Mayo-Geschmack (von den Fans »Chips Schranke« genannt, Fachwissen aus dem Supermarkt), eine Packung Wiener Würstchen aus dem Kühlregal und eine Tafel weiße Schokolade. Das war Beas Vorstellung von perfektem Reiseproviant. Ihre schwarzen Haare wirkten durch Gel noch dunkler, ihre Lippen glänzten in einem vorlauten Pink, und die Ringe in ihren Ohren pendelten gut gelaunt vor sich hin.

Auf seinen Entenkopfstock gestützt, stand Thaddäus bereits draußen, als wir ankamen. Auch jetzt wieder schien er es nicht abwarten zu können, von hier fortzukommen. Wie schon vor ein paar Tagen trug er seinen grauen Anzug, den dunklen flachen Hut mit dem schwarz glänzenden Ripsband und den schwarzen Mantel, nur hatte er dieses Mal eine silbergraue Krawatte mit farblich passendem Einstecktuch gewählt.

»Ich hatte ihn mir eher vorgestellt wie Sky Dumont«, sagte Bea, »so der Typ argentinischer Großgrundbesitzer mit eigener Rinderherde und russischen Wurzeln«.

Auf nackten Baumkronen thronten Schneehauben wie Mützen; die Sonne hatte sich hervorgewagt und wärmte unsere Gesichter. Ich machte Bea und Thaddäus miteinander bekannt und hätte fast laut losgelacht, als ich sah, wie Beas Rechte vorschoss bis unter sein Kinn, weil sie wohl damit rechnete, dass er seine Lippen an ihren Handrücken führen würde, um zwei Zentimeter darüber abzustoppen und einen Kuss anzudeuten. Vielleicht hätte ich mich ein wenig zurückhalten sollen mit meiner Schwärmerei von ihm. Mit leisem Lächeln nahm er ihre Hand, aber nicht um sie zu küssen, das machte man nicht in freier Natur, so würde er uns später belehren, es sei denn auf Bahnhöfen, bei herzergreifenden Szenen, Szenen wie in »Anna Karenina«. Er zog sie wieder auf normale Höhe hinunter und drückte sie leicht, bevor er meine Hand ergriff, nachdem er sich wie schon bei unserer ersten Begegnung seiner schwarzen Lederhandschuhe entledigt hatte.

»Tach«, sagte Bea und knatschte auf ihrem Kaugummi.

»Guten Tag, Herr Mahn«, sagte ich und schnarrte Bea kaum hörbar an: »Kaugummi raus!«

»Manieren marsch!«, flachste Bea und nahm ihr Kaugummi hinter vorgehaltener Hand aus dem Mund.

»Meine Damen«, sagte Thaddäus. »Wie ist das werte Befinden heute?«

»Könnte gar nicht besser sein«, sagte ich.

»Das freut mich. Und wie geht es Ihnen?«, wandte er sich an Bea.

»Das Leben ist kein Butterkeks«, antwortete die, während sie das Kaugummi zwischen ihren Fingern zu einer Kugel rollte. »Ich habe schon seit Ewigkeiten keine feste Beziehung. Ohne Sex schiebe ich immer ziemlich Frust. Selbst schuld! Ich klammere zu heftig. Das liegt daran, dass mein Vater noch vor meiner Geburt unsere Familie im Stich gelassen hat, der Mistkerl.« Bea schleuderte die Kaugummikugel in einen Busch und zündete sich eine Zigarette an. »Da muss man echt kein Psycho-Heini sein, um das zu kapieren, oder? Deswegen …« Sie klopfte Thaddäus auf die Schulter und blies mir den Rauch ins Gesicht. »… Firma dankt! Paris ist jetzt echt mal ein Highlight.«

So wie ich mich mit einer Reisetasche begnügt hatte, schließlich hatte Thaddäus von einem Ausflug gesprochen, und ich ging davon aus, dass wir nicht länger als zwei, drei Tage bleiben würden, hatte auch er nur einen kleinen Koffer dabei und die für ihn unverzichtbare braune Ledermappe, die er schärfer zu bewachen schien als einen Lottoschein mit sechs Richtigen. Ich rätselte noch, wie das Problem mit der umgeklappten Rückbank in meinem Wagen zu lösen sei, da fuhr eine Taxe vor.

»Ich habe mir gedacht«, sagte Thaddäus, »es wäre am komfortabelsten, wenn wir mit dem Taxi nach Frankfurt und von dort aus mit dem Zug weiterfahren. Einer Stadt wie Paris sollte man sich auf so angenehme Weise wie möglich nähern und nicht entkräftet nach langer Autofahrt dort eintreffen.«

»Wie redet der denn?«, zischte mir Bea ins Ohr.

»Pass lieber auf, wie *du* redest!«, warnte ich sie.

»Sorry, dass ich nicht auf die Schnelle noch einen Benimmkurs gemacht habe.« Während unseres kleinen Disputs gab Thaddäus dem Taxichauffeur Anweisungen, wie er das Gepäck zu verstauen habe. Als er sich umwandte, um uns zum Einsteigen aufzufordern, strahlte Bea ihn mit ihren vollen, glänzenden Lippen an, während meine Dankbarkeit eher ein schüchternes Lächeln trug. Er nickte mir zu und hielt mir die hintere Wagentür auf, um mich einsteigen zu lassen; der Taxichauffeur war Bea behilflich. Auf der Fahrt aß sie ein kaltes Würstchen und trank die erste Dose Prosecco; ich schmierte mir die Lippen ein und konnte vor lauter Aufregung gar nicht damit aufhören. So kamen wir am Hauptbahnhof in Frankfurt an, und als Thaddäus mit seinen winzigen energischen Schritten über den Bahnsteig wandelte und auf den Wagen der ersten Klasse zusteuerte, hatte ich das Gefühl, als habe sich mein Leben soeben ein Nerzcape umgelegt.

Wir nahmen Platz auf reservierten Sitzen an einem Vierertisch im Großraumwagen, Bea und ich nebeneinander, Thaddäus uns gegenüber. Es war ein Uhr mittags, in ein paar Minuten würde es losgehen. Ich strich mit der Hand über die schwarzen Ledersitze, lehnte meinen Nacken gegen die grauen Kopfpolster, und Thaddäus bewachte wieder seine Ledermappe, indem er seine rechte Hand daraufgelegt hatte. Bea ließ ihre Chipstüte die Runde machen, doch Thaddäus lehnte dankend ab. »Ich mag eine Menge unvernünftiger Dinge, aber die sind gottlob nicht darunter.«

»Was mögen Sie denn?«, fragte Bea.

»Gugelhupf«, sagte Thaddäus. »Und die Schokoladenkompositionen von Pierre Marcolini aus Brüssel, wahre Meisterwerke filigraner Raffinesse.« Er schloss einen Moment die Augen und küsste seine Fingerspitzen. »Seine Marzipanpralinés mit iranischer Pistaziencreme. Die Veilchenganache mit Himbeersplittern … Ingwerstäbchen, die sich mit nachtdunkler Schokolade verkleiden …«

»Der ist heftig«, wisperte Bea in mein Ohr.

Thaddäus berauschte sich weiter an süßen Erinnerungen: »Das ist die Haute Couture der Chocolaterie. Außerdem kann ich nicht widerstehen bei Macarons, einem Baisergebäck aus Mandelmehl, gefüllt mit einer Creme. Wir werden es in Paris verkosten, wenn Sie mögen.«

Bea verdrehte hingerissen die Augen. »Womit haben wir es eigentlich verdient, dass Sie uns einladen?«

»Ich bin selbst eingeladen. Bei der Jahrestagung des *Clefs d'Or*. Das ist der Internationale Verband der Hotel-Concierges«, sagte er.

»Und warum haben Sie nicht Ihre Familie mitgenommen?«

»Ich habe keine.«

»Warum haben Sie sich nie eine zugelegt?«

Ich stieß sie an. »Sei nicht so neugierig!«

Doch Bea war kein bisschen beeindruckt.»Die Frauen haben doch bestimmt auf Sie gestanden. So ein Mister Charming wie Sie. Sie sehen doch heute noch ganz lecker aus.«

Mir rutschte das Lächeln aus dem Gesicht. »Bea!«, fauchte ich.

Sie klimperte mit ihren Wimpern und schnitt eine Grimasse. »Ich hab's zwar selbst nicht hingekriegt, aber eigentlich ist es doch ganz simpel: Mann und Frau verlieben sich, gehen ins Kino, haben Sex, machen Babys, bleiben entweder zusammen und zahlen das Haus ab, oder der eine von beiden macht sich aus dem Staub und lässt den anderen als seelischen Krüppel zurück. Ich spreche aus Erfahrung.« Sie klappte das Seitenteil des hellbraunen Tisches in unserer Mitte auf und zu, auf und zu, bis ich ihre Hand festhielt, damit sie aufhörte.

»Ich habe nie geheiratet«, sagte Thaddäus nach einer ganzen Weile, die er aus dem Fenster geschaut hatte. »Vielleicht habe ich zu sehr geliebt.«

Er strich behutsam mit dem Daumen über die Mappe vor sich auf dem Tisch, bevor er die Hände in den Schoß legte.

»Das verstehe ich jetzt nicht«, sagte Bea.

»Manchmal muss man die Dinge so lassen, wie sie sind«, sagte Thaddäus. »Vor allem, wenn biografischer Zufall im Spiel ist.«

»Ich lasse die Dinge nicht gern, wie sie sind«, widersprach Bea.

Thaddäus lächelte. Beas Dickschädel schien ihn zu amüsieren. Während er wieder aus dem Fenster blickte, stahlen sich ihre Finger wie Spinnenbeine über die Tischplatte und krabbelten auf die Aktenmappe zu. Ich beobachtete, wie Thaddäus' Lippen ein paar unhörbare Laute formten, ehe er hervorstieß: »Also, nein. Bitte! Das geht zu weit.«

Es war das Ärgerlichste, was ich jemals aus seinem Mund vernehmen sollte.

»Was haben Sie denn da drin? Ein Geheimdokument von Wikileaks?« Bea kicherte. Ich trat sie, die links von mir saß, vorsichtshalber mit der Hacke meines flachen Stiefels gegen das Schienbein. Sie fluchte leise vor sich hin, bevor sie zischte: »Ich hab's kapiert. Keinen Kotelettknochen abknabbern, keine schmutzigen Witze, nicht die Ellbogen auf den Tisch, keine Essenstürme am Büfett auf den Teller laden, nicht mit vollem Mund reden ...«

»Am besten gar nicht reden«, raunte ich ihr zu. »Und überhaupt keine Witze.«

»Was ist mit einem echt guten?«

»Vergiss es!«

Bea kniff die Augen zusammen »Okay, ich werde mich benehmen wie ein steifer Kragen. Ich muss mal!«

Als sie davongegangen war, schwiegen Thaddäus und ich und sahen hinaus. Wir fuhren jetzt durch die Pfalz. Die Landschaft war vom Feinsten. Wie aus dem Bilderbuch. Die Sonne schien auf Weinberge und waldige Hügel und eine Burg am Horizont. Ein paar Dörfer huschten vorbei. In den Gärten versteckten sich Johannisbeersträucher, Holzstapel und Kinderschaukeln unter frisch gefallenem Schnee. Ohne den, sagte Thaddäus, erinnere die Gegend beinahe an die Toskana.

»Bea ist nicht so, wie sie immer tut. Sie kann wirklich reizend sein«, begann ich, aber Thaddäus winkte ab. »Sie müssen keine Lanze brechen für Ihre Freundin. Sie ist herzerfrischend. So einfach.« Seine Stimme war leise und angenehm. »Ich meine das als Kompliment. Sie ist unkompliziert. Sie ist anders als wir beide.«

Während ich darüber nachdachte und die Welt am Fenster vorbeirauschte, kam Bea zurück, fläzte sich auf ihren Sitz und nahm einen tiefen Schluck aus der Colaflasche, während Thaddäus anfing zu erzählen, wobei seine rechte Hand das Leder der Aktenmappe streichelte.

»Ich komme aus einfachen Verhältnissen. Mein Vater war Gärtner, meine Mutter Zimmermädchen im *Grandhotel Hessischer Hof* in Frankfurt. Luxushotels haben mich von jeher fasziniert. Den Palästen fühlte ich mich immer näher als den Klöstern.«

Bea schluckte den letzten Zipfel ihrer kalten Wurst, zerbiss krachend ein paar Kartoffelchips und stopfte die zusammengeknüllte Tüte in den kleinen Abfallbehälter an der Wand neben ihrem Sitz.

»Ich habe gar nicht gewusst, dass junge Damen so viel essen«, sagte Thaddäus lächelnd.

Ich lehnte mich zurück und verspürte ein warmes Gefühl, das nicht nur von der Sonne auf meinem Gesicht kam. Die angespannte Stimmung von eben war verflogen.

»Für mich stand schon als kleiner Junge außer Frage, dass auch ich meinen Wirkungskreis einmal in einem Hotel haben werde«, fuhr Thaddäus fort. »Ich war fünfzehn, als ich im *Hessischen Hof* als Page anfing. Meine Mutter hatte mir die Stelle besorgt. Im Laufe der Jahre brachte ich es bis zum Concierge. Ich habe es immer als großes Glück empfunden, den Menschen zu dienen. Man schneidert die Wünsche eines Gastes zurecht, und am Ende überreicht man ihm seinen Hotelaufenthalt wie einen Maßanzug. Die für ihn geeignete Theateraufführung, den Museumsbesuch, die Restaurantreservierung mit Stehgeiger am Tisch, Hunderte weißer Orchideen, die am Hochzeitstag für seine Herzdame vom Himmel regnen.«

»Ich tue mich schon schwer damit«, sagte Bea und verschränkte die Arme vor der Brust, »den Kunden ein maßgeschneidertes Aufschnittpäckchen zusammenzustellen.«

»Sie arbeiten beide im selben Supermarkt.« Das war keine Frage, sondern eine Feststellung. Ich hatte es Thaddäus erzählt. Wie ich auch meinen Traum von der Frühstückspension rausgelassen hatte, von dem sonst niemand wusste.

Doch nach wenigen Sätzen hatte ich ihn wieder eingefangen.

»Auf meiner Reise durchs Leben«, erzählte Thaddäus, »gelangte ich nach Stationen in Wien, München und Genf nach Paris. Und blieb. Bis zu meiner Rente. Siebenundzwanzig Jahre habe ich dort in ein und demselben Hotel gearbeitet.«

»Mir würde der Job gefallen«, sagte ich.

»Das glaube ich gern«, erwiderte Thaddäus und blinzelte mir zu. »Er kann aber auch sehr einsam machen. Man arbeitet frühmorgens und nachts, samstags und sonntags. Oft zehn bis zwölf Stunden am Tag. Man hat Venen- und Rückenprobleme vom vielen Stehen. Und man muss sich damit abfinden, dass der Beruf einen in Liebesdingen auf Diät setzt.«

Mit einem Plopp öffnete Bea ihre zweite Prosecco-Dose. »Ich stehe nicht auf Diäten«, sagte sie. »Absolut nicht.« Sie nippte am Prosecco, wischte mit dem Ärmel ihres Pullovers den Lippenstift von der Öffnung und reichte mir die Dose. Während wir in den Bahnhof von Kaiserslautern einrollten, trank ich einen Schluck. Die Kohlensäure stieg mir in die Nase, meine Augen tränten, und meine Stimme klang rau, als ich mich an Thaddäus wandte: »Was genau macht ein Concierge?«

Er wartete, bis sich unser Zug wieder in Bewegung setzte, bevor er sprach: »Ein Concierge kennt alle, weiß alles, sieht alles. Und manchmal weiß er mehr, als er wissen soll. Er muss dem Gast alles ermöglichen, was legal und moralisch ist. Er ist der Zeremonienmeister der Lobby, die gute Seele des Hotels.«

Anas Stimme ertönte in meinem Kopf. Genau das hatte auch sie gesagt. »Die gute Seele des Hotels.«

»Ein Freund der Gäste also?«, drang Beas Stimme an mein Ohr.

»Nein, ein Freund ist er nicht. Wir begegnen den Gästen nicht auf Augenhöhe. Das mögen sich manche einbilden, aber es ist nicht der Fall. Wir sind Butler, Privatsekretär, Reisebüro, Organisationskomitee, Kummerkasten. Wir sind der Stahlträger im Sturm, die Fee mit dem Zauberstab, die nachts wie gewünscht die goldene Tinte besorgt, denn unser größter Ehrgeiz ist es, das umzusetzen, was wir dem Gast versprochen haben. Und wenn es der Tanzbär für den Geburtstag des russischen Oligarchen ist.« Ein Schmunzeln zog über sein Gesicht. »Glauben Sie mir, auch in Paris ist so etwas nicht leicht aufzutreiben. Aber man hat seine Kontakte. Ein Concierge weiß, wen er anrufen muss, um die begehrteste Opernloge der Stadt zu bekommen. Er hat seine Verbindungen, um den Louvre auch am ersten Weihnachtsfeiertag für einen Kunstfreund zugänglich zu machen. Er ist in der Lage, um fünf Uhr morgens jemanden aufzutun, der in der Hotelküche Schweizer Rösti brät, die man so schmackhaft auch nicht im hintersten Bergtal der Walliser Alpen serviert bekommt. Es ist eine Kleinigkeit für ihn, ein Schmuckgeschäft um sechs Uhr morgens aufschließen zu lassen. Er hat in der Regel den Zweitschlüssel zu einem Blumengeschäft, um an mehrere Dutzend roter Rosen zu kommen, während die ganze Stadt in tiefem Schlummer liegt. Und es ist für ihn ein Leichtes, Mitte Dezember innerhalb kürzester Zeit rotfleischige Pfirsiche aus Chile zu besorgen, wenn es eine Schwangere danach gelüstet, und Regenwasser aus Tasmanien. Das Wort Nein hat keine Daseinsberechtigung in seinem Wortschatz. ›Geht nicht‹ gibt's nicht. Das ist die Grundregel Numero eins. Die zweite lautet: Man muss einfach nur jemanden kennen, der jemanden kennt, der jemanden kennt.«

Wir gestatteten uns einen Moment ehrfürchtiger Bewunderung, bevor es aus Bea herausplatzte: »Und wozu das Regenwasser?«

»Zum Trinken. Dreiunddreißig Euro.«

»Die Quelle?«, witzelte Bea.

»Der Liter.«

Bea stupste mich in die Seite und riss die Augen so weit auf, dass es wehtun musste. »Hast du das gehört?« Sie sah mich an, als wäre ich hier die Wahnsinnige. »Ich habe mal gelesen«, schnappte Bea atemlos, »dass bei Jennifer Lopez alles weiß sein muss, wenn sie ein Zimmer bucht. Die Wände, die Blumen, die Kerzen, die Gardinen, die Sofas. Alles. Es muss genau 25,5 Grad Zimmertemperatur haben, und neben dem Bett müssen diamantenbesetzte Ohrschoner liegen. Mariah Carey badet im Hotel nur in französischem Mineralwasser und verlangt einen Extrachauffeur für ihren Hund, und Brad Pitt besteht auf seiner eigenen Klobrille. Bitte, bitte! …«, Bea klatschte in die Hände wie ein aufgeregtes Kind, »… ein paar Namen. Wer hat bei Ihnen gewohnt?«

Sie stopfte einen Riegel weißer Schokolade in sich hinein, irgendwo im Abteil weinte ein Kind, ein Mann knurrte, ein anderer fauchte zurück, zwei Frauen kicherten. Wir schauten Thaddäus erwartungsvoll an. Er dehnte sein Schweigen aus, nahm seinen Blick vom Fenster, drehte sich geschmeidig auf seinem Sitz herum und lächelte uns an. »Keine Namen«, sagte er. »Das Verhältnis von Concierge und Gast ist in etwa das zwischen Arzt und Patient. Auch wir haben Schweigepflicht.«

»Das haben wir gerne«, brummte Bea und schluckte ihre Neugier hinunter wie andere tasmanisches Regenwasser.

Inzwischen hatten wir Saarbrücken hinter uns gelassen – und Frankreich erreicht. Thaddäus deutete nach draußen. »Wir sind in Lothringen. Und in zwei Stunden in Paris.«

Bea presste ihre Nase gegen die Scheibe, blickte auf weite Felder und Dächer in der Ferne. »Wie das hier vorbeifetzt.« Die meisten Bäume waren so weit weg, als hätten sie einen Heidenrespekt vor dem durch die Landschaft brausenden Zug. Die, die sich in seine Nähe getraut hatten, trugen frostigen Reif auf ihren knochigen Zweigen. Die letzten Sonnenstrahlen veredelten die feuchten Wiesen zu goldbraunen Flächen.

»Und jetzt mögen mich die Damen bitte entschuldigen! Ich muss mir die Beine vertreten.« Zu meinem großen Erstaunen schob Thaddäus mir die Ledermappe zu, während er sich erhob. »Bitte, passen Sie gut darauf auf!« Ich nahm sie und presste sie mit der rechten Hand an meinen Bauch. So fest, wie es nur ging.

»Da ist bestimmt was Wertvolles drin. Jetzt die Notbremse ziehen und aus dem Zug springen«, sagte Bea und setzte ihre große Sonnenbrille mit den dunklen Gläsern und dem gelben Gestell auf.

»Untersteh dich!«

»Komm, lass los!« Bea beugte sich zu mir und kitzelte mich und quietschte vor Lachen, ich schlug ihr auf die Hand und sagte, dass ich große Lust hätte, sie wieder nach Hause zu schicken zu der Salami und den weißen Hauben und ihrer Nachbarin mit dem venezianischen Kitsch.

»Du machst mich nervös«, sagte ich zu ihr.

»Probier es doch mal mit autogenem Training«, scherzte sie.

»Ich dachte eher an Voodoo«, gab ich zurück.

Bea betrachtete mich aus schmalen Augen über den Rand der Brille hinweg und schleuderte ihren Rücken gegen die Lehne. »Ich verstehe schon«, schmollte sie. »Ich störe hier. Du bist jetzt was Besseres.«

»Quatschkopf!« Hilflos zuckte ich mit den Achseln. »Ich mag ihn. Ich will nicht, dass er sich durch irgendetwas verletzt fühlt.«

»Wahrscheinlich adoptiert er dich.« Sie beugte sich wieder zu mir und piekste mit dem Finger gegen meine Brust. »Oder ihr heiratet.«

Ich musste lachen. »So was Dummes.«

Sie hakte sich im Sitzen bei mir ein und lehnte ihren Kopf an meine Schulter. »In Paris suche ich mir einen reichen Typen, der kein Regenwasser trinkt, sondern Schampus. Ich werde tanzen, bis die Musik aufhört zu spielen.« Ich konnte förmlich sehen, wie ein Lächeln ihr Gesicht weicher malte. Sie bewegte ihre Lippen auf mich zu und drückte mir einen Kuss auf die Wange. »Das hier habe ich nur dir zu verdanken. Weil du endlich anfängst zu leben, seitdem du ein Grab hast.«

Ich wollte sie bremsen und leise protestieren. Aber eigentlich, dachte ich, eigentlich hatte sie recht. In aller Bescheidenheit sollte ich dem zustimmen. Mein Leben hatte endlich angefangen, und ich fand, es lief ziemlich gut zwischen uns.

Um ein paar Minuten nach fünf rollten wir an Fabriken, Straßen und Häusern vorbei in Paris ein, während uns der Himmel über der Stadt einen Sonnenuntergang in Blau, Violett und Rosa spendierte. Hinter den Fenstern hatte man die Lichter entzündet. Thaddäus deutete auf ein gipsweißes Gebäude, das wie eine gigantische Schlagsahnetorte in der Dunkelheit thronte.

»Sacré-Cœur«, sagte er. »Die weltberühmte Basilika auf dem Montmartre.«

»In Montmartre haben sie ›Die fabelhafte Welt der Amélie‹ gedreht«, sagte ich, kaum war das Zuckerbäckerschloss wieder verschwunden.

Schließlich waren wir da, und unser Zug hielt am Gare de l'Est. »Wenn schon die Bahnhöfe hier so aussehen«, sagte ich zu Bea, während wir unter der Glaskuppel durch die Halle schritten, vorbei an den vielen Geschäften mit den blinkenden Lampen, »dann bin ich echt gespannt auf den Rest.«

»Auch der legendäre Orient-Express macht an diesem Bahnhof Station«, sagte Thaddäus, der neben uns ging, Hut auf dem Kopf, Ledermappe unter dem Arm, Knauf des Spazierstocks in der rechten Hand.

Ich machte den Mund auf und klappte ihn wieder zu, und schließlich öffnete ich ihn erneut, um mit einer glücklichen Miene und benebelt von all diesen Eindrücken zu murmeln: »›Mord im Orient-Express‹. Lauren Bacall und Ingrid Bergman.«

Hier waren wir nun. In der Stadt von Camembert, Baguette, Rotwein und Lebensfreude. In der Stadt der Mode und der Mona Lisa. Der eleganten Frauen. Der Liebe.

Wir traten vor das Bahnhofsgebäude.

»Das ist ja gleich eine ganz andere Luft«, juchzte Bea und fiel Thaddäus und mir um den Hals. Er quittierte ihren Ausbruch mit einem feinen Lächeln.

»Habe ich's nicht gesagt?«, wisperte ich ihm zu. »Sie kann ein Schatz sein.«

Ich wusste plötzlich wieder, dass es richtig gewesen war, sie mitzunehmen. Wir waren beide viel zu bequem geworden, jede auf ihre Art. Ich besonders. Das war doch kein Leben. Immer nur Fernsehen und Kartoffelsalat.

Als der Fahrer einer schwarzen Mercedes-Limousine Thaddäus zunickte und uns wie selbstverständlich die Tür aufhielt, konnte ich es nicht fassen.

Da sollten wir einsteigen? In den Polstern versinken? Den Ledergeruch einatmen? Sollten hinter getönten Scheiben durch die Stadt rollen wie Leute mit Geld und Geschmack und berühmten Namen?

»Einsteigen, meine Damen!«, forderte Thaddäus uns auf.

Während sich Bea in ihren Sitz lümmelte, saß ich ganz steif da mit durchgedrücktem Rücken und eng aneinandergepressten Schenkeln, die Hände im Schoß gefaltet, so als müsse ich jederzeit darauf gefasst sein, aufzuwachen in einem dunklen Kino, in dem gerade das Licht anging, bevor mir klar werden würde: Ich war im falschen Film. Morgen war der 1. Dezember, und Paris war weihnachtlich geschmückt. In den Bäumen auf den Champs-Élysées hingen die Lichter wie Perlenketten. Am Ende des Boulevards, wo den Place de la Concorde lag, drehte sich ein in der Dunkelheit funkelndes Riesenrad. Welche Pracht. Welcher Glanz. Welche Farben. Langsam entspannte ich mich und begann, die Fahrt zu genießen. Mir kam es vor, als würde diese Stadt zwischen Himmel und Erde schweben. Und ich mit ihr. Jetzt ein paar Luftsprünge machen, geht auch im Sitzen, und die Welt einmal kurz den Atem anhalten, bitte!

13. Kapitel

»Schöne Frauen brauchen einen schönen Rahmen«, sagte Thaddäus, nachdem die Limousine von den Champs-Élysées in eine Avenue eingebogen war, dort gehalten und uns abgesetzt hatte. Er breitete die Arme aus, als wollte er die ganze Welt an sich drücken, woran ihn weder der Spazierstock in der einen noch die Ledermappe in der anderen Hand hindern konnte. »Für mich hat Paris immer nach Frühling gerochen«, sagte er. »Nach dem süßen schweren Duft der Bäume, nach eleganten Damen, deren Parfüm man noch lange in der Nase hat, nachdem man auf einem Boulevard an ihnen vorbeiflaniert ist, nach dem Anisaroma eines *Pastis* in einem Straßencafé und nach gebuttertem warmen Hefeteiggebäck aus der Backstube einer Boulangerie.« Er schien einem nur für ihn wahrnehmbaren Duft hinterherzuschnuppern. »Selbst im Winter habe ich so empfunden, all die Jahre, die ich hier gelebt habe. Auch an den langen, dunklen Abenden, wenn Kälte und Nässe durch alle Ritzen drangen, war das Bild von Paris im gleißenden Sonnenlicht eines Maitages in meiner Fantasie unauslöschlich.«

Ein paar Passanten waren stehen geblieben und schauten lächelnd auf den älteren Herrn, der dieser Stadt vermutlich in einer für sie fremden Sprache eine Liebeserklärung machte.

Ja, auch ich hätte schwören können: Dieser Abend, an dem die Menschen Mäntel und Mützen trugen, an dem man die Heizung hochdrehen musste, Punsch trank und die ersten Weihnachtsgeschenke einpackte, roch nach Frühling. Ich schaute an dem hellen Gebäude empor, das sich aufteilte in einen linken und einen rechten Flügel, die beide auf einen Innenhof blickten. Durch den mittleren der drei schmiedeeisernen Rundbögen gelangte man hinein. Wenn man hier dazugehörte. Was wir nicht taten. Ich bewunderte die Amphoren, die in Nischen zwischen den Bögen eingelassen waren, bepflanzt mit Buchsbaumkugeln. Aus den Augenwinkeln beobachtete ich Bea, die vor diesem Palast stand, den Kopf in den Nacken geworfen, und laut den Schriftzug hoch über uns am Sims des Vordaches las: *»Four Seasons«,* sagte sie, *»George V«*. Sie sagte George wie Götz George und V wie Vogel.

»Das, meine Damen«, sagte Thaddäus, »ist das Fünf-Sterne-Hotel *George V.*« Aber er sprach George englisch aus wie »dschordsch« und das V französisch wie »sänk«. Bea rang melodramatisch die Hände, weil sie aus der *Gala* wusste, dass Heidi Klum mit einem jungen Lover vor Kurzem im »Dschordsch sänk« abgestiegen war.

Ich hatte mal gelesen, dass im Dunkeln selbst hässliche Häuser etwas Charmantes haben. Da konnte eines wie das hier, auf dessen Glamour die Lichter der Stadt zusätzlichen Glanz warfen, erst recht dafür sorgen, dass man lange Zeit nicht mehr aufhören würde zu lächeln.

Bea stieß einen Pfiff aus. »Hier mal zu wohnen! Nur eine Nacht.«

»Wenn Sie mir bitte folgen würden«, bat Thaddäus, und nachdem ihn der Empfangsportier mit einem französischen

Wortschwall begrüßt hatte, den Thaddäus mühelos erwiderte, traten wir durch die Drehtür ein und standen in der Lobby. Es war überwältigend. Bea und ich klammerten uns aneinander fest, indem wir uns an den Händen hielten. Manchmal war das Schöne mehr, als man ertragen konnte, weil es sich anfühlte wie ein körperlicher Schmerz. Vor allem dann, wenn man das Gefühl nicht loswurde, dass das alles entweder ein Riesenirrtum oder ein paar Nummern zu groß war – oder schlimmstenfalls alles zusammen. Und so kam es, dass wir beinahe erschraken, als wir uns in der Lobby umschauten. Schlagartig überkam mich der Eindruck, der Alltag müsse draußen bleiben wie ein ungebetener Gast, den man nicht mit dreckigen Schuhen in die Wohnung lassen will.

»Warum er uns das Hotel wohl zeigen will?«, sagte Bea.

»Es wird das sein, wo er gearbeitet hat«, vermutete ich.

Für jemanden, der aus einem Haushalt mit Heringssalat und Löffelpolka kam und der sich immer über Regen gefreut hatte, weil man sich dann daheim verstecken konnte, war das hier eine ganz und gar unwirkliche Geschichte. Ich saugte den Anblick in mich auf, ich versuchte, ihn auf meine innere Festplatte zu bannen, so dass er später, wenn mein Leben vergilbt sein würde wie ein altes Foto, immer noch da wäre. Ich durfte diesem Bild nicht gestatten, jemals zu verschwinden.

Hätte man mich hinterher gefragt, was mir am ehesten ins Auge fiel, ich hätte die Antwort sofort gewusst. Es war nicht der gigantische Kronleuchter aus Kristall, der glänzende, gemusterte Marmorboden, der all die Töne von

Milchspeiseeis in sich trug, unter denen man an der Theke einer italienischen Eisdiele wählen konnte: Vanille und Haselnuss, Schokolade, Mokka und Zimt. Es war auch nicht der ausladende Wandteppich hinter dem Marmortresen, an dem drei Männer standen und telefonierten. Es waren die Blumen auf verspiegelten Podesten. So etwas Schönes hatte ich noch nie gesehen. Vor allem nicht in dieser verschwenderischen Üppigkeit. Kunstwerke in riesigen Glasvasen, hohen geraden und dicken kugeligen zu ihren Füßen. Ich begann die Vasen zu zählen. Bei dreißig allein hier am Empfang hörte ich auf. In den bauchigen Gefäßen lila Rosen, die in einem Meer aus ihren eigenen Blütenblättern badeten. In den schlanken violette Blütenköpfe an langen Stielen zu strammen Sträußen zusammengebunden und aus den Vasen ragend wie eine Allee, unter der man entlangging. Waren es Sternenkugeln? Oder eine bisher von mir noch nie gesehene Hortensienart? Es gehörte auf jeden Fall zum Hübschesten, was ich je vor Augen hatte. Es konnte mit jedem Regenbogen und jedem Sonnenuntergang und jedem Nachthimmel mithalten.

»Diese Blumen!«, rief ich aus.

»Sechzehntausend frische Blüten jede Woche«, sagte Thaddäus. »Wir haben einen amerikanischen Meisterfloristen namens Jeff.«

Bea stieß einen Schwall Luft aus. »Was das kostet!«

»Eine Million Euro im Jahr.« Thaddäus nickte zufrieden, als hätte er persönlich den Deal eingefädelt.

Ich lächelte ihn an. »Sie haben ›wir‹ gesagt. Sie klingen so stolz.«

Er schüttelte mit sanftem Staunen den Kopf, das zum Ausdruck brachte, wie ich mich darüber wundern konnte.

»Das ist *mein* Hotel. Das hier war siebenundzwanzig Jahre lang *mein* Wohnzimmer.«

Ein Mann, ich schätzte ihn auf Ende fünfzig, legte den Telefonhörer auf, trat hinter dem Marmortresen hervor und kam auf uns zu. Thaddäus und er fielen sich in die Arme und küssten sich auf beide Wangen.

»Das«, sagte Thaddäus, »meine Damen, ist Monsieur René Moyne, der Chefconcierge des Hotels *George V*. Er war die letzten Jahre, die ich in diesem Haus tätig sein durfte, mein Vorgesetzter.«

Während Thaddäus sprach, richtete René dezent die schiefergraue Krawatte unter seinem schwarzen Jackett, die bei der Umarmung ein wenig verrutscht war. Dann verbeugte er sich vor uns, lächelte uns an und küsste auch uns. Es war genau dieses Begrüßungsritual, das ich schon häufiger seit unserer Ankunft in Paris beobachtet hatte, sowie bei einigen Damen im *Schlosshotel*. Man berührte erst die rechte, dann die linke Wange und küsste die Luft. Das mache Monsieur Moyne sonst nicht bei Gästen, sagte Thaddäus, das mache er nur bei Freunden und bei Freunden von Freunden. Er war ein attraktiver Mann mit hoher Stirn, brünettem zurückgekämmtem Haar und freundlichen Augen hinter einer schmalen schwarz gerahmten Brille.

Ich ließ meinen Blick wieder durch die Lobby schweifen und konnte mich nicht sattsehen an all den Blumen und dem Blick in den Innenhof durch drei weitere Glasbögen auf der anderen Seite. Plötzlich fühlte ich, dass ich beobachtet wurde. Einer der beiden anderen Concierges hinter der Rezeption schaute zu mir herüber. Ich konnte spüren, wie ich rot wurde. Ich fuhr mir mit den Fingern durch die

Haare, die wie angeklatscht an meinem Kopf lagen, während sich meine Locken am Hinterkopf zu einem rasierpinselähnlichen Pferdeschwanz bauschten. Wie sah ich überhaupt aus? Ich hatte seit Stunden in keinen Spiegel gesehen. War wohl auch besser so. Der schwarze knielange Rock hatte Falten geworfen vom langen Sitzen, mein ausgeleierter Strickmantel glich immer mehr einer gemütlichen Sofadecke, an meinen schwarzen Stiefeln stand der Reißverschluss einen Zentimeter offen, weil meine Waden zu propper waren, und der Pullover mit dem Rautenmuster in Hellblau, Beige und Weiß war mir zwar heute Morgen noch todschick vorgekommen, vor allem der angesetzte Schalkragen, aber in diesem Hotel hatte jede Hortensie mehr Eleganz.

Ich guckte erneut zur Rezeption hinüber. Er schaute auf den Computerbildschirm. Doch als hätte er meinen Blick bemerkt, schwenkte seiner wieder zu mir, und er betrachtete mich mit leicht amüsiertem Lächeln.

Ich konzentrierte mich auf das Abzeichen mit den zwei goldenen, überkreuzten Schlüsseln am Revers von René Moyne. Und auf die grau-schwarz gemusterte Weste, die er trug. Genauso wie die anderen zwei Concierges. Die *war* todschick.

»Alors Mesdames!«, sagte René gerade, wobei er leise in die Hände klatschte.

Zeit zu gehen, dachte ich. Sich ein letztes Mal umzublicken. Jede Sekunde auszukosten. Dem Jazz zu lauschen, der gedämpft von irgendwoher kam. Feierabendmusik. Den Duft der Blumen noch einmal einzuatmen. Noch einmal träumen. Genießen. »Auf Wiedersehen« sagen.

Bea lächelte Richtung Rezeption, und mir war alles klar. Der Mann hinter dem Marmortresen hatte *sie* gemeint. Wie jeder Mann *sie* meinte.

Sie hatte ihren Schirm auf Flirt-Radar gestellt. Das war ganz eindeutig. Unübersehbar. Sie konnte nicht anders. Es war ihr angeboren. Es lag ihr im Blut. Sie lächelte mit ihren verlockenden Lippen, während ihr eine Strähne in die Stirn fiel und sie den Kopf nach hinten warf. Ihr Hintern wirkte prall in der rosafarbenen Jeans; die Knopfleiste des Pullis war so weit geöffnet, dass ein schwarzer Spitzen-BH viel von sich zeigen durfte, und um auf ihren Vierzehn-Zentimeter-Absätzen zu balancieren, hätten andere Frauen eine Ausbildung für das Gehen auf Stelzen gebraucht. Ich hatte mich schon gewundert, wieso sie auf einmal gewachsen war, aber erst jetzt fiel mir auf, dass sie schwarze High Heels trug. Sie musste vor dem Betreten des Hotels ein paar Pulloverknöpfe geöffnet und ihre Schuhe gewechselt haben. Das erklärte auch, weshalb ihre Stiefeletten aus der roten Tasche ragten. Der liebe Gott hatte Bea nun mal in einem Moment erschaffen, als Frauen mit Seidentüchern, Ballerinas und Perlenketten ihn zu langweilen begannen.

Fasziniert beobachtete ich das Zucken ihres breiten Mundes, das leichte Hochziehen ihrer Brauen und war gespannt auf die Reaktion des Concierge, doch als ich zu ihm hinschaute, musste ich feststellen, dass er nicht mehr an seinem Platz stand. Und dass Bea allen Männern in der Lobby Lichtblitze aus ihren seetanggrünen Augen schenkte.

Als jemand auf uns zutrat, drehte ich mich um. Es war der Concierge von der Rezeption.

Ich wippte von einem Fuß auf den anderen und wollte los, denn wir würden hier nicht bleiben, natürlich nicht, und ich wollte mich gar nicht erst an all die Schönheit gewöhnen. Der Abschied würde umso schwerer. So panzerte ich mich mit Gleichgültigkeit und einem distanzierten Lächeln für den jungen Hotelangestellten. Man sollte immer genau wissen, wo man hingehört und hübsch auf seiner Seite des Spielfeldes bleiben.

»Tja, dann …«, sagte ich zu Bea und guckte zur Tür, durch die wir gleich mussten. Die Nähe des Concierge beunruhigte mich. Ich wünschte, er würde gehen. Und etwas in mir sehnte sich danach, dass er blieb. Völlig unbegreiflich. Aber was war an diesem Tag schon zu begreifen?

Unter halb geschlossenen Lidern betrachtete ich ihn. Er mochte vier, fünf Jahre älter sein als ich. Groß, schlank, sportliche Figur, dunkle Haare, voll und leicht gewellt. Sie machten einen unangepassten Eindruck, so als müsse er morgens viel Zeit damit verbringen, ihnen ihre Widerspenstigkeit auszutreiben. Bestimmt, so dachte ich, hatte früher, als er noch ein keiner Junge war, seine Mutter im Bad hinter ihm gestanden und mit Wassertropfen aus dem Hahn dafür gesorgt, seine Frisur auf Spur zu bringen, bevor er in die Schule musste. Die Vorstellung rührte mich, weil sie mich an meine eigene Kindheit erinnerte. Ich wusste nur zu gut, was krause Haare mit Kindern und Müttern anrichten konnten. Vielleicht fing aber auch Paris langsam an, über alles einen Chiffonschleier der Romantik zu legen. Ich würde hier noch in jedem Apfel ein Stück vom Paradies wittern, wenn das so weiterging.

»Mesdames«, sagte René Moyne, »mein Kollege Roger Laval schätzt sich glücklich, Sie nach oben zu begleiten.« Er deutete auf den dunkelhaarigen Concierge und wandte sich dann an Thaddäus. »Dich, mon ami, sehe ich nachher noch bei mir. Wir nehmen dann zusammen ein Taxi zu unserem Gala-Dinner.«

»Muss ich das jetzt verstehen?«, sagte ich zu Bea.

»Wir bleiben hier«, sagte sie schulterzuckend, als wäre es das Selbstverständlichste auf der Welt. »Wir haben endlich mal sechs Richtige.«

Wir gingen zum Fahrstuhl. Thaddäus. Der Concierge namens Roger. Bea. Ich.

Und wo war unser Gepäck?

Wo mein bisheriges Leben?

Der Lift nahm uns auf und setzte sich in Bewegung. Roger Laval drückte auf den Knopf mit der Acht. Wir schwebten empor. Und wenn ich heute daran zurückdenke, ist mir immer noch, als wäre ich in diesem Moment ganz hoch hinaufgeflogen und nie mehr wieder heruntergekommen. Nicht so richtig jedenfalls.

Nachdem wir ausgestiegen waren, spazierten wir den Korridor entlang, hinter Bea und mir Thaddäus und sein junger Kollege, die sich leise auf Französisch unterhielten.

Ich wollte mich nicht umdrehen. Ich könnte seinem Blick begegnen, befürchtete ich. Aber er hatte mich schon im Fahrstuhl eben nicht mehr beachtet, war kerzengerade dagestanden, den Blick auf die Lifttür geheftet. Ich hätte gerne seine Augen gesehen. Ich war augenfarbengläubig. Ich war der Meinung, dass Blau für treu und unschuldig stand (ich), Grün für gefährlich und leidenschaftlich (Bea) und Braun für zärtlich und romantisch. Ich hatte mir doch nicht wirklich eingebildet, dass einer wie er sich für mich interessierte, oder? Für eine Frau von der Stange. Hier in Paris, wo es Haute Couture gab. Ich war nun mal nicht das

Mädchen, das der Held am Ende des Tages mit nach Hause nahm. Und welcher Held überhaupt? Nur weil er Bea links liegen ließ, eine Hoteluniform trug und seine Haare ein Eigenleben führten?

Roger Laval öffnete für uns die Tür mit einer Chipkarte und ließ uns eintreten. Als ich an ihm vorbeistrich, trafen sich unsere Blicke. Jetzt sah er mir unverwandt ins Gesicht, in dieser Sekunde, in der offenen Tür, in der wir beide einen Moment ganz allein waren. Auf einmal fand ich mich schön, weil mir das seine Augen spiegelten. Mir fiel sein Mund auf, der perfekt gezeichnet war, mit einem scharfkantigen Herz auf der Oberlippe. Doch sofort meldete sich die Stimme der Vernunft. Wir hatten ein enges Verhältnis, sie und ich. Hör auf, dir was einzureden, sagte sie, und mach nicht aus einem Funken von Interesse gleich einen Flächenbrand.

Ehe ich einen weiteren Gedanken fassen konnte, hörte ich auch schon Bea, die wie eine Furie durch die Räume jagte und von einem Aufschrei zum nächsten wechselte.

»Das musst du sehen!«, brüllte sie.

Ich trat ein, betrachtete kurz den Raum und fiel in Ohnmacht. Natürlich fiel ich nicht wirklich. Es war nur so ein Reflex, ein »Huch, ich bin dann mal weg!«, weil mir das Atmen schwerfiel und meine Knie zitterten, als ich das hier sah. Und da ich so etwas wohl nie mehr im Leben zu sehen bekommen würde, folgte auf das Gefühl der Ohnmacht ganz schnell ein »Ich bin schon wieder da!«. Wäre doch schade, dieses Wohnzimmer zu verpassen, weil schwarze Wellen über mir zusammenschlugen. Die Sessel mit den goldenen Rahmen. Die beigegraue Leinencouch mit den karierten Kissen. Den cremefarbenen Fußhocker, die Rosensträuße, deren Tuff über den zusammengebundenen Stielen aussah wie ein weißer Wattebausch. Die Seidentaftvorhänge im Ton von Nougat und Blätterkrokant.

»Aber …«, stammelte ich.

Ich kam nicht weiter, denn ich *musste weiter*. Genau wie Bea musste ich wie gejagt durch die Zimmer hetzen. Vom Wohnraum ging es zwei Stufen hoch in einen Wintergarten mit weiß-grün geblümten Vorhängen und einem Steinfußboden mit Mosaik. Aus einer flaschengrünen Schale auf einem runden Glastisch wuchs ein Ananasstrunk aus einem Teppich aus Rosen.

»Aber …«, japste ich nach Luft.

Dann stand ich im Schlafzimmer. Ein helles Bett vor einer goldfarben gepolsterten Lederwand. Antike Gemälde. Verspiegelte Nachttische. Daneben lag das Ankleidezimmer, in dem bereits unsere Gepäckstücke standen, jedoch nur Beas und meine, was ich verwirrend fand.

»Aber …«, begann ich erneut.

Als ich einen lang gezogenen Schrei hörte, lief ich ins Bad. Dort hatte sich Bea vor der Skulptur einer liegenden Nackten auf dem Fensterbrett aufgebaut und stöhnte, dass sie ziemlich sauer wäre, wenn irgendjemand sie jetzt kneifen würde und sie aufwachen müsste. Ich konnte sie verstehen. Das Bad war ein Traum aus sandfarbenem Marmor. In der Dusche hätte mein Zimmer zu Hause Platz gehabt. Die Wanne verfügte, vernahm ich plötzlich Rogers Stimme von der Tür her, über Massagedüsen und ein Farbwechselsystem und, so hörte ich mich selbst mit einem hysterischen Kichern in der Stimme sagen: »Wahrscheinlich läuft aus einem Hahn Champagner und aus dem anderen Milch mit Honig.«

Auf dem Rand der Wanne standen in Grüppchen vanillefarbene LED-Kerzen, und in zwei gläsernen Vitrinen spielten unzählige weiße Orchideen Dschungel. Was hatte Thaddäus gesagt? ›Ein ganz passables Hotel‹? Das war die Untertreibung des Jahrhunderts.

»›Bulgari‹«, flüsterte Bea andächtig, als sie die weißen Flaschen mit dem grünen Stöpsel sah, schnupperte am Duschbad und rieb Bodylotion auf ihren Handrücken.

»Aber …«, stotterte ich und heftete mich wie in Trance an Rogers Fersen, der Thaddäus, Bea und mir ein Glas Begrüßungschampagner in die Hand gedrückt hatte und sagte, nun zeige er uns das Allerschönste.

Wir folgten ihm hinaus auf die Terrasse.

»Alles für Sie«, sagte er und machte eine weit ausholende Handbewegung. »Ein Rundblick auf die Stadt. Paris liegt Ihnen zu Füßen.« Er nannte all die Namen, die ich irgendwo schon mal gehört hatte: Invalidendom, Panthéon, Notre-Dame und zum Greifen nah der Eiffelturm, der leuchtend in die Nacht ragte.

»Nach Anbruch der Dunkelheit wird er zu jeder vollen Stunde fünf Minuten lang mit zwanzigtausend Glühbirnen zum Funkeln gebracht«, sagte Roger und lächelte uns an: »Willkommen in der *Penthouse-Suite!*« Er sprach Deutsch mit einem süßen Akzent.

Ich knuffte Bea in die Seite, die auf ihrem Smartphone herumdaddelte.

»Das ist unhöflich!«

»Entschuldige mal! Ich google gerade das Hotel. Mich interessiert, was die Suite kostet.«

»Wir können hier nicht bleiben«, sagte ich.

»Aber sicher doch«, sagte Thaddäus, der hinzugetreten war.

»Gibt aber nur ein Bett«, sagte Bea.

»Da werden Sie und Ihre Freundin nächtigen. Ich verbringe die nächsten Tage als Gast bei meinem Freund René zu Hause.«

»Die Suite kann man noch nicht mal online buchen«, wisperte Bea in mein Ohr. »Und den Preis erfährt man auch nicht.«

Ich ignorierte Bea und fragte stattdessen Thaddäus: »Wie kommen wir dazu?«

»Ich habe mir immer gewünscht, die *Penthouse-Suite* einmal zu sehen. Sie ist erst im Juli 2012 fertig geworden, als ich schon längst im Ruhestand war. Mein Wunsch ist heute in Erfüllung gegangen. Aber ich muss hier nicht übernachten. Sie dagegen sollten es unbedingt.«

»Das kostet doch ein Vermögen«, wandte ich ein.

»Das soll nicht Ihre Sorge sein.«

Diesmal war es Bea, die mir auf den Fuß trat, was wegen ihrer Absätze ziemlich schmerzhaft war.

»Wenn Sie sich trauen, meine Herrschaften, dann gehen Sie doch schon mal dort drüben die Treppe rauf«, forderte uns Roger auf.

»Wohin führt die?«, wollte Bea wissen.

»Auf eine kleine Aussichtsplattform auf dem Dach. Das ist quasi der Balkon von Paris.«

»Ich bin nicht schwindelfrei«, sagte Thaddäus.

»Und ich nehme mir erst mal diesen gigantischen Flatscreen im Wohnzimmer vor«, sagte Bea.

Also stieg ich allein mit meinem Glas in der Hand die Eisenstufen hoch, um die herum aus Sicherheitsgründen eine Art halbkreisförmiger Käfig gezogen war.

Als ich oben stand, kam Roger. Ich nahm einen Schluck

von dem Champagner, blassgold schimmernd wie heller Bernstein, und streckte die Hand nach dem Eiffelturm aus, dessen zwanzigtausend Lichter jetzt gerade angingen, abends um sieben, und der so nah war, zum Greifen nah.

Es blieb mir nicht verborgen, dass mich Roger Laval beobachtete. Wenn der Blick eines Mannes auch nur länger als einen Wimpernschlag auf mir weilte, geriet ich völlig aus dem Konzept, und so spürte ich ein Pochen, das sich von meiner Brust übers Schlüsselbein bis zum Hals zog. Ich kam mir vor wie ein Schulmädchen und überlegte krampfhaft, was ich sagen könnte, und endlich fiel es mir ein. »Ihr Kollege René trägt einen Frauennamen.«

»Mit nur *einem* E am Ende ist es ein Männername«, sagte er.

»Verkehrte Welt«, sagte ich. »In Italien heißen ja auch Männer *Andrea*. Der älteste Sohn von Prinzessin Caroline zum Beispiel.«

Er erwiderte nichts und sah mich nur an.

»Die lebt zwar in Monaco, aber sie war ja mal mit einem Italiener verheiratet, dem Vater von diesem Andrea …«

Halt die Klappe, Magda, ermahnte ich mich.

Aber nein, ich konnte nicht aufhören.

»Stefano Casiraghi. Der Name ist mir gerade wieder eingefallen. Der bei dem Bootsunglück gestorben ist …«

Magda, jetzt reicht's!

»Da denkt man, jemand hat alles, und dann schlägt das Schicksal so knüppelhart zu.«

Er sagte nichts. Gar nichts. Guckte. Lächelte. Schaute mir direkt in die Augen. Sein Blick verunsicherte mich. So hatte mich noch niemand angesehen. Und so schwafelte ich weiter von europäischen Adelshäusern und Dingen, von denen ich keine Ahnung hatte, während mir immer heißer wurde, weil seine Blicke und der Champagner mir zu Kopf stiegen. Er hatte übrigens braune Augen. Zärtlichkeit und Romantik. Manche Augenfarbenanalytiker, so fiel mir ein, hatten auch ihnen Leidenschaft zugeordnet, was in Kombination mit Zärtlichkeit und Romantik eine ziemlich aufregende Mischung war.

Von ganz weit her drang der Lärm der Straße zu uns hoch.

Mein Handy klingelte. Ich zog es aus der Seitentasche meines Strickmantels. Eine mir unbekannte Nummer erschien auf dem Display. Als ich mich meldete, herrschte Schweigen auf der anderen Seite.

»Hallo!«, rief ich. »Hallo! Wer ist denn da? Hier ist Magda Ziegler. Hallo!«

Nichts.

Ich zuckte mit den Achseln. Und plötzlich hatte ich einen Verdacht.

»Frau Blumenberg?«

Es wurde aufgelegt.

»Eigenartig«, murmelte ich, steckte das Handy weg, nahm den Labello aus der anderen Manteltasche, fuhr damit über meine Lippen, trank noch einen Schluck von dem Champagner, sah den hässlichen Abdruck, den der Fettfilm auf dem Glasrand hinterlassen hatte, und schmierte so lange mit meinem Ärmel daran herum, bis Roger mir das Glas abnahm und es zurück aufs Tischchen stellte.

»Haben Sie noch einen Wunsch?«

»Nein, vielen Dank. Ich habe alles. Mehr als alles.«

»Es ist kühl«, sagte er. »Sie sollten hineingehen.«

Und so kletterte ich die Eisenstiege wieder hinunter, die mir vorkam wie ein Krähennest auf einem Piratenschiff in einem Abenteuerfilm. Vielleicht war das ohnehin das Filmgenre, in dem sich mein Leben gerade abspielte. Abenteuer. Aufregende Handlung. Atemberaubende Schauplätze.

Er war schon vorausgegangen, um mir von unten die Hand zu reichen, falls ich stolpern sollte. Was ich prompt tat. An der vorletzten Stufe rutschte ich ab. »Seien Sie vorsichtig!«, sagte er. »Man kann so leicht die Balance verlieren, wenn man nicht aufpasst.«

Woran das wohl liegt, hätte ich am liebsten gesagt, hielt aber meinen Mund und ging über die Terrasse hinein ins Warme. Ach ja, und ohne Liebe kam kein guter Abenteuerfilm aus.

Als Roger uns allein gelassen hatte, war Bea nicht mehr zu bremsen. Sie spielte an den Knöpfen neben ihrem Bett, mit denen man das elektrische Licht jeder Tages- und Nachtzeit anpassen konnte. *»Morning. Afternoon. Evening. Night«,* las sie in leisem Singsang vor, sie öffnete sämtliche Schubladen der beiden Nachttische, sie testete die Matratze, indem sie mit ihrer Hand Druck ausübte und sie emporfedern ließ.

»Genau in dieser Suite war Heidi Klum mit diesem Vito Schnabel«, sagte sie dann. »Ich habe das Foto von der Terrasse auf ›Instagram‹ gesehen.« Ihre Wangen glühten, während sie sich rücklings auf die schneeweiße Tagesdecke fallen ließ.

Plötzlich stand Thaddäus in der Tür. »Meine Damen, ich würde mich gerne für heute verabschieden. Verzeihen Sie, dass ich Ihnen keine Gesellschaft leisten kann. Sie wissen ja, das Dinner beim *Clefs d'Or*. Bestellen Sie sich doch etwas beim Room Service und machen sich keine Gedanken um die Verrechnung. Ich wünsche einen schönen Abend und angenehme Nachtruhe. Morgen zeige ich Ihnen die Stadt. Sie werden begeistert sein, das verspreche ich.« Er verbeugte sich, wie er es oft zu tun pflegte, aber er schien noch etwas auf dem Herzen zu haben, denn er machte keinerlei Anstalten zu gehen. Stattdessen sah er mich an. »Würden Sie mir die Freude bereiten, mich hinauszubegleiten, Magda?«

»Sehr gerne«, sagte ich und meinte es zum ersten Mal seit langer Zeit ehrlich. Kurz musste ich an Frau Schnorr aus dem Supermarkt denken, einem der dunklen Schatten aus meiner Vergangenheit.

Im Wohnzimmer hielt er inne, und ich nutzte die Chance und sagte: »Sie können sich nicht vorstellen, wie dankbar wir Ihnen sind. Sie sind so großzügig.«

Er lächelte verlegen und senkte den Kopf, um seine Schuhspitzen zu mustern.

Am liebsten wäre ich ihm um den Hals gefallen. »Ich danke Ihnen. Ich danke Ihnen sehr. Sehr, sehr, sehr.«

»Bitte, nicht! Sie machen mir das viel größere Vergnügen. Da ist nur noch eine Sache.«

Neugierig blickte ich ihn an.

»Wie finden Sie meinen jungen Kollegen Monsieur Laval?«

Vor lauter Empörung plusterte sich mein Oberkörper auf wie der eines heftig atmenden Vogels. »Ich glaube, er ist ein Wichtigtuer. Wieso kann er eigentlich so gut Deutsch?«

»Das ist eine Selbstverständlichkeit. Jeder Concierge beherrscht drei Sprachen.«

»Außerdem ist er mir zu groß und zu schlank. Da kriegt man als kleiner Mensch ja Komplexe. Und blonde Blauäugige mag ich sowieso lieber.«

Insgeheim hegte ich die Hoffnung, dass mir an ihm etwas wirklich nicht gefallen könnte. Irgendetwas würde es schon geben. Gab es immer. Wahrscheinlich hatte er hässliche Füße, würde früh unter Nasenhaaren leiden, brüllte den Fernseher beim Fußball an, war ein Fan dieser französischen Wurst, die ausschließlich aus Innereien hergestellt wurde, und war zu allem Übel auch noch verheiratet mit *Miss France*.

Thaddäus' Gesicht war ernst, nur seine Lippen lächelten.

Mein Blick fiel auf eine Kommode, auf der sich die kleine Bronzeskulptur einer tanzenden Frau befand, eine Wolke aus weißen Rosen in einer kelchförmigen goldenen Vase, ein Kerzenständer aus Kristall, ein Bildband über den Louvre, einer über Christian Dior. In einer Glasschale lagen fünf Äpfel in einer Linie, von denen einer ein Stück zur Seite gekullert war. Ich war erleichtert, dass es etwas für mich zu tun gab und legte ihn zurück an seinen Platz.

»Ich will Sie nicht weiter belästigen«, sagte Thaddäus. »Mein Freund René wartet.« Er guckte sich noch einmal um, während er zur Tür der Suite tänzelte, hoch erhobenen Hauptes und leicht auf seinen Spazierstock gestützt, die Aktenmappe wie immer unter dem Arm, den Hut in der Hand. »Ein Traum, nicht wahr? Da stimmt einen sogar das Fehlen eines Liftboys und der Einsatz von Schlüsselkarten aus Plastik versöhnlich. Man muss sich mit den modernen Zeiten arrangieren, aber man muss sie nicht mögen.«

Kaum war er draußen, keckerte ich wie eine hysterische Hyäne. »Wie finden Sie eigentlich meinen jungen Kollegen

Monsieur Laval?«, wiederholte ich laut Thaddäus' Worte, rollte mit den Augen und schüttelte den Kopf.

Andouille, fiel mir der Name der französischen Wurst aus Innereien wieder ein. Ich hatte in einem Fortbildungsseminar davon gehört. Bestimmt mochte er sie.

»Niemals«, explodierte Bea kurz darauf, »werde ich an unserem ersten Abend in Paris einen Käseteller beim Zimmerservice bestellen. Ich will was erleben. Ich muss raus! Und du auch.« Doch als Bea nach zwei Stunden endlich fertig war mit Baden und Anziehen und Schminken, war ich es auch. Ich war müde und hatte zum ersten Mal in meinem Leben die Erfahrung gemacht, dass einen auch Luxus erschöpfen konnte. Bea knurrte, weil ich kniff, und beschloss, allein die Hotelbar aufzusuchen.

Kaum war sie davongegangen, tapste ich in Nachthemd und weißem Frotteemantel noch einmal über die dicken Teppiche, auf denen man seine eigenen Schritte nicht hörte, und lief hinaus auf die Terrasse. Wer reist, kann was erzählen, dachte ich. Aber konnte ich jemals dieses Lichtermeer beschreiben? Auch wenn mich Thaddäus' Bemerkung über Roger irritiert hatte, ich würde mir davon nicht die Laune verderben lassen. Ich war ohnehin nicht der Typ, der Männer so wichtig nahm. Ich hatte nie an Selbstmord gedacht aus lauter Liebe, hatte nie verrückte Dinge in einem Fahrstuhl getan oder auf dem Rücksitz eines Autos mit Blick von einem Hügel über die erleuchtete Stadt. Was Gefühle anging, musste ich noch üben. Aber damit musste ich nicht ausgerechnet in Paris anfangen.

Wo sonst, fragte meine innere Stimme.

Ja, wo sonst, musste ich ihr recht geben.

Ich ging hinein, schenkte mir den letzten Schluck Champagner aus der Flasche im Silberkübel ein, trat wieder hinaus und prostete dem Eiffelturm zu, der breitbeinig und leuchtend in die Nacht ragte, während die Stadt da draußen ebenfalls nicht zur Ruhe kam und immer noch strahlte.

Dann schlüpfte ich unter die Decke und schlief sofort ein. In diesem wunderbaren Bett, im achten Stock eines Luxushotels, über den Dächern von Paris.

Um kurz nach eins wurde ich wach, als jemand versuchte, meine Lippen zu öffnen, um mir etwas in den Mund zu schieben. Ich roch und hörte Bea eher, als ich sie sah. Sie hatte eine Fahne, und sie kicherte. Ich riss meine Augen auf und hob meinen Kopf, während sie immer noch damit beschäftigt war, eine grüne Olive zwischen meinen Zähnen hindurchzubugsieren.

»Die haben keine Steine«, sagte sie. »Und Nüsse kann man essen, bis man umfällt. Tausendmal besser als bei uns im Markt.« Sie rümpfte die Nase.

Während ich auf der Olive kaute, ließ sie sich von der Seite auf den Rücken fallen. »Bin pappsatt! Und ich dachte, weil du doch kein Abendessen hattest …«

»Du doch auch nicht.«

»Ich sage doch: Oliven und Nüsse. Und vier Champagnercocktails. Einen mit Rosenlikör, einen mit Veilchenlikör, einen mit Kirschlikör, einen mit … keine Ahnung.« Sie gähnte. »Und jeder kostete siebenundzwanzig Euro.«

Ich riss die Augen auf und betonte jede Silbe. »Siebenundzwanzig Euro?«

»*Ich* habe das *nicht* bezahlt.«

Ihre Stimme klang nach ätschbätsch. Sie lachte laut auf, streifte ihre Pumps im Liegen ab und schleuderte sie achtlos auf den Boden.

»Wer denn?«

»Ein Mann.«

»Du hast dich einladen lassen von einem Wildfremden?«

»Da kannte ich ihn schon eine gute Viertelstunde. Wir haben uns sehr gepflegt unterhalten. Sagt man doch so, oder? Und dann kam dieser Champagnercocktail, der nach Rosen schmeckte … Und er hatte irgendwas mit Martini. Im Glas die Zitronenschale war geschnitzt wie ein V. Wegen des V im Hotelnamen. Hab's probiert. *Buonissimo.*« Sie küsste ihre Fingerspitzen, wie sie es bei Thaddäus gesehen hatte.

»Italienisch sprichst du jetzt also auch?«

»Domenico ist Italiener.«

»Domenico? Aha.«

»Santo. Domenico Santo. Er ist eine große Nummer in Rimini. Pizzeria. Hotel. Disco. Muckibude. Da steckt richtig Geld hinter. Das sieht man schon an seinem Jackett. Himbeerroter Kaschmir. Südländer sind ganz anders als deutsche Männer. Die wollen immer gleich mit einem ins Bett.«

»Seit wann hast du es mit Romantik?«

Doch Bea war schon eingeschlafen, und so teilten wir zwar das Bett, aber jede von uns hatte ihren eigenen Traum.

14. Kapitel

Als ich am nächsten Morgen erwachte, schlief Bea noch, und eine milde Dezembersonne schien durch die Fenster.

Ich erhob mich aus meinem Bett, schwirrte umher und ließ meinen Blick schweifen. Die Zimmer waren mir inzwischen so vertraut, als würde ich seit Ewigkeiten hier wohnen. Die hellen, eleganten Lampenschirme. Die Bilder. Die kleinen Statuen und Skulpturen. Die weißen Rosen. Die Polster der Sessel: Frauenköpfe im Scherenschnittmuster in hellem Braun und Creme. All das vermittelte mir schon jetzt das gleiche warme Gefühl wie das Wiedersehen mit einem lieben Menschen. Diese unverhoffte Reise war das vierblättrige Kleeblatt, das nur wenige finden.

Und damit hatte man pfleglich umzugehen. Also ging ich auf die Knie und wischte mit einem Kleenex aus der Silberbox im Bad die Fingerabdrücke ab, die Bea gestern beim Aufziehen und Zuwerfen der Nachttischschubladen an den verspiegelten Oberflächen hinterlassen hatte.

Erst als ich ein Prusten hörte, merkte ich, dass Bea mich beobachtete und drehte mich zum Bett. Sie hatte sich auf die Seite gewälzt, den Blick mir zugewandt, die Wange in die rechte Hand gelegt und sah mich vorwurfsvoll an: »Jetzt putzt du auch noch hier!«

»Ich will keinen schlechten Eindruck hinterlassen.«

»Soll ich dir verraten, was die Zimmer kosten?«, fragte Bea.

Ich blies mir eine Strähne aus der Stirn und ging von den Knien in die Hocke.

Bea holte tief Luft. »Es gibt zweihundertvierundvierzig Zimmer und Suiten im Hotel, das billigste kostet um die tausend Euro.«

»Du spinnst!«

»Und das ist noch nicht alles. Jetzt rate mal, was die für diese Suite nehmen!«

Ich biss mir auf die Unterlippe und überlegte einen Moment. »Das Doppelte?«

Bea lachte laut auf: »Das Doppelte? Das Zwanzigfache. Fast. Diese Suite, meine Liebe, kostet neunzehntausendfünfhundert Euro.«

Vor Schreck plumpste ich aus der Hocke auf meinen Hintern und blickte Bea fassungslos an. »Das ist nicht wahr, oder? Woher willst du das wissen?«

»Domenico. Der kennt sich hier aus. War schon oft hier. Der kennt die Welt. Ein Mann von Welt.«

Ich erhob mich, ging zum Schrank, öffnete die Tür und holte meine Reisetasche hervor.

»Was tust du da?«, rief Bea entsetzt.

»Ich packe.«

»Was? Wieso?«

»Wir reisen ab.«

»Hast du einen an der Waffel?«

»Das können wir auf keinen Fall annehmen.«

Ich hatte bereits die ersten Blusen zusammengelegt, da vernahm ich ein Schluchzen. Ich fuhr herum und sah, dass Bea ihr Gesicht ins Kissen vergraben hatte, während ihr Hinterkopf mit dem lackschwarzen Haar bebte.

Diese Geste rührte mich mehr als alles, was Bea in dieser Situation hätte sagen können. Ich ließ mich auf ihrer Seite des Bettes nieder und streichelte ihren Kopf.

»Ich war so neugierig auf die Stadt«, schniefte sie.

»Ich doch auch«, sagte ich. »Auf die Stadt. Und die kommenden Tage.«

»Das werden wir nie mehr haben. Nie mehr. Nie, nie, nie mehr.«

»Also, gut.« Ich stieß einen langen Seufzer aus. »Wir bleiben. Mach dich fertig! Gleich kommt Thaddäus. Er will uns zu einem Bummel abholen.«

»Ich kann leider nicht mit«, sagte Bea, warf sich auf den Rücken und ließ ihre Lippe durch die Zähne flutschen.

Verwundert blickte ich sie an. »Warum nicht? Du hast doch eben gesagt, wie gespannt du auf Paris bist.«

»Meine Füße sind Schrott. Ich bin gestern zu viel gelaufen.«

»Du hast doch nur gesessen.«

»Jede Minute in diesen Schuhen ist die unverdünnte Hölle.« Sie deutete vorwurfsvoll auf ihre schwarzen Pumps, die immer noch auf der Erde lagen. »Lass mich heute Wellness machen. Okay? Der Spa hier soll der Hammer sein.«

»Hast du denn einen Badeanzug mit?«

»Ich gehe vorher shoppen.«

»Wovon?«

Sie lachte ihr Sphinx-Lachen, glucksend und geheimnisvoll. »Bleib entspannt. Ich brauche ohnehin Klamotten. Ich will nach Rimini.« Sie hielt ihr Smartphone hoch, damit ich einen Blick auf die Fotos werfen konnte, die sie gegoogelt hatte. Sie waren verlockend. Das Meer blau wie eine Niveadose mit ein paar Farbtupfern von Türkis, der Himmel nur ein paar Schattierungen heller als das Wasser, Boote und Strand und Sonnenschirme, sandsteinfarbene Gebäude um einen belebten Platz voller Eiscafés und Restaurants mit Wassermelone, Pizza und gegrilltem Fisch.

So träumte ich einen Moment lang vor mich hin. Aber dann verjagte ich den einen Traum, der sich gerade auf den anderen, den erfüllten, draufsetzte.

»Wann willst du nach Rimini?«, fragte ich.

»Bald. Sehr bald. Domenico hat mich eingeladen. Ich werde im *Grand Hotel* wohnen. Er lebt mit seiner Mutter zusammen. Das ist eine alte Frau. Die kann er nicht mit seiner Urlaubsbekanntschaft überfallen.« Sie juchzte auf. »Hier! Das ist er! Ich habe ihn gestern Abend in der Bar fotografiert.« Sie küsste das Display ihres Smartphones. »Sieht er nicht absolut sensationell aus? Wie Enrique Iglesias in ein bisschen älter.«

Eine halbe Stunde später klingelte es an der Tür unserer Suite. Ich öffnete. Thaddäus trat ein. Tadellos rasierte Wangen, blitzweiß gestärktes Hemd. Hut. Wie immer. Er stellte seinen Spazierstock in den Schirmständer, und erst jetzt fiel es mir auf.

»Wo ist Ihre Aktenmappe?«

»Im Hotelsafe.«

Bea schnappte sich ihre Lederjacke und war nach einem kurzen Gruß verschwunden.

»Was pressiert denn so?«, fragte Thaddäus.

»Sie geht einkaufen.«

»Schön, dass auf die Gewohnheiten der Frauen Verlass ist«, sagte er.

Ehe ich etwas erwidern konnte, sah ich ihn auf die

Terrasse treten und auf die schmale Eisentreppe zusteuern. Geschwind kletterte er hinauf. Ich folgte ihm. Als wir auf dem Balkon hoch oben auf dem Dach standen, zeigte mir Thaddäus noch einige Wahrzeichen der Stadt. Er deutete auf die Amerikanische Kathedrale, die Oper, die Kirche Madeleine. Und wieder hatte ich das Gefühl, ich könnte den Eiffelturm tätscheln. Am Tag war Paris fast genauso schön wie bei Nacht.

»Es war in meinem vierten Jahr in diesem Haus, als ich sie kennenlernte. Im Frühling 1983. Ich war damals einundvierzig, begann er unvermittelt.«

»Und sie?«

»›Ein Gentleman vergisst das Alter einer Dame, aber niemals ihren Geburtstag‹. Stammt nicht von mir. Stammt von Clark Gable.«

»›Vom Winde verweht‹«, seufzte ich.

»Es dauerte nur diese paar Sekunden, die sie durch die Lobby auf die Rezeption zuging, es brauchte nur diese wenigen Schritte, und es war um mich geschehen.«

»Wie sah sie aus?«

»Sie war die schönste Frau, die ich jemals erblickt hatte, gelassen und stolz. Blaue Augen. Dunkle, kinnlange Haare. Sie trug ein Chanel-Kostüm in einem blassen Gelb, dazu schwarze Pumps mit weißen Spitzen. Ich sehe es vor mir, als wäre es gestern gewesen.«

»Was geschah dann?«

»Sie blieb drei Wochen bei uns. Sie war Künstlerin und hatte ein Engagement in Paris. Am Tag vor ihrer Abreise bat sie mich darum, sie in den Louvre zu begleiten. Wir schauten uns die Werke an, für die der Louvre berühmt ist. Die

Nike. Die Spitzenklöpplerin. Die Venus von Milo. Und natürlich die Mona Lisa. All diese schönen Damen. Es ist immer die Schönheit der Frauen, die uns fasziniert.«

Er schaute in die Ferne, dann legte er den Kopf in den Nacken und betrachtete das weiß betupfte Blau des Himmels. »Die Mona Lisa hat einen ganz speziellen Zauber. Dieser leichte Silberblick, bei dem man das Gefühl hat, sie gucke einen wirklich an. Dieser Dunstschleier, der wie ein Weichzeichner auf ihrem Gesicht liegt. Über all das redeten wir, als ich dicht neben ihr stand, so dicht, dass unsere Schultern sich beinahe berührten. Allein der Gedanke an diesen Moment erfüllt mich heute noch mit Glück.«

Ich strich gedankenverloren mit dem Daumen über meine Lippen.

»Es war sehr romantisch. Und es war erotisch.« Thaddäus lächelte leise in sich hinein. »Ich weiß nicht, ob Sie das verstehen.«

Doch, ich verstand das. Wenn man lange nicht mehr gestreichelt worden war, nicht geküsst, noch nicht mal mehr angerempelt im Bus, dann wusste man, was Sehnsucht war. Ich atmete leise aus. »Wie ging es weiter?«

»Es gab ein Problem: Sie war verheiratet. Eigentlich gab es noch ein weiteres, aber das tut hier nichts zur Sache.«

Plötzlich war es mit seiner sentimentalen Stimmung vorbei, und er war wie ausgewechselt. »Ich bin über alle Maßen unternehmungslustig. Was halten Sie von einem Ausflug in den Louvre?«

Wir verabredeten uns in fünfzehn Minuten in der Lobby. Zeit genug, die Lippen nachzuziehen, die Wimpern zu tuschen, mir die elfenbeinfarbene Bluse überzustreifen, unter deren bis zum Ellbogen eng anliegenden Trompetenärmeln ich nach Art meiner Mutter für den Notfall ein Tempotaschentuch verstecken konnte. Zeit auch noch, die Nummer zurückzurufen, die gestern auf meinem Handy-Display erschienen war. Niemand meldete sich. Nun blieb mir nichts mehr zu tun, und ich eilte hinunter.

Thaddäus wartete in der »Galerie«, in der die Hotelgäste ihr Frühstück und den Nachmittagstee einnahmen. Bei solch einer Pracht musste man glatt um sein Seelenheil bangen. Wie sollte man nach all den Kronleuchtern und den Orientteppichen, nach diesem Leben auf der Luxuswolke jemals zu alter Gleichgültigkeit auf cognacfarbenem Cordsamt zurückkehren? Thaddäus hatte sich Kamillentee bestellt, klagte über Übelkeit und Bauchweh, redete von Stäbchenbakterien, die die Angewohnheit hätten, ganz plötzlich seinen Magen zu besiedeln, und kam zu dem Schluss, dass er sich wohl besser eine Stunde aufs Ohr legen sollte. Er werde in Renés Wohnung gehen, und sobald er Linderung verspüre, ja, so drückte er sich aus, sei er wieder zur Stelle. Ich konnte mir nicht erklären, wieso es ihm aus heiterem Himmel so schlecht ging, eben war er noch kerngesund gewesen, und richtete mich darauf ein, allein die Umgebung des Hotels zu erkunden, was mich in leichte Aufregung versetzte, aber weder Paris noch mir ernsthaften Schaden zufügen würde. Doch da verkündete mir Thaddäus freudestrahlend, er habe alles arrangiert. Roger Laval werde mich in das berühmteste Museum der Welt begleiten. Er komme mich in zehn Minuten abholen. Ich fand die Idee nicht besonders gut, willigte aber trotzdem ein. Da ich nicht frühstücken wollte – es wäre mir peinlich gewesen, Thaddäus für mich zahlen zu lassen, worauf er gewiss bestanden hätte –, vertrieb ich mir die Zeit, indem ich die Speisekarte vor dem hoteleigenen Restaurant *Le Cinq* studierte, von dem Thaddäus erzählt hatte, es habe zwei Sterne. Ich wusste zwar nicht, was ein *Steamed Line-Caught Seabass with Black Lemon,* war, aber einhundertzwanzig Euro für ein Hauptgericht fand ich ziemlich happig, und fünfundneunzig Euro für eine Vorspeisenvariation war auch eine andere Hausnummer als der Räuberspieß in den *Grill-Stuben* in Wetzlar. Ich fragte mich gerade, was Aloe Vera in einem Nachtisch zu suchen hatte, denn die kannte ich nur von meiner Tagespflege aus dem Drogeriemarkt, da sah ich Roger Laval lächelnd auf mich zusteuern. Fast hätte ich ihn nicht erkannt in seinem dunkelgrauen Nadelstreifenmantel mit dem schwarz glänzenden Revers und dem farblich passenden Schal. Er sah ganz anders aus als in seiner Concierge-Uniform, aber nicht weniger gut, nein, das bestimmt nicht. Obwohl große, schlanke Männer mit dunklen Haaren eigentlich nicht mein Fall waren. Zumindest hatte ich das Thaddäus vorgeflunkert, aber die Wahrheit war: Meine Hoffnung, dass er mir nicht gefiel, hatte sich leider nicht erfüllt. Und deshalb wurde ich ein bisschen kratzbürstig.

»Sie müssen das nicht tun«, sagte ich. »Ich kann auch alleine gehen. Ich bin schon groß.«

»Ein Concierge muss sich für die Dinge interessieren, für die sich auch die Gäste begeistern. Für Malerei, Theater und Musik. Für exquisite Restaurants. Sonst ist er nicht gut. Und in Ihrem Fall kommt zur Pflicht noch das Vergnügen.«

Das schmeichelte mir nun wiederum, und ich fuhr die Krallen ein.

Eine ältere Dame mit violettem Haar kam auf uns zu. Klein, sehr zierlich. Sie bat ihn, ihr nachmittags, wie schon häufiger, zum Tee Gesellschaft zu leisten. So viel verstand ich von ihrem Englisch.

Und als er sagte: *»Avec plaisir«,* verstand ich auch das. Mit Vergnügen. Vergnügen, dachte ich, schien sein Lieblingswort zu sein. Mit Vergnügen hier. Mit Vergnügen da. *Avec plaisir*. Laberrhabarber, wie Bea und ich früher immer zu sagen pflegten.

Plötzlich war ich eifersüchtig auf eine alte Dame mit violettem Haar.

»Schauen Sie sich die Mona Lisa an«, flüsterte Thaddäus mir zu, bevor Roger und ich die »Galerie« verließen. »Vielleicht finden Sie heraus, was ihr unergründliches Lächeln bedeutet. Gehen Sie nah an sie heran und lächeln Sie zurück. Das bringt Glück.«

Im Hinausgehen drehte ich mich noch mal um. Schon ein paar Sonnenstrahlen genügten, und der Raum wirkte wie in Gold getaucht. Genauso glänzend aufgelegt wirkte Thaddäus, der dem Kellner im Austausch gegen einen Teller mit Kuchen und Schlagsahnegipfel seinen Kamillentee mitgab.

Kurz darauf betrat ich an der Seite von Roger Laval den Louvre. Wir gingen durch die »Porte des Lions« hinein, einen Nebeneingang von der Seineseite im Westen her und nicht durch die gläserne Pyramide, vor der sich lange Schlangen gebildet hatten. Im ersten Stock lag der Saal Nummer sechs. Der Raum der Mona Lisa. Roger hatte mich gefragt, was ich als Erstes anschauen wollte, und ich hatte mich für sie entschieden. Hier also hing sie hinter siebenhundert

Kilogramm Panzerglas an einer eigens für sie gebauten Wand. Das hatte mir Roger erzählt, als wir bei den Sicherheitskontrollen warten und meine Tasche röntgen lassen mussten.

»Sie empfängt jede Stunde rund zweitausend Besucher«, sagte Roger. »Macht etwa zwanzigtausend pro Tag, macht Pi mal Daumen sechs Millionen im Jahr.«

Ich rechnete nach. »Das ist arg Pi mal Daumen«, sagte ich. »Ich komme auf über sieben Millionen.«

»Mathe Leistungsfach?«, sagte er.

»Eher ein Hobby«, sagte ich und reckte das Kinn. Ich wollte ihm nicht auf die Nase binden, dass man als Wurstverkäuferin mit Zahlen jonglierte, wenn auch in anderer Größenordnung.

»Mathe ist Ihr Hobby?«, fragte er ungläubig.

Um abzulenken, sagte ich: »Mögen Sie *Andouille?*«

»Sie meinen diese Wurst aus Innereien?«

Ich nickte.

»Man spricht das N nicht. Man sagt a-duj und nicht an'du:i.«

Besserwisser!

»Und um Ihre Frage zu beantworten: Damit können Sie mich jagen. Ich mag Merguez. Lammwurst zum Braten. Mit Kreuzkümmel und Harissa. Schön scharf.«

Mit einer einfachen Dauerwurst gab der sich nicht zufrieden, dachte ich.

»Wieso wollen Sie das wissen?«

»Nur so. Mich interessieren Land und Leute und die Küche.«

»Um noch mal auf die sechs Millionen zu kommen«, sagte er, »auch der Louvre macht mal Pause«.

Rechthaber! Letztes-Wort-Besitzer!

Ich sah Schulklassen, japanische Touristengruppen, kreischende Mädchen, knutschende Teenager, die Mona Lisa aber sah ich vor lauter Menschengewimmel und gezückten Handykameras nicht. So viel dazu. Ich stellte mich auf die Zehenspitzen, was auch nicht viel brachte, und schaute auf die Lippen von Roger, der dicht neben mir stand und der aufgrund seiner Größe mit der Sicht keinerlei Probleme hatte.

»In Frankreich«, sagte er, »heißt sie *La Joconda.*«

»Klingt schöner als Mona Lisa«, sagte ich.

»Inzwischen ist man der Überzeugung, dass Leonardo da Vinci Lisa del Giocondo gemalt hat, die Frau eines Florentiner Kaufmanns. Aber es gibt noch andere Theorien.«

»Wenn ich was sehen könnte«, brummte ich, »würde ich gern in die Diskussion einsteigen«.

Er lachte. »Soll ich Sie hochheben?«

Ich schnitt eine Grimasse. »Gott steh uns bei! Erzählen Sie mir lieber von ihr.«

»Sie hat schon einiges aushalten müssen. Erst wurde sie von einem italienischen Handwerker gestohlen, der hier arbeitete und sie in ihre Heimat zurückholen wollte, dann schüttete ihr jemand Säure aufs Haupt, und im selben Jahr warf ein Tourist einen Stein nach ihr und verletzte sie am Ellbogen. Seitdem hängt sie hinter Glas.«

Ich stieß einen langen Seufzer aus. »Und ich habe sie nicht einmal gesehen. Sie mit Ihrer Größe haben es gut. Und dann noch Nadelstreifen.«

Er lachte und entblößte schöne Zähne.

Es war dieses Lachen, das ihn mir näher brachte. »Siebenundsiebzig Zentimeter lang und dreiundfünfzig Zentimeter breit. So ein kleines Persönchen, und doch hat sie's damit geschafft, auf Platz eins der wertvollsten Dinge der Welt zu stehen.«

Jemand musste mich geschubst haben, denn plötzlich verlor ich die Balance und taumelte ihm entgegen. Er streckte seinen Arm aus, fing mich auf und blickte zu mir hinunter, während ich mich wortreich entschuldigte. Wir standen ganz ruhig, inmitten der wogenden Menge, während wir uns in die Augen sahen.

»Alles in Ordnung?« Er klang rau und warm. Eine Stimme wie ein kratziger Wollschal.

Ich inhalierte seinen Duft. Er roch nach einem gemütlichen Wintertag. Nach Moos und Holz und etwas Kräftigem zu essen, Pfeffer und Muskat. Mir war, als stünde ich unter Strom. Plötzlich spülte mich die Menschenmenge nach vorn, und endlich sah ich sie.

»Sie hat gar keine Augenbrauen«, sagte ich.

»Konzentrieren Sie sich auf ihren Mund«, sagte Roger. Ich spürte, wie er hinter mir stand und in meinen Kragen atmete. »Wenn Sie nur auf ihren Mund sehen, werden Sie feststellen, dass die Mona Lisa gar nicht lächelt.«

Für mich lächelte sie. Da konnte er reden, was er wollte. Ich lächelte zurück. Sollte Glück bringen, hatte Thaddäus gesagt. Und nun gab es nur noch sie und ihn und mich, eine Stadt, die im Dezember nach Frühling roch, in der man auf den Dächern hoch über der Stadt bernsteinfarbenen Champagner trank und dem Eiffelturm beim Glitzern zusah.

Ich hatte mir gewünscht, dass wir nach den langen Stunden im Museum den Rückweg zu Fuß antraten. Wir streiften durch den Jardin des Tuileries, den ehemaligen barocken

Schlosspark von Paris, vorbei an blattlosen, knorrigen Bäumen unter einem inzwischen grauen Nachmittagshimmel, der schwer über unseren Köpfen hing, denn es hatte begonnen zu regnen. Roger hatte einen Knirps dabei, den er aus seiner Manteltasche zauberte und auffaltete. Und während wir unter den triefenden kahlen Kastanien entlangliefen, hielt er mir wie selbstverständlich seinen Arm hin, und ich hakte mich bei ihm ein, während ich den frischen Regen roch und ziemlich glücklich war. Roger sprach davon, wie sehr er Paris liebe. Und wie sehr seinen Beruf, vor allem in Momenten wie diesen.

»Sind Sie zu allen Gästen so nett?«, neckte ich ihn in ungewohnter Flirtlaune. Das musste an der Stadt liegen. Thaddäus hatte mir erzählt, dass manche Hotels über Duftmaschinen speziell für sie kreierte Parfüms in die Luft bliesen, um die Gäste zu erfreuen. So ähnlich stellte ich mir das vor mit dem Himmel über Paris. Wahrscheinlich saßen dort die Engel und schütteten durch ein goldenes Guckloch Champagner herunter, in den sie wahlweise nach Jahreszeit den Duft von Lindenblüten, Sommerblumen, gerösteten Kastanien oder Weihnachtsgewürzen mischten. Das würde erklären, wieso der Regen mich so beschwingte und die Stadt so gut roch.

»Fischen Sie gerade nach Komplimenten?«, fragte er zurück und lächelte mich an. »Auch wenn ich Ihnen das gar nicht erzählen dürfte, schließlich sind Sie Gast ... Bei manchen fällt es mir nicht so leicht wie bei anderen. Bei denen, die sich über alles beschweren.«

»Worüber beschwert man sich, wenn man den Himmel auf Erden hat?«

»Über den Service, das Personal, das Wetter, den Verkehr, über den Rosentee, der nicht ausreichend nach Rosen schmeckt, über das Essen, über den englischen Schiedsrichter beim letzten Länderspiel der Nationalmannschaft, über den spanischen Schiedsrichter beim letzten Länderspiel der Nationalmannschaft …«

Ich musste lachen und drückte kurz seinen Arm, um auf der Stelle über mich selbst erschrocken wieder von ihm abzurücken.

»Und was genau mögen Sie an Ihrem Job?«

»Stellen Sie sich meinen Kopf vor wie eine Kamera. Da gibt's einen Weitwinkel und einen Zoom. Mit dem Weitwinkel erfasse ich das große Ganze. Scanne die Lobby und weiß sofort, was los ist. Versuche, jeden einzelnen Gast zu lesen und zu entschlüsseln. Und manche, und das sind die, bei denen es interessant wird, zoome ich mir heran und versuche, hinter ihr Geheimnis zu kommen. Sie mit meiner Freundlichkeit zu entwaffnen, wenn sie geladen sind, weil die Dinge nicht laufen, wie sie wollen. Beruflich oder privat.«

Ich wurde vom Anblick eines Baumes auf dem Rasen abgelenkt, dessen ausgedörrter Stamm schwarz vor Nässe war und dessen Zweige an eine Spinne erinnerten, die auf uns zuzukrabbeln schien. »Wie unheimlich die Bäume aussehen«, sagte ich. »Wie Wesen aus einem Science-Fiction-Film.«

»Mögen Sie Science-Fiction?«

»Nicht besonders. Ich mag eher Filme mit Audrey Hepburn. ›Sabrina‹ zum Beispiel. Da kommt sie als ganz neuer Mensch aus Paris zurück. Elegant, selbstbewusst, feminin.« Ich seufzte, und ein entzückter Laut drang aus meiner Kehle. »Dieses schwarze Cocktailkleid in der Büroszene mit

Humphrey Bogart. Und das süße Hütchen mit den Katzenohren.«

»Paris kann wie ein Fenster sein«, stimmte er zu, »das man aufstößt, um endlich Licht und Luft in sein Leben zu lassen. Eine große Prise ›La vie en rose‹. Die Stadt hat schon so manchen verändert.«

Auf einmal bekam ich unbändige Lust dazuzugehören. Eine dieser Frauen zu sein, ein bisschen leichtfertig, ein wenig kapriziös, voller Unvernunft und unendlich schick. Kein Wollsack mehr mit Holzknöpfen. Keine Jeans mit Bügelfalte. Kein Fettmund. Keine Schuhe mit klobigen Fünf-Zentimeter-Absätzen, nicht Fisch, nicht Fleisch. Ich wollte so aussehen wie die Frauen hier. Die selbst im Regen dem Leben zulächelten und deren Schirme schon auffälliger waren als an anderen Frauen deren Hochzeitskleid. Die schlank waren und wunderhübsch. Mit großen Taschen und kleinen Hunden, die sie in diesen großen Taschen spazieren führten. Mit kirschroten Lippen und ebensolchen Nägeln, Lidstrichaugen und Absätzen, bei denen ich schon vom Zugucken auf die Nase fiel. Ja, ich träumte plötzlich von einer schmalen Taille und Handschuhen aus butterweichem Leder, von einem hübsch getupften Kleid aus Chiffon und von einem Parfüm, das in der Lage wäre, die Gefühle dieses Moments in einem Flakon einzufangen.

Ich träumte von einer neuen Magda Ziegler. Manchmal kommt so etwas aus dem Nichts, und man hat keinen Schimmer woher. Ich hatte es bitter nötig, das Fenster zu öffnen. Mal nachhaken, beschloss ich, woher die Frauen in dieser Stadt ihre Schönheit hatten. Er als Pariser musste es schließlich wissen.

»Beneidenswert, wie schlank die Französinnen sind«,

sagte ich, als eine Passantin an uns vorüberging in einem todschicken schwarzen Mantel mit breitem Gürtel um die Taille und einem lavendelfarbenen Pelzkrägelchen mit farblich passender Satinschleife.

»*La Parisienne,* so heißt sie, die Pariserin, ernährt sich gesund und erledigt die meisten Besorgungen zu Fuß«, sagte er. »Aber was machen Sie sich Gedanken? Sie sind auch sehr attraktiv. Sie sind *magnifique.*«

Verblüfft blieb ich stehen. »Muss man als Concierge eigentlich ein Charme-Examen ablegen?«

Er lachte. »Gute Idee.«

»Danke.«

»Wofür?«

»Für das Kompliment und für alles.«

»Je vous en prie.«

»Heißt?«

»Gern geschehen.«

»Ich würde es lieben, Französisch zu können.«

»Hatten Sie es nie in der Schule?«

»Leider nein.«

Wir hatten den Place de la Concorde erreicht. Ich starrte auf den Steinpfeiler mit der goldenen Spitze in der Platzmitte.

»Was ist das?«

»Der Obelisk von Luxor, das Geschenk eines ägyptischen Vizekönigs an Frankreich. Er steht hier seit 1836. 23 Meter hoch, 230 Tonnen schwer, 3200 Jahre alt. Der Transport vom Oberlauf des Nils bis an die Ufer der Seine hat sechs Jahre gedauert. Die Spitze aus vergoldeter Bronze hat Ende der Neunziger der Lebensgefährte des Modemachers Yves Saint-Laurent unserer Stadt spendiert.«

»Paris ist himmlisch. Hier ist alles schön. Regen und Schnee und sogar Kälte, und der Montag macht genauso viel Spaß wie ein Feiertag.«

Er unterdrückte ein Lächeln. »Ich mag es, wie Sie genießen können.«

Ich war in pure Lebensfreude getaucht. Endlich passte in meinem Leben einmal alles zusammen. Ich hätte ewig so weiterlaufen können, mit ihm, durch Paris, durch den Regen, ich hatte das Fenster weit aufgerissen. Ich würde noch vor dem Spiegel einen Kussmund üben und *Je t'aime* hauchen. Es machte mir plötzlich Spaß, andere Sachen zu tun – und die Sachen anders.

Ich brauchte neue Schuhe. Und ein paar Dinge mehr. Meine Mutter hatte mir etwas Geld hinterlassen, das würde für den Anfang reichen. Ich würde heute noch, beschloss ich, zu einer *Parisienne* mutieren.

Eine Weile später, als wir die Champs-Élysées erreicht hatten, bat ich Roger, mich an einem Schuhgeschäft abzusetzen, und er deutete auf eines in einiger Entfernung. Dort würde er mich meinem Schicksal überlassen. Zurück zum Hotel würde ich alleine finden. Es sei ganz einfach.

Plötzlich wurde mir mulmig. »Und was sage ich in dem Geschäft?«

»›*Bonjour*‹ wäre für den Anfang ganz gut.«

»Okay.«

»Dann machen Sie mit Händen und Füßen weiter. Wenn Sie ein Paar gefunden haben, rufen Sie: ›*C'est magnifique*‹ und gehen zur Kasse. *C'est tout, c'est facile.* Um über schöne Dinge zu sprechen, braucht man nicht viele Worte, glauben Sie mir.«

Es war so leicht, so einfach. Hingerissen zupfte ich ihn

am Ärmel, wir blieben stehen, ich stellte mich auf die Zehenspitzen und gab ihm, ehe ich wusste, was ich da tat, einen Kuss auf die Wange. Ich sag's doch: die Champagnerluft.

»*Merci.*«

»Ich haben Ihnen zu danken. *Merci beaucoup.*«

»Wofür?« Diesmal war ich es, die das wissen wollte.

»Manchmal sind es auch die Gäste, die einen Concierge glücklich machen.«

Ich senkte den Kopf und lächelte vor mich hin.

»Ist irgendetwas?«, fragte er.

»Nein, gar nichts«, sagte ich und konnte nicht aufhören zu strahlen.

Ich musste aufpassen, dachte ich, das Fenster nicht so weit aufzureißen, dass ich mich vor lauter Gier nach frischer Luft noch verschlucken würde. Dann lief ich davon, die Champs-Élysées hinunter, ohne mich noch einmal umzusehen.

15. Kapitel

Ich hatte mich verliebt. Mit Haut und Haaren. Diese Schuhe waren das Beste, was ich jemals im Leben besessen hatte. Sie hatte der Himmel geschickt. Dem ich ziemlich nahekam, wenn ich sie trug. Man könnte sie auch als Obelisken in meinem Kleiderschrank bezeichnen. Zwölf-Zentimeter-Absätze. Sie hatten den Farbton eines hellen Gesichtspuders, *nude* nannte man den, und ich würde niemals, im ganzen Leben nicht auf ihnen laufen können, aber das war egal. Ich hatte sie anprobiert und wieder ausgezogen, und jetzt ruhten sie auf schwarzem Seidenpapier in einem cremefarbenen Karton mit schwarzer Schleife. Viel schöner konnte man Schuhe nicht einpacken. Es war wohl etwas dran an der Schuhleidenschaft vieler Frauen, die mir immer suspekt gewesen war. Vor Tagen noch war ich der Meinung gewesen, kein Mensch brauche mehr als fünf, sechs Paar. Jetzt aber war ich der Überzeugung: Wann immer man mit humpelnder Seele ein Schuhgeschäft betrat, man kam mit hüpfender wieder heraus. Danach hatte ich mir noch einen schlichten schwarzen Hosenanzug gekauft und einen von diesen Plüschfellkragen mit Satinschleife in einem pinkfarbenen Rhododendronton, den ich an einigen Pariserinnen gesehen hatte. Der Notgroschen meiner Mutter steckte in vielen schönen Sachen, die meinem Körper, meinem Gesicht, meinen Füßen und meinem Selbstbewusstsein schmeichelten. Statt Nudeln nudefarbene Pumps. Statt Tomatenketchup knallroter Lippenstift. Ich hatte mich prächtig verständigt, ohne Worte, ich fand alle Franzosen zum Küssen, einen besonders, aber der war schon längst wieder verschwunden, und ich hoffte, ihm im Hotel wieder zu begegnen.

Doch er stand nicht hinter dem Marmortresen in der Lobby, als ich ankam. Ich sah nur René Moyne, der mich so herzlich begrüßte wie eine alte Bekannte. Auch Thaddäus war nirgendwo zu entdecken, und so fuhr ich in den achten Stock und ging den Korridor entlang zu unserer Suite.

Kunst. Gold. Spiegel.

Ich konnte es kaum abwarten, in meinen neuen Hosenanzug zu schlüpfen und meine soeben gekauften Schuhe anzuziehen. Meine alten Sachen warf ich achtlos ab. Nur die Bluse mit den Trompetenärmeln behielt ich an und fand, sie passte ganz ausgezeichnet zur Farbe der Pumps. Ich war nun mal ein beiger Charakter. Während ich vor einem hübsch geschliffenen Wandspiegel den Lippenstift auftrug und mir den Plüschfellkragen umlegte – das biss sich doch arg, pink und rot, stellte ich fest, wirkte aber recht dramatisch und war deshalb *très Parisienne*.

Als es an der Tür klingelte, fuhr ich herum und lief hin, um zu öffnen. Thaddäus stand vor mir.

»Darf ich eintreten?«, fragte er und huschte an mir vorbei durch die Tür. »Sie sehen bezaubernd aus. Ein ganz anderer Mensch.«

Ich fasste mir in die Haare und an die Hüften: »Jetzt noch eine andere Frisur und eine neue Figur.«

Aber das schien Thaddäus gar nicht zu gefallen, denn er

legte seine Stirn in Falten und meinte, es sei immer das Gleiche mit uns Frauen, nie würden wir ein Kompliment als Kompliment nehmen. »Mit den deutschen Frauen, sollte ich wohl hinzufügen. Bei den Französinnen kann man gar nicht dick genug auftragen.«

Plötzlich drang von nebenan das Lachen einer Frau zu mir, lieblich und sanft erst, dann lauter und übermütiger werdend. Kehlige Laute, gefiltert durch die Wand.

Ich überlegte, was ich tun sollte. Ich konnte schlecht hier herumstehen und hilflos dem glucksenden Lachen einer Frau ausgeliefert sein, das sich anhörte wie das Gurren einer Taube.

Die Taube war eindeutig Bea. Das Brummen, das aus den Tiefen einer Brust kam, war ohne Zweifel das eines Mannes. Es hörte sich erkennbar nach italienischem Brummen an.

Die beiden kamen langsam in Ekstase.

Ungezähmtes Ausstoßen der Lust.

Ich musste schlucken.

Hemmungsloses Stöhnen.

Verschämt warf ich Thaddäus einen Seitenblick zu und hoffte darauf, dass er schwerhörig war, was ich aber bisher nicht hatte feststellen können. Eigenartigerweise fiel es mir schwer, mich von Beas erstickten Schreien zu lösen. Vielleicht wünschte ich mir etwas von der Lust und der Leidenschaft, die hinter dieser Tür wohnten. Vor meinem geistigen Auge sah ich mich in den neuen Schuhen und an meiner Seite einen groß gewachsenen Mann mit ungezogenem Haar und braunen Augen.

Ich konnte nicht aufhören zu husten und mich zu räuspern, während mich die Geräusche von nebenan aufwühlten. Doch ich musste handeln. Ehe Bea und ihr Rimini-Lover uns gleich nackt und verschwitzt entgegentaumeln würden, sollte ich Thaddäus von hier weggelotst haben.

Ich sagte, ich würde gerne meine neuen Schuhe ausführen, und Thaddäus sagte, wenn das so wäre, würde er mir die Oper zeigen. Arm in Arm gingen wir beide den langen Korridor hinunter. Wobei das Wort »gehen« es nicht ganz traf. Ich hing schwer an seinem Arm, stolperte über meine Füße und fragte mich, wie ich die nächsten Stunden in diesen Dingern überleben sollte. Hatte das Wort »Entsetzen« etwas mit Absätzen zu tun?

Gemeinsam schlingerten wir auf den Fahrstuhl zu, wobei ich Thaddäus, der ohnehin nicht viel größer war als ich, gewiss um gut zehn Zentimeter überragte.

»Geht es Ihrer charmanten Freundin gut?«, sagte Thaddäus, als wir unten aus dem Lift stiegen. »Sie macht sich rar.«

»Sie genießt die Stadt ….«, begann ich.

»… der Liebe«, vollendete Thaddäus und blinzelte mir zu.

Als die Rezeption vor uns auftauchte, bemühte ich mich um elegantes Auftreten. Man sollte sich einbilden, hatte ich mal gelesen, auf einer Linie entlangzulaufen und die Zehen ein wenig nach außen zu richten, wenn man die ersten Gehversuche in High Heels machte. Ich richtete mich auf, damit ich nicht mehr so schlaksig an Thaddäus' Arm hing, ich bemühte mich, alles Tapsige und Tollpatschige abzulegen, vor allem den gespreizten, breithüftigen John-Wayne-Gang, und anmutig einen Fuß vor den anderen zu setzen, während mein Becken sanft schlenkernde Bewegungen machte.

Es würde dauern, bis ich mich daran gewöhnt hatte.

Fast schon vertraut hingegen war sein Lächeln. Das Lächeln von Roger Laval, der jetzt neben René Moyne hinter dem Marmortresen stand und uns entgegenschaute.

Der Blick, mit dem er mich bedachte, blieb auch seinem Chef nicht verborgen, denn irgendetwas an dessen Mienenspiel signalisierte, dass diese Augenschmeichelei falsch war, auch wenn sie mir so richtig vorkam.

»Sie sehen sensationell aus, Mademoiselle«, sagte er und wies Roger in die Schranken, indem er ihn auf ankommende Gäste aufmerksam machte.

»Er hat *Mademoiselle* gesagt«, kicherte ich. »Die tragen nicht nur bei den Französinnen dick auf.«

»Es gilt auch in Frankreich nicht mehr als politisch korrekt, genauso wenig wie ›Fräulein‹ in Deutschland, aber es ist ungleich charmanter als ›Madame‹, nicht wahr?«, sagte Thaddäus, bevor er sich an René wandte: »Wir haben beschlossen, der Oper einen kleinen Besuch abzustatten.«

»Ich hoffe doch, der Opéra Garnier und nicht der Opéra Bastille«, entgegnete Monsieur Moyne. »Auch wenn die zweifelsohne ihren ganz eigenen Reiz hat. Wussten Sie«, lächelte er mich an, »dass die Opéra Garnier die Heimat des ›Phantoms der Oper‹ ist?«

»Nein« rief ich und klatschte selig in die Hände. »Ich liebe ›Das Phantom der Oper‹. Ich liebe Musicals.«

»Man glaubt nach wie vor«, fuhr René Moyne fort, »dass es dort spukt. Vor allem seitdem sich Ende des 19. Jahrhunderts wie von Zauberhand ein tonnenschwerer Kronleuchter von der Decke gelöst und die arme Madame Chomette erschlagen hat, die Concierge des Gebäudes.«

»Man sieht«, scherzte Thaddäus, »unser Berufsstand lebt gefährlich.«

»Dazu«, erzählte René weiter, »kamen unerklärliche Geräusche aus dem Untergrund während der ersten Aufführungen. Daraus wurde der Mythos des Phantoms geboren.« Er beugte sich zu uns über den Tresen und senkte die Stimme: »Noch heute haben manche Theaterleute Angst vor dem unheimlichen Keller mit seinen Labyrinthen.« Seine Stimme war nur noch ein Flüstern: »Und auch das unterirdische Gewässer, auf dem das Phantom mit seinem Boot fährt, existiert wirklich.«

»Es ist ein Grundwassersammelbecken, das regelmäßig von der Feuerwehr abgepumpt wird«, stellte Thaddäus richtig, »und du solltest meiner Freundin keine Angst einjagen, René. Schwärme ihr lieber von dieser unglaublichen Pracht des Foyers vor. Nur Versailles kann da mithalten. Die Deckengemälde. Die Kronleuchter. Alles Gold, was glänzt.«

»Ich glaube nur«, sagte René jetzt mit ernster Miene, »dass es für dich, *mon ami,* keine so gute Idee ist, dorthin zu gehen.«

Ich verstand kein Wort, traute mich aber nicht zu fragen.

»Du weißt, was ich meine. Denk an sie! Denk an Lulu. Salome. Brunhilde. Marie.«

Hatte er sie alle dorthin begleitet, fragte ich mich. War Thaddäus Mahn ein Frauenfischer gewesen, immer eine andere an der Angel über dem Grundwassersammelbecken? Aber wie verhielt sich das zu der einen, der großen Liebe?

»Ich könnte mit einem Alternativprogramm aufwarten«, schlug Monsieur Moyne vor. »Mit der Besichtigung des besten Weinkellers von *tout Paris.* Unserem. Unser Haus verfügt über 50 000 Flaschen.«

»Ich weiß nicht …«, zauderte ich.

»Wann geht's los?«, erkundigte sich René bei Roger.

Thaddäus legte sanft seine Hand auf meinen Arm, während er sich mit der anderen auf seinen Spazierstock stützte. »Sie sollten sich einen Mantel anziehen, wenn wir zur Oper wollen.«

»Ich habe den Termin auf 17 Uhr angesetzt«, sagte Roger.

»Du machst die Führung mit Eric zusammen?«, hakte René nach.

Roger bejahte, und ich traf blitzschnell eine Entscheidung: *»Ich weiß nicht«,* vollendete ich den Satz von eben, »was gegen den Weinkeller zu sagen wäre?«

Es war eine ziemliche Schlappe für mich, als an Stelle Rogers sein Vorgesetzter René Moyne kurz darauf die unscheinbare helle Tür aufschloss und Thaddäus und mich sowie einige andere dort wartende Hotelgäste die kleine Eisentreppe hinunterführte. Im Augenblick war ich dankbarer für das Geländer als für meine neuen Schuhe.

»Wir mussten umdisponieren«, raunte er uns auf Deutsch zu. »Roger begleitet eine andere Gruppe von Gästen zum Blumen-Dekorierkurs bei Jeff Leatham.«

Thaddäus schien ungehalten zu sein, denn er brummte etwas auf Französisch, woraufhin René schmunzelte und mich eine Sekunde lang mit seinem Blick bedachte. Doch ich hatte kaum Zeit, enttäuscht zu sein, denn zu viele Sinneseindrücke strömten auf mich ein. In unzähligen Windlichtern brannten Kerzen, es roch nach Stein und Holz und frisch umgegrabener Erde. Zwei Herren begrüßten uns, der eine, ein grauhaariger Fünfziger, war Éric Beaumard, der Chef des Restaurants, der jüngere Thierry Hamon, der Mann, der dort für den Wein zuständig war.

»Das ist der Chef-Sommelier«, raunte mir Thaddäus zu.

Ehrlich gesagt, mochte ich gar keinen Wein. Von rotem bekam ich Kopfweh. Weißer verursachte mir Sodbrennen. Eine Piña Colada war mir bedeutend lieber. Oder ein Baileys. Auf Eis. Ich bevorzugte Nachtische zum Trinken.

Aber hier und jetzt ging es um Wein. Das Ganze nannte sich *Dégustation en Cave,* was Thaddäus für mich übersetzte mit »Verkostung im Keller«.

Wir verkosteten rote Weine. Und von den 50 000 Flaschen verkostete ich ziemlich viel alleine. Was für Farben, dachte ich. Himbeerrot. Kirschrot. Rubin. Violett. Schwarzrot wie Brombeeren. Ich spürte die Wirkung des Weins. Ich spürte ihn warm in den Adern, der Magengrube, den Beinen. Mein Kopf fühlte sich schwerelos an. Es war, als würde ich schweben. Es passte alles. Die Stadt. Dieser Keller. Dieser Abend.

Noch ein Glas?

Unbedingt.

Ich kippte vor mich hin und gluckste in mich hinein, als mir Thaddäus die Ausführungen des Sommeliers übersetzte. Dass ein Wein nach Mandel, Holunder oder Pflaume schmecken konnte, leuchtete mir ein. Auch nach Veilchen oder Flieder. Aber nach Eukalyptus, Bohne, Olive, Thymian? Nach Teer, Lakritz oder Butter? Noch schlimmer: nach geräuchertem Speck, frischem Dung, feuchter Wolle? »Ein von mir sehr geschätzter Weinkritiker«, sagte Thaddäus, »kriecht mit seiner Nase ganz tief ins Glas und redet dann von nassem Aschenbecher, kalter, roher Leber und einer Prise Aktentasche aus Leder, gepaart mit dem Aroma von Vanille und Johannisbeere.«

Ich amüsierte mich wie Bolle. »Dann ist das *Ihr* Wein«, sagte ich, und merkte selbst, dass meine Stimme schlackerte wie vorhin meine Beine in den Pumps. »Wegen der Aktentasche«, erklärte ich, als Thaddäus mich fragend ansah. Der Wein machte mich mutig. Und übermütig.

Ich bemerkte, wie Thaddäus mein Glas wegstellte und mir ein kleines mit Wasser zuschob, und da mir Wasser zu langweilig war, suchte ich mir einen anderen Zeitvertreib, schnappte mir eine weiße Stoffserviette, mit der die Weintropfen nach dem Öffnen aufgefangen wurden, und wischte über eine Flasche mit einem weiß-rot-schwarzen Etikett und einer dunkelroten Kapsel um den Korken, die rechts von mir in einem Holzkarton geborgen lag.

»Um Himmels willen, Magda, was tun Sie da?«, vernahm ich die entsetzte Stimme von Thaddäus dicht an meinem Ohr.

»Ich wische Staub. Schauen Sie doch, wie schmutzig die Flasche ist!«

»Das ist ein *Pétrus* von 1961. Wer diesen Wein trinkt, spürt Gott auf der Zunge.«

»Das denke ich auch immer bei Russischem Zupfkuchen. Nach was schmeckt nun dieser sagenhafte Wein? Nach altem Buchdeckel?«

»Gutes Kind, ich bitte Sie! Zwölf Flaschen diesen Jahrgangs haben kürzlich bei einer Auktion von ›Christie's‹ in

New York 144 000 Dollar erzielt. Und der Staub ist die Patina, die das Alter dieser Rarität beweist.«

»Die haben doch alle ein Rad ab«, sagte ich. »Wein kann man auch bei Aldi kaufen, und der soll gar nicht so schlecht sein. Sagt Bea. Und den Staub kriegt man wieder hin, indem man einfach einen Staubsaugerbeutel über die Flaschen kippt.«

»Wir sollten uns leise verabschieden«, sagte Thaddäus. »Ich hätte das nicht zulassen dürfen mit der Weinverkostung.«

»Wieso?«, sagte ich. »Ist doch super hier.«

Er drückte mich auf einen Stuhl. René kam auf uns zu, während sich Thaddäus mit dem Rücken vor die Flasche stellte, um sie zu verdecken.

Die Kerzen in den kleinen Gläsern flackerten und spendeten warmes Licht.

»*Mes amis,* ich habe bedauerlicherweise noch zu tun«, sagte René und suchte Thaddäus' Blick. »In einer Stunde habe ich Feierabend. Wir zwei könnten nachher in der *Closerie des Lilas* noch einen kleinen Pastis trinken.«

»Ich denke, mir ist heute eher nach einem großen«, sagte Thaddäus, und beinahe hätte ich gelacht über den Anflug von Verzweiflung in seiner Stimme.

»Irgendetwas nicht in Ordnung?«, fragte René und musterte mein Gesicht.

»Nein, nein, nein«, sagte Thaddäus. »Alles wundervoll. *Vraiment merveilleux.* Unserer hinreißenden Freundin tun nur die Füße in den neuen Schuhen weh.«

Monsieur Moyne lachte: »Das ist die Krankheit aller Damen, die nach Paris kommen. Sie können einfach den Schuhen nicht widerstehen.« Damit verabschiedete sich

René, kam aber im Hinausgehen noch einmal zurück. »Ich hoffe, Thaddäus hat Ihnen das Schmuckstück dieses Kellers gezeigt? Den Madeira von 1792.«

Ich schüttelte den Kopf.

»Sehen Sie sich dieses alte Schätzchen an!«

»Bloß nicht«, flüsterte Thaddäus. »Dann wischen Sie wieder Staub.«

»1792«, schwärmte René und schlackerte mit den Händen, als würde er unsichtbare Schrauben drehen. »Das muss man sich mal vorstellen! Da lebte Marie-Antoinette noch. Die wurde erst ein Jahr später geköpft.«

Damit ging er, und als Thaddäus sich einen Moment abwandte, hangelte ich erneut nach dem Weinglas und nahm meine Verkostung wieder auf. Doch sofort war Thaddäus zur Stelle und nahm mir das Glas aus der Hand.

»Sie sind böse«, schmollte ich. »Das war jetzt ein richtig toller Tropfen. Der schmeckte nach Schokolade und Zimt. Nach allem, was ich mag. Der war so lecker.« Ich gähnte und schaffte es gerade noch, mir die Hand vor den Mund zu halten. »Ich glaube, Joghurt war auch dabei. Es war also quasi ein Zimt-Schoki-Joghurt-Wein.« Thaddäus berührte leicht meine Schulter und sagte, er sei gleich zurück.

Das war er auch. Aber nicht allein. In seiner Begleitung war Roger Laval.

»Wir bringen Mademoiselle Ziegler jetzt hier raus«, hörte ich Thaddäus flüsternd sagen. »Ohne großes Aufsehen.«

»Wo sind denn die anderen Herrschaften?«, fragte Roger.

»Die Verkostung geht da hinten weiter«, sagte Thaddäus und deutete auf eine Wand aus Holzregalen.

»Alors!« Sacht zog mich Roger vom Stuhl zu sich hoch,

und ehe ich mich versah, hatte er mich auf seine Arme genommen und trug mich wie ein müdes Kind die Stufen hoch, direkt zum Fahrstuhl fürs Personal, der uns unbemerkt von den anderen Gästen hinaufbrachte in den achten Stock. Mir passte das gar nicht.

»Ich bin doch viel zu schwer.«

Ich zappelte und hampelte, aber das kratzte diesen großen kräftigen Mann so wenig wie die sprichwörtliche Eiche, wenn sich die Sau daran wetzt. Oder in meinem Fall: wie die Buche, an der sich die Wildschweine scheuern. Ich prustete los vor Lachen, hörte auf mit der Strampelei, spürte seinen Atem auf meinem Gesicht, genoss seine starken Arme und seinen molligen Winterduft und hatte das Gefühl, als würde meine Körpertemperatur steigen. Der Korridor, der zur *Penthouse-Suite* führte, war menschenleer und still. Nur der unbeaufsichtigte Wagen des Zimmermädchens, voll beladen mit Bettwäsche, Handtüchern und Kosmetik, stand auf dem Gang. Als mich Roger vor der Suite absetzte, wurde ich schlagartig nüchtern. Durch heftiges Schütteln meines Kopfes versuchte ich, meine vom Wein benebelten Gedanken zu sortieren, bis sie wieder an ihrem angestammten Platz waren wie diese winzigen Metallkugeln bei den Geschicklichkeitsspielen mit kleinen Löchern, die ich aus meiner Kindheit kannte.

Es konnte durchaus sein, dass Bea noch mit Monsieur Rimini im Bett lag. Und deshalb durfte Roger auf keinen Fall mit rein. Er schloss mit meiner Karte die Tür auf, und während ich ein wenig schwankte und er mich besorgt ansah, wedelte ich seine Bedenken fort.

»Merci, Monsieur Laval«, sagte ich, »und nun komme ich wunderbar alleine klar.«

»Geht es Ihnen gut?«

»Bestens. Das war eben nur zu viel auf einmal. Die rohe Leber, der nasse Aschenbecher und dann noch die Enthauptung von Marie-Antoinette. Wie soll einem da nicht schlecht werden?«

Er zog die Stirn in Falten. »Ich dachte, es sei eine Weinverkostung gewesen.«

Ich verlor mich in seinen Augen, die wirklich sehenswert waren. Ein dunkles Braun, um die Pupille goldene Sprenkel, als habe jemand Glitzerstaub auf Herrenschokolade gepustet. Dazu ein dichter schwarzer Wimpernkranz, auf den man neidisch werden konnte.

»Ich werde nachher noch einmal vorbeikommen und nach Ihnen sehen«, sagte er, und nachdem er sicher sein konnte, dass ich heil hinter meiner Tür gelandet war, eilte er davon. Das sagte mir der Türspion, aus dessen Blickfeld er verschwand. Als Erstes schleuderte ich die Schuhe von den Füßen, als Zweites schleuderte ich meine guten Manieren hinterher und ging nach kurzem Rufen ins Schlafzimmer. Aber es kam keine Reaktion, und ich war erleichtert, dass es leer war. Ich war also allein. Das Bett aber sah nicht so aus, als sei es sich selbst überlassen gewesen. Es war zerwühlt, und der Raum roch nach Beas Parfüm, nach Schweiß – und Sex.

Ich hörte meinen Puls in den Ohren, meine Schläfen pochten. Der Anblick des zerzausten Bettes war mir zu intim. Ich beschloss, die Wäsche zu wechseln und erinnerte mich des Zimmermädchenwagens, von dem ich hoffte, er stehe noch auf dem Flur. Und somit verließ ich unsere Suite erneut, fand den Wagen genau dort vor, wo ich ihn zuletzt gesehen hatte, nahm ein frisches Laken in der Größe eines *Kingsize*-Bettes, jeweils zwei Bezüge für die Decken und die Kopfkissen, kehrte zurück und machte mich an die Arbeit.

Da ich Bettenbeziehen hasste, konnte ich auch gleich das Nützliche mit dem Angenehmen verbinden und mein Lieblingsspiel spielen.

Ich drehte den Bezug auf links und ließ ihn wie einen Wasserfall über die Decke rieseln, deren obere Ecken ich durch den Stoff in Händen hielt. »Aber selbstverständlich«, sagte ich derweil zu einem imaginären Gast, der am Fenster stand, »muss auch in einer Frühstückspension die Bettwäsche weiß sein. Strahlend weiß. Eine andere Farbe kommt gar nicht infrage. Das Gleiche gilt für die Handtücher. Sie müssen sich außerdem wunderbar weich auf der Haut anfühlen.« Ich nickte Richtung Fenster. »Kommen Sie mit ins Bad. Ich zeige es Ihnen. Und wenn Sie einen Bademantel benötigen …« Ich warf ein Lächeln zurück über die Schulter. »Auch die sind bei uns von allerfeinster Qualität. Da bin ich strenger als jede Hausdame in einem Fünf-Sterne-Hotel. Das ist nun mal so, wenn man …«

Auf dem Weg zum Badezimmer blieb ich wie angewurzelt stehen.

»… die Chefin ist«, tröpfelten die letzte Worte von meinen Lippen, und ich guckte direkt in Roger Lavals braune Augen.

»Excusez-moi«, sagte er. In seinen Händen balancierte er ein Tablett mit einer silbernen Kanne und einer Tasse. »Ich dachte, ein Tee aus Eisenkraut mit frischer Minze würde Ihnen guttun.«

»Wie sind Sie hier reingekommen?«

»Die Tür war angelehnt.«

Leider ließ sich das über die zum Schlafzimmer nicht sagen. Sie war weit geöffnet, und somit erblickte Roger den Haufen Schmutzwäsche auf dem Boden. Er guckte mich entgeistert an, und dann kam ein Kauderwelsch aus Deutsch und Französisch aus seinem Mund geschossen, so schnell, dass ich kaum mitkam. Ich verstand nur, dass er *nicht* verstand, wieso ich das Bett frisch bezogen hatte, da das doch jeden Morgen das Zimmermädchen erledigen würde.

Ach, es war kompliziert. Ich sagte nicht, dass ich es gewohnt sei, alles selbst zu machen. So war's ja. War's immer gewesen.

Ich war es nicht gewohnt, nichts zu tun.

Ich hatte nie nichts getan.

Das wäre die Wahrheit gewesen. Stattdessen sagte ich hoheitsvoll mit eingefrorener Stummfilmdiva-Miene, Bettwäsche zu wechseln, wäre nun mal meine Macke. Ein Fimmel.

Dein Spezialeffekt, hätte Bea gesagt.

Er sah mich an und lächelte und schüttelte den Kopf. Und wie er mich ansah! Ich konnte meine Verliebtheit förmlich kommen sehen. Mein Herz schlug schneller, und das Blut stieg mir in den Kopf. Ich musste leider befürchten, der Situation nicht gewachsen zu sein.

»Frauen haben keine Macken«, sagte er. »Nur charmante Angewohnheiten. Was tun Sie sonst noch außer dreimal täglich die Bettwäsche zu wechseln? Erzählen Sie mir etwas über sich!«

Ich ließ mich in einem Sessel im Wohnzimmer nieder, kerzengerade, Haltung bewahren, Magda, befahl ich mir selbst. Während er noch einmal hinausging, um die Tür zur Suite zu schließen, wurschtelte ich rasch meine Nylon-Kniestrümpfe über die Fesseln, streifte sie ab und ließ sie blitzschnell in dem Spalt zwischen Lehne und Sitzpolster verschwinden. Was hatte Bea über die hautfarbene Unterwäsche meiner Mutter gesagt? Galt das nicht genauso für hansaplastfarbene Strümpfe? Ich schaffte es sogar noch, meine wirr aus der Spange hängenden Haare wieder zu einem Pferdeschwanz zu ordnen und die Wimperntusche wegzurubbeln, die sich gewiss am Unterlid in den Fältchen abgesetzt hatte, bevor Roger zurückkam und mir gegenüber Platz nahm. Erwartungsvoll blickte er mich an.

Was konnte ich ihm schon über mich erzählen?

Bonjour, ich bin Magda Ziegler, das Pullunder-Mädchen aus Wetzlar, das mal kurz in der First-Class-Version seines eigenen Lebens gelandet ist? Das hier gerade einen Upgrade bekommt aus der Holzklasse?

Genau das, entschied ich, nahm mir aber vor, weniger auf den Pullunder einzugehen und mehr auf die erste Klasse. Ich beschloss, meine blasse Biografie mit rosaroter Farbe zu übertünchen, wie man auch ein Gesicht mit Make-up aufrüscht. Dabei half ein bombenfest installiertes Lächeln. Auch mein Schwips leistete mir gute Dienste. Ich sollte ihn noch ein wenig hätscheln, damit er blieb.

»Ich habe eine zauberhafte Wohnung in Wetzlar, aus der ich ins Grüne blicke. Gerade habe ich eine italienische Designerin engagiert, die alles neu gestaltet. Leider kann ich mich nicht selbst darum kümmern. Ich bin eine hart arbeitende Geschäftsfrau im Einzelhandel. Den Sonntag aber halte ich mir grundsätzlich frei. Er ist mir das Kostbarste. Diesen Tag verbringe ich beim Champagnerbrunch mit meinen Freundinnen. Und wenn ich zwischendurch mal ein Stündchen habe, sehe ich mir eine Dokumentation im Fernsehen an.«

»Ich dachte Audrey-Hepburn-Filme?«

»Die sind zur reinen Entspannung.«

»Das klingt wundervoll«, sagte er.

»Das ist es«, sagte ich und nickte wichtig mit dem Kopf. »Es ist wundervoll.«

»Irgendwie haben Sie mir heute Morgen einen ganz anderen Eindruck vermittelt.«

»Spielen wir nicht alle hin und wieder eine Rolle?«, wedelte ich seinen Einwand weg.

Mein Handy klingelte. Es war das Übliche. Ich meldete mich, und am anderen Ende herrschte Schweigen.

Ich war mir sicher, dass es Ana war. Aber es blieb still, obwohl ich mehrmals ihren Namen rief. Ich schaltete das Handy aus und machte ein ratloses Gesicht.

Besorgt sah er mich an. »Gibt es ein Problem?«

»Nein. Oder vielleicht doch. Ich weiß es nicht.«

Plötzlich war ich unendlich müde. Ich schämte mich meiner nackten Füße und meines Schwipses und meiner dummen Lügen.

»Ich habe Ihnen nur Blödsinn erzählt«, sagte ich. »Ich hasse Sonntage. Das einzige Grün, auf das ich schaue, ist winterhartes Gestrüpp in einem Blumenkasten vor meinem Fenster. Ich lebe immer noch in der Wohnung meiner Eltern, die beide tot sind. Die Designerin ist die Nachbarin meiner Freundin Bea, die Glaskitsch sammelt, und ich bin auch keine Geschäftsfrau. Ich arbeite in einem Supermarkt. Ich bin eher süchtig nach Lippenpflege als nach Champagner, und ich finde Dokumentationen sterbenslangweilig. Ich mag nur Spielfilme, und die müssen ein Happy End haben. Wäre Thaddäus nicht, wäre ich gar nicht hier, weil ich mir noch nicht mal eine Tasse Tee in Ihrem Hotel leisten könnte.«

»Solange es mich hier gibt«, sagte er weich, »gibt es auch immer eine Tasse Tee für Sie.« Er stand auf und schenkte mir aus der silbernen Kanne ein, die er vorhin auf dem Tablett gebracht hatte. Der Duft von Zitrone und Minze erfüllte das Zimmer.

»Und wer ist diese Magda Ziegler wirklich?«, fragte er.

»Oh, Gott«, schnaubte ich. »Woher soll ich das wissen?« Ich überlegte einen Moment und knabberte an meiner Unterlippe. »Sie spricht manchmal mit sich selbst, geht niemals zum Friseur, hat lange kein Kompliment mehr gekriegt, außer dem heute von Ihnen, das sie völlig aus der Bahn geworfen hat. Dafür könnte sie Sie glatt heiraten.« Mit einer hektischen Handbewegung radierte ich die letzte Bemerkung wieder aus, hoffte ich zumindest, und machte verlegen weiter. »Sie verfällt immer mal wieder in hessischen Dialekt, und da sie ein bekennender Angsthase ist …«

»Poule mouillée«, übersetzte Roger.

»Poule mouillée«, wiederholte ich, »… und außerdem viel allein, zuckt sie schon zusammen, wenn das Telefon schellt. Sie liebt Cremelikör, Spaziergänge im Regen und Obstkuchen mit Sahne, Schweinelendchen in Rahm kriegt sie ganz gut hin, und eine Bluse kann sie perfekt in weniger als fünf Minuten bügeln.«

Er brachte mir die Tasse, und ich trank einen Schluck. Das tat gut. Das hatte ich gebraucht. Und als er mich anschaute, dieser attraktive Mann in seiner schwarzen Livree, wusste ich, was ich noch gebraucht hätte. Doch dann klingelte sein Telefon, und nachdem er nur ein kurz angebundenes *»oui«* hervorgestoßen hatte, war er plötzlich sehr in Eile. »Das war meine Kollegin Yvette. Ich muss runter. Leider. *Malheuresement.«* Er klaubte das Knäuel Bettwäsche vom Boden des Schlafzimmers, verabschiedete sich und ging nach draußen. Ich sprang auf und folgte ihm, und während er das Bündel in den Baumwollsack am Wagen des Zimmermädchens stopfte, stand ich im Türrahmen, den einen nackten Fuß auf den anderen gestellt, und beobachtete ihn.

»Die wird sich wundern, wo das auf einmal herkommt«, kicherte ich.

Aber ich merkte, er war gar nicht bei der Sache. Und als hätte Roger etwas geahnt, stand wie aus dem Nichts plötzlich René Moyne hinter ihm. Ein reizendes Lächeln für mich. Ein wutblitzender Blick für Roger. Beide nickten mir zu, und im Weggehen hörte ich aus Renés Mund die Worte: *»Strictement interdit!«*.

Ich legte mich aufs Bett, schloss die Augen und war im Nu eingeschlafen.

Spät am Abend wurde ich wach. Als hell das Licht anging und Bea eintrat. Meine Zunge schmeckte pelzig vom Rotwein. Der Lippenstift hatte Tupfen wie rote Blütenblätter aufs Kopfkissen gemalt. Ich war vollständig bekleidet, und Bea war damit beschäftigt, meine neuen Schuhe anzuprobieren.

»Für die Dinger brauchst du einen Waffenschein«, sagte sie. »Sonst steht darauf Gefängnis. Kannst du sie mir morgen borgen?«

In Paris lauerten überall Gefahren. Da waren Schuhe, mit denen man ins Straucheln kommen konnte und für die man sein halbes Erbe verprasst hatte, das Wenigste.

16. Kapitel

Thaddäus' Lächeln am nächsten Morgen tat gut. Darin lagen alle Ruhe und Friedlichkeit der Welt. Er hatte mich zum Frühstück hinuntergebeten, aber wir beschlossen, es nicht im Hotel, sondern in einem kleinen Café in der Nähe einzunehmen. Eine mit Marmelade beschmierte Schnitte, die hier *Tartine* hieß, was so viel netter klang als »Stulle«, und ein *Café au lait,* was sich aussprach wie »olé« und was ganz anderes war als die übliche Nescafé-plörre.

Bea war mit ihrer Eroberung Domenico und *meinen* Schuhen losgezogen. Und da sie außerdem einen Narren an meinem pinkfarbenen Plüschkragen gefressen hatte, war es ihr gelungen, mir den auch noch für diesen Tag abzuluchsen. In der Nacht hatten wir uns vor dem Einschlafen noch die Erlebnisse des Tages erzählt. Ich war Fan von Paris geworden, sie von Italien. Ihr Himmel hing voller Geigen, meiner war von Wolken verschleiert, nachdem ich Thaddäus gefragt hatte, was *strictement interdit* bedeutete.

»Streng verboten«, sagte er. »Wie kommen Sie darauf?«

»Habe ich im Fernsehen gehört.« Ganz klare Ansage, die René Moyne da gemacht hatte, dachte ich. Streng verboten, das klang ziemlich nach »Denk an deine Ehe und lass die Finger von anderen Frauen, du Mistkerl!«. *Malheuresement.* Leider.

Zwar war Roger Laval *magnifique,* aber *strictement interdit.*

Thaddäus und ich fuhren im Taxi zum Künstlerviertel Montmarte am Fuße von Sacré-Cœur, der weißen Kirche, die mir schon vom Zug aus aufgefallen war, und stiegen in der Nähe der Métro-Station »Abbesses« aus. Überall Tauben, schoss es mir durch den Kopf. Scharen von Tauben. Sie waren an jeder Ecke, auf jedem Platz. Ganz Paris war voll von ihnen.

Er müsse mir etwas zeigen, sagte Thaddäus und nahm meinen Arm. Sein Stock klackerte auf dem Asphalt. Die Sonne war herausgekommen und trieb die Menschen auf die Straße. Thaddäus lotste mich die paar Meter zum Park »Jean Rictus«, zu dem es nur eine knappe Minute zu Fuß war. Vor einer großen schwarzen Wand, bestehend aus Hunderten kleiner Lavasteinkacheln, blieben wir stehen. Sie war dicht mit weißen Buchstaben beschrieben. Eigentlich sah das aus wie eine riesengroße Einkaufsliste auf einer Küchentafel.

Genau das sagte ich ihm.

»Aber, liebste Magda«, sagte Thaddäus, »wir sind hier in der Hauptstadt der Romantik. Wer denkt da an Scheuermilch und Spinat? Das ist die *Mur des je t'aime,* die ›Ich-liebe-dich-Mauer‹. Dreihundertelfmal der Schriftzug ›Ich liebe dich‹ in zweihundertfünfzig Sprachen. Magisch, nicht wahr?« Abrupt wandte er sich mir zu. »Verzeihen Sie meine Indiskretion, aber: Warum sind Sie allein?«

»Woher wollen Sie wissen, dass ich das bin?«

»Welche Frau, die in festen Händen ist, fährt mit einem alten Mann nach Paris?«

Ich zuckte mit den Schultern. »Sollten vielleicht auch Frauen in festen Händen hin und wieder tun. Weil die Hände auch mal lockerlassen sollten. Man kann nicht ein Leben lang Hand in Hand gehen, einander festhalten und zudrücken.«

Ich war über meine Heftigkeit selbst verwundert und schob es auf meine Mutter, deren Schatten kurz vor meinem geistigen Auge aufgetaucht war und der es immer noch gelang, mich einzuholen, selbst in Paris.

»Außerdem kann ich jeder Frau nur empfehlen, mit Ihnen nach Paris zu reisen«, sagte ich, hob mein Gesicht der Sonne entgegen und machte dem Wetter ein Kompliment. Aber das Ablenkungsmanöver fruchtete nicht bei Thaddäus.

»Warum haben Sie nicht an jedem Finger zehn?«

Ich musste lachen. »Sie flirten mit mir.«

»Gott bewahre! Das würde ich nie wagen.« Er legte den Kopf schief und spitzte seinen Mund. »Ein wenig vielleicht. Ist das *verwegen?*«

»Es macht mich höchstens *verlegen*«, sagte ich.

Er nahm meine Hand und zog mich zu der Liebesmauer. »*Ti amo*«, stand dort, »*Te quiero*« und »*Jag alskar dig*« und »*Aishiteru*«. Dazwischen prangten die roten Splitter zersprengter Herzen.

»*Ti amo*« kannte ich aus den Liedern von Eros Ramazzotti. Ich dachte kurz an Bea. In welches Abenteuer sie wohl gerade in meinen Schuhen stöckelte? »›*Te quiero?*‹ Woher kommt das?«

»Spanien«, antwortete Thaddäus. »›*Jag alskar dig*‹ ist schwedisch. Und ›*Aishiteru*‹ klingt in meinen Ohren japanisch.«

»Heute hängen die Liebenden überall kleine Schlösser auf«, sagte ich. »Das ist schwer in Mode.«

»Schwer trifft es«, meinte Thaddäus lächelnd. »Die Brückengeländer des Pont Neuf und des Pont des Arts ächzen unter der Eisenlast. Angeblich montiert die Stadt in Nacht- und Nebelaktionen immer wieder große Teile der Schlösser ab, weil die Brücken sonst zusammenbrechen würden.«

»Ausgerechnet die Liebe macht der Stadt der Liebe zu schaffen«, sagte ich und lachte hell auf.

»Hier am Montmartre war ich oft mit ihr«, sagte Thaddäus, plötzlich weit weg mit seinen Gedanken. Ich merkte, dass seine Stimme weicher geworden war, und als ich ganz genau hinsah, erkannte ich ein feuchtes Glitzern in seinen Augen. »Wir waren hier an den nasskalten Abenden im November, wenn der Nebel über den Dächern hing. Und an den warmen im Mai, wenn der Himmel über der Stadt orangefarbene Schleier trug. Das waren die schönsten. Überall hörte man das Lachen der Menschen, das Klappern von Tellern, die die Kellner hinaustrugen in die Straßencafés, das Klirren der Gläser, mit denen man auf die Liebe und das Leben anstieß. Die Wärme des Tages hing noch in der Luft, gepaart mit dem Parfüm der Frauen und dem schweren, süßen Duft der Kastanienblüte.«

»Ein Geruch wie Kuchenteig«, seufzte ich. »Nichts ist schöner als blühende Kastanien.«

Wir gingen weiter und schlüpften hinein in dunkle, verwinkelte Gassen. In der Ferne hörte man einen Akkordeonspieler. Aus einem winzigen Lebensmittelladen roch es nach Thymian und Honig. Das Kopfsteinpflaster war abgetreten, schmiedeeiserne Kandelaber warteten auf den Abend, um zu leuchten, und das Weinlaub an den Hauswänden trotzte manchmal noch dem Winter und hielt angesichts modrigen Brauns und kahler Zweige mit vereinzelten gelben und roten Blättern dagegen.

Schüchtern berührte ich ihn am Arm, bevor ich meine Finger wieder in den Taschen meines Strickmantels versenkte.

»Erzählen Sie weiter!«

Er räusperte sich. »Vielleicht gehört es zum Alter, über die eigene Vergangenheit zu sprechen, auch wenn ich immer versucht habe, sie abzuschütteln. Kommen Sie!« Thaddäus führte mich in ein Eckcafé mit roten Markisen, das tapfer ein paar Tische und Stühle auf den Bürgersteig in die Wintersonne gestellt hatte. Doch wir entschieden uns dafür, hineinzugehen. Als ich diesen Ort erkannte, zupfte ich vor Aufregung am Ärmel seines Mantels. »Das ist das Café, in dem Amélie als Kellnerin gearbeitet hat.«

Er sah mich ratlos an.

»›Die fabelhafte Welt der Amélie‹. Der Film.«

»Mir ist nur in Erinnerung, dass es hier zur Happy Hour Popcorn auf Kosten des Hauses gibt.«

»Mögen Sie Popcorn?«

»Wie sollte ich etwas mögen, das aus mit Luft gefüllten Maiskörnern besteht? Aber sie machen hier zur Mittagszeit einen versöhnlich stimmenden Friséesalat mit knusprigen Schinkenwürfeln. Und eine ausgezeichnete Crème Brulée.«

»Danach ist doch auch Amélie ganz verrückt«, sagte ich. »Sie liebt es, die Karamellkruste mit der Löffelspitze zu knacken.«

Ich konnte geradezu fühlen, wie sich meine Wangen erhitzt hatten.

Während Thaddäus auf einer Lederbank unter einer

gelb gestrichenen Decke Platz nahm, erforschte ich mit raschen Schritten atemlos den Raum. Ja, alles sah genauso aus wie im Film. Wie ein amerikanisches Lokal in den Fünfzigern mit Deckenventilatoren aus Chrom. Nur Amélies Zigarettenstand fehlte. Dafür gab es ein großes Plakat von ihr an der Wand. Und einen Gartenzwerg hinter der Bar.

»Eigentlich fing hier alles an«, sagte Thaddäus, nachdem ich mich zu ihm gesetzt hatte, direkt an seine Seite, damit ich freien Blick auf das Innere des Lokals hatte.

»Damals gehörte das *Café des Deux Moulins* den Einheimischen und nicht den Touristen mit ihren Kameras«, sagte Thaddäus. Seine Augen wanderten durch den Raum, in dem die Besucher mit ihren Handykameras zwischen den fliederfarbenen Säulen hin und her wuselten. »Es war das Jahr 1994. Ich kannte sie zum diesem Zeitpunkt elf Jahre. Sie war drei-, viermal im Jahr Gast in unserem Hotel. Immer, wenn sie hier auftrat. Und immer bat sie mich darum, ihr ein Stück von Paris zu zeigen, das mir besonders am Herzen lag und von dem ich glaubte, dass es auch ihr gefallen könnte. Wir kamen hierher, wir gingen ins *Café Flore* im 6. Arrondissement, wo schon Intellektuelle wie Jean-Paul Sartre und Simone de Beauvoir ihren Wein getrunken haben. Wir aßen Austern und den köstlichsten Käse auf dem Marché Saxe-Breteuil in der Nähe des Eiffelturms und frühstückten Schokoladencroissants in der Rue Mouffetard. Wir besuchten die Geheimtipps unter den Jazzkneipen im Viertel Saint-Germain-des-Prés und kauften auf Flohmärkten unnütze Dinge wie Strohhüte, Kristallkaraffen und Vogelkäfige.«

»Wer von Ihnen hatte einen Vogel?«, wollte ich wissen.

»Keiner.« Er lachte. »Oder alle beide. Wie man's nimmt. Denn eines Tages vergaßen wir alle Vorsicht und küssten uns hier am Montmartre auf dem Place du Tertre im Lichtkegel einer Laterne gleich neben einem windschiefen Holzschuppen. Es war die Gegend, in der früher Picasso sein Atelier gehabt hatte, wo Renoir, van Gogh, Matisse und Toulouse-Lautrec gelebt hatten. Wir sollten nachher hingehen, es ist nicht weit von Sacré-Cœur. Heute porträtieren dort Maler die Touristen.«

Ich nickte ihm zu und nippte an meiner heißen Schokolade, während er fortfuhr: »Es war ein verschneiter Winterabend. Ganz Paris war weihnachtlich geschmückt wie heute. Sie hatte eisige Finger trotz ihrer Lederhandschuhe. Ich versuchte, sie zu wärmen, und wollte sie gar nicht wieder loslassen. Trotz der Kälte konnten wir nicht aufhören, uns zu küssen, und ich bilde mir ein, heute noch ihre Lippen zu schmecken. Wir hatten *Vin chaud* getrunken.«

»Das ist was?«

»Man kann es in etwa vergleichen mit unserem Glühwein. Rotwein. Orangenschale. Zimt. Nelken. Kardamom. Cognac. Aber ich hätte schwören können, dass bei ihr eine Note von Kirschsaft mitschwang.« Er lächelte in sich hinein. »Ja, sie schmeckte nach Kirsche. Und sie roch nach Jasmin.« Sein Gesicht hatte auf einmal mehr Falten als sonst, er senkte den Kopf und spielte an seinem schmucklosen, rechten Ringfinger.

»Sie waren damals schon ...«, entfuhr es mir.

»Zweiundfünfzig.« Er tätschelte meine Hand. »Auch das Alter bewahrt einen nicht vor Torheit.«

Ich grinste Amélie zu, die vom Plakat zu mir herüberblickte. Ich mochte ihre roten Lippen und die schwarze Helmfrisur und imitierte einen Augenblick lang ihr koboldhaftes Lächeln. Sie erinnerte mich irgendwie an Bea.

Erst jetzt bemerkte ich, dass Thaddäus mich beobachtete. Ich zog mein Gesicht wieder glatt, setzte mich kerzengerade hin und legte meine zusammengepressten Hände zwischen die Schenkel.

»Für den kommenden Abend verabredeten wir uns erneut«, sprach Thaddäus weiter. »Ich hatte den Tag über frei und kam hierher. Nach Montmartre.« Er schwieg einen Moment und nahm einen Schluck von seinem Kaffee. »In Frankreich mag man nicht dieses neumodische Zeug wie Latte Macchiato oder mit Vanillesirup aromatisierten Cappuccino. Als regelrechter Affront gilt Kaffee aus Styroporbechern, den man *to go* ordert. Man trinkt ihn an der Bar aus kleinen Tassen. Heiß und schwarz. Das hat Stil.«

Hinter meiner rechten Schläfe pochte es ein bisschen. Ich schob das auf einen leichten Kater von der Weinverkostung am Vortag. Immerhin fühlte ich mich gut genug, um Thaddäus herauszufordern. »Wollten Sie mir wirklich etwas über Kaffee erzählen?«

Er hüstelte und nahm einen Schluck Wasser, das er zu seinem Kaffee bestellt hatte. Als ich schon gar nicht mehr damit rechnete, fuhr er fort: »Ich kam hierher, um ein Hotelzimmer zu reservieren. Es würde passieren. An diesem Abend. Das war uns beiden klar. Wir hatten lange darauf gewartet. Aber genau das hatte unsere Sehnsucht ins Unermessliche gesteigert.« Er hob den Zeigefinger, als habe er Angst, ich könne ihn unterbrechen, aber das tat ich nicht, natürlich nicht. Dankbar lächelte er mich an. »Nichts ist desillusionierender als zu schnell erfüllte Wünsche. Man müsste es den Wünschen verbieten, zu rasch in Erfüllung zu gehen. Sie verlieren ihren Zauber.«

Amélie und ich tauschten einen langen Blick. Siehst du, warf ich ihr lautlos zu, es gibt noch mehr Träumer auf der Welt.

»Ich hatte noch etwas anderes zu erledigen. Am Abend zuvor hatte sie die Auslage eines Geschäftes mit antikem Schmuck fasziniert. Es ist hier ganz in der Nähe. Gleich neben dem *Hotel Des Arts,* das ich für uns ausgesucht hatte. In der Rue Tholoze. Sie liebte Ringe. Einer im Jugendstil, datiert um das Jahr 1910, hatte es ihr besonders angetan. Er war aus Silber und trug auf einer filigranen Blütenfassung einen rechteckigen Chrysopras in einem leuchtenden Grün. Ich kaufte ihn.«

»Nie von diesem Stein gehört.«

»Er hat magische Kräfte, heißt es. Legt man ihn cholerischen Menschen auf die Kehle, dringt nie mehr ein böses Wort aus ihrem Mund. Damit heilte schon Hildegard von Bingen Jähzorn.«

Ich lachte. »Das der Frau, die man liebt, zu schenken ...«

»Man behauptet aber auch, dass dieser Stein die Liebe frisch hält wie Zitronensprudel das Blumenwasser.«

»Ich mache nur Spaß. Wahrscheinlich hat sie sich sehr gefreut.«

Unverwandt starrten seine blauen Augen in meine. »Sie hat ihn nie bekommen.« Seine Hand zitterte, als er die Tasse abstellte. »Ich habe sie nie wieder gesehen. Ich hatte alles vorbereitet im *Hotel Des Arts*. Hatte Champagner besorgt und Rosen. Aber sie kam nicht.«

Ungläubig schüttelte ich den Kopf. »Warum nicht?«

Er schlug die Hände gegeneinander. Es gab einen dumpfen Knall. Mit einem Lächeln bat er mich um Verzeihung.

»Ich begann, mir Sorgen zu machen. Sie hätte mich nie grundlos versetzt. Nie einen Termin vergessen. Eine Verabredung verpasst. Sie war von preußischer Disziplin. Also bin ich zurück ins *George V*, aber da war sie schon abgereist.«

»Was war passiert?«

»Sie hatte einen Brief für mich hinterlegt, in dem sie mir mitteilte, sie habe eine schlimme Nachricht bekommen. Man hatte bei ihrem Mann Parkinson diagnostiziert. Im fortgeschrittenen Stadium. Die Schulterschmerzen und die Muskelverspannungen, mit denen es begann, die hatte er ihr gegenüber immer als orthopädisches Problem abgetan. Sie könne sich nicht auf einen anderen Mann einlassen, schrieb sie, wenn ihr eigener bald nicht mehr in der Lage sei, ein Wasserglas zum Mund zu führen.«

»Kannten Sie ihn?«

»Nein.«

»Hat er sie nie begleitet?«

»Nein.« Thaddäus zuckte mit den Schultern und gab dem Kellner ein Zeichen, uns noch einen Kakao und einen Kaffee zu bringen. »Er war Schriftsteller. Er liebte die Ruhe und seine Freiheit und mochte den ganzen Rummel um ihre Person nicht.« Er lehnte sich gegen das hellbraune Lederpolster und sprach jetzt so leise, dass ich mein Ohr dicht an seine Lippen bringen musste. »Kurz darauf beendete sie ihre Karriere. Sie gab noch ein Interview, das mit dem Satz schloss: ›Das Zirkuspferd tritt ab‹. Und somit blieb unsere Liebesgeschichte, so sie jemals eine war, eine unvollendete. Die Probe zu einer Vorstellung, die niemals stattfinden sollte.«

»Und der Ring?«

»Den habe ich heute noch.«

Ich war zu ergriffen, um etwas zu sagen und drückte stattdessen Thaddäus' Hand. Eine traurige Geschichte. Eine unglückliche Liebe. Ein wunderbarer Mann. So saßen wir, bis er es nicht mehr aushielt und laut auflachte.

»Nun breiten Sie doch nicht Ihre Trauermiene über ganz Paris aus.«

»Wer weiß, was aus ihr geworden ist«, sagte ich. »Wissen Sie's?«

»Wir sollten jetzt aufbrechen«, wich er meiner Frage aus.

»Das Schicksal kann so unfair sein«, nörgelte ich. »Wieso führt es zwei Menschen zusammen, gibt ihnen das Gefühl, dass sie füreinander bestimmt sind – und reißt sie dann auseinander?«

»So ist das Leben«, sagte er. *»C'est la vie.«*

Als ich wieder im Hotel war, spazierte in einiger Entfernung Bea durchs Foyer. Ich erkannte sie sofort an den schaukelnden Bewegungen ihres Beckens. Ich legte einen Zahn zu, um sie einzuholen und tippte ihr auf den Rücken. Sie fuhr herum und starrte mich an. Ich sah, dass sie geweint hatte. Ihre Augen waren gerötet, und ihre Wimperntusche war auf den Wangen verschmiert.

»Was ist mit dir los?«

»Mach jetzt bloß keinen Stress, okay!«

Die neugierigen Blicke der anderen Gäste trafen uns. Kaum hatten sie uns den Rücken zugedreht, streckte Bea ihnen die Zunge raus.

»Bea! Herrgott noch mal, benimm dich!«

»Wenn das deine einzige Sorge ist! Man hat mir mein Herz gebrochen. Und du wirst mich hassen.«

»Warum sollte ich?«

»Vermisst du nichts?«

Ich blickte an mir hinunter. »Was sollte ich vermissen?«

»Schau *mich* an!« Sie deutete erst auf ihre Schuhe, die meine waren, dann auf ihren nackten Hals. »Deinen Puschel mit Schleife. Er ist weg. Fort. Auf und davon. Futschikato. Bald über alle Berge.«

»Hast du ihn auf dem Flohmarkt verscheuert? In Paris soll es ja jede Menge davon geben.« Noch nahm ich das Ganze als Spaß.

Sie schüttelte den Kopf.

»Du hast ihn irgendwo vergessen? Dann gehen wir hin und holen ihn wieder.«

»Glaubst du an Wunder?« Bea lachte bitter auf.

»Heute ja«, sagte ich. Trotz Thaddäus' trauriger Geschichte trug dieser Tag wie jeder unserer Tage in Paris ein Lächeln.

»Du kriegst ihn nicht mehr zurück. Zu riskant. Da reißt man mir den Kopf ab.«

Ich steuerte die »Galerie« an und ließ mich in den erstbesten Sessel fallen. Bea folgte mir und setzte sich mir gegenüber.

»Erzähl!«

Es war ohnehin der Tag der Geschichten.

»Ich habe Domenico getroffen. Im *Hôtel de Crillon,* einem anderen Edelschuppen.« Geräuschvoll zog sie die Luft durch die Zähne. »Ich kann dir sagen! Der ist nicht von schlechten Eltern.«

»Dein Italiener?«

»Der Laden. Ein ehemaliger Adelspalast auf dem Place de la Concorde.«

Bea lehnte sich zurück und schlug die Beine übereinander, was mir Gelegenheit gab, *meine* Pumps an *ihr* zu bewundern. Das Gleiche hätte ich auch gern von *meinem* pinkfarbenen Kragen gesagt.

»Wir hatten ein Champagnerfrühstück.«

»Du futterst dich ja richtig durch.«

Sie grinste. »Wenn der liebe Gott es Linsen regnen lässt, muss man den Löffel raushalten. Hat meine Oma immer gesagt.«

Ein Kellner kam und fragte nach unseren Wünschen. Wir hatten keine. Das schien ihm nicht zu gefallen, aber er nahm es mit Würde und entfernte sich wieder.

»Wir hatten nicht nur Frühstück. Wir hatten Sex.«

»Warum erstaunt mich das nicht?«, sagte ich und merkte, wie schmal und verkniffen mein Mund plötzlich war.

Mit funkelnden Augen starrte Bea mich an. »Warst du jemals unvernünftig?«

»Was ist das hier?« Provozierend langsam sah ich mich um.

»Die Ausnahme von der Regel. Hast du dir in den letzten Jahren mal die Kante gegeben?«

»Was war gestern?«, sagte ich mit einem Anflug von Gereiztheit. »Die Weinprobe?«

»Noch eine Ausnahme von der Regel.«

»Ziemlich viele Ausnahmen, findest du nicht?« Ich stand auf. Ich hatte genug. Ich sagte ihr, dass ich genug habe. »Ich habe keine Lust mehr auf deine Launen. Keine Lust mehr, mich von dir beschimpfen, herumschubsen und ausnutzen zu lassen und trotzdem immer wie der größte Spießer dazustehen. Du gibst mir laufend zu verstehen, dass ich das

Letzte bin, und trotzdem bin ich die Erste, die dir einfällt, wenn's bei dir brennt.« Ich fuhr mir mit der Handkante an der Kehle entlang. »Mir steht's bis hier. Sieh zu, dass ich mein Fellteil wiederkriege!« Mir fiel ein Zitat aus »Amélie« ein. »›Selbst eine Artischocke hat ein Herz‹.« Den nächsten Satz stieß ich zischend wie heiße Lava hervor: »Aber du hattest es ja noch nie mit Gemüse.«

Sie machte ein überraschtes Gesicht. Dann lachte sie. Aber es klang alles andere als fröhlich. »So kenne ich dich ja gar nicht. Wer bist du, und was hast du mit Magda gemacht?«

Ich hatte noch nicht ganz den Fahrstuhl erreicht, da meldete sich mein schlechtes Gewissen. Ich hatte überreagiert. Vor allem wusste ich nicht, was geschehen war. Vermutlich wäre ich zurückgegangen, wenn nicht Thaddäus meinen Weg gekreuzt hätte.

»Meine Liebe, würden Sie mir den Gefallen tun und mich heute Abend noch einmal nach Montmartre begleiten? Ich möchte schauen, ob es das Schmuckgeschäft noch gibt. Reine Neugier.«

»Mit Vergnügen«, sagte ich. »Darf ich Bea mitbringen?«

»Das ist doch gar keine Frage.« Er hatte gezögert, und es hatte nicht sehr überzeugend geklungen. Irgendetwas schien ihm an dieser Idee zu missfallen.

Aber ich wollte Frieden schließen. Ich war halt eine Artischocke. Und vielleicht auch eine dumme Nuss. Mag sein.

Doch als Thaddäus mich um sieben Uhr abends in der Lobby erwartete, war ich allein. Bea war in die Suite gekommen, hatte etwa drei Stunden im »Bulgari«-Schaum in der Wanne gelegen, das Farbspiel genossen, das sie aber nicht wirklich entspannt hatte, und sich dann schmollend vor den Fernseher zurückgezogen. Auf mein Versöhnungsangebot war sie nicht eingegangen und auch nicht auf meine Einladung für den Abend. Immerhin hatte sie mir wieder meine Schuhe überlassen und kurz gemaunzt, dass sie eine Nummer zu klein wären für ihre Füße. In der Tat hatte sie Blasen an den Fersen. Nachdem ich mich frisch gemacht hatte, ging ich zu Thaddäus in die Lobby. Ich trug wieder den neuen schwarzen Hosenanzug, die Trompetenärmelbluse und den roten Lippenstift und dachte sehnsüchtig an den pinkfarbenen Kragen, der aus meinem Aufzug so etwas wie ein Outfit gemacht hätte. Das war das Mindeste, was Paris von einem erwarten konnte. Das war man dieser Stadt einfach schuldig.

17. Kapitel

Es war nicht mehr da. Das Schmuckgeschäft in der Rue Tholoze, zu dem Thaddäus mich geführt hatte, gab es nicht mehr. Es war Vergangenheit. Geschichte. Ein Schnellrestaurant hatte sich dort eingenistet mit scharfen portugiesischen Hähnchengerichten. Thaddäus wirkte enttäuscht. Ich versuchte, ihn aufzuheitern, indem ich den Aufstieg zu Sacré-Cœur vorschlug, nicht nur, weil die Basilika allein schon ein Erlebnis sein sollte, sondern auch, weil ich in einem Reiseführer gelesen hatte, dass man vor dort aus etwas ganz Besonderes zu Gesicht bekam: Zu ihrem Fuße lag ein Weinberg mitten in der Metropole. Man würde selbst um diese Uhrzeit noch genug erkennen. Die Dunkelheit konnte der Stadt der Lichter nichts anhaben.

Aber Thaddäus brummte etwas von »tausend Stufen«. Ich war mir nicht sicher, ob er flunkerte. Wahrscheinlich tat er das. Leichter Schneeregen hatte eingesetzt, ich balancierte auf den hohen Hacken wie auf rohen Eiern, der Wind pustete braune Blätter durch die Luft, und ich hatte Hunger. Wenn ich also wählen sollte zwischen einem Treppenaufstieg (selbst dreihundert Stufen hätten mir gelangt) und einem warmen Baguette in einem gut geheizten Bistro, fiel mir die Entscheidung leicht. Jetzt reichte es mir an touristischer Unterhaltung vollauf, am Ende der Rue Tholoze eine der beiden berühmten Windmühlen zu wissen, deren Umrisse man hinter schwarzen, knochigen Bäumen nur erahnen konnte. Als wir die schmale, leicht ansteigende Straße hinaufgingen, kamen wir am *Hotel Des Arts* vorbei, wo Thaddäus ein Zimmer reserviert hatte für sich und die Frau, deren Namen ich immer noch nicht kannte. Der Ort, an dem seine Hoffnungen umgeleitet worden waren in die Abteilung Enttäuschungen. Adrett sah es aus. Einladend in der Kälte. In goldenen Buchstaben stand der Namenszug auf roten Markisen, die weißen Fensterläden wirkten wie frisch geduscht vom Regen, hinter den Scheiben im Parterre standen rosa Nelken in bauchigen Vasen.

Plötzlich konnte Thaddäus nicht schnell genug von hier wegkommen und schlug vor, zum Abendessen zu gehen. Kurz darauf erreichten wir die Rue Navarin und standen vor einem Haus, das sich *Hotel Amour* nannte. Hotel der Liebe. »Das hat mir mein Freund René Moyne ans Herz gelegt«, sagte Thaddäus, »das Restaurant hier soll im Augenblick sehr populär sein. *Très en vogue.* Einfache Bistroküche, aber eine zauberhafte Atmosphäre. Jeder, der etwas auf sich hält, schaut wenigstens einmal vorbei. Wir halten doch was auf uns, nicht wahr?«

»Und ob«, sagte ich.

Her mit den neuen Eindrücken! Auf zum Hotel der Liebe!

Alles in dieser Stadt hatte irgendwie mit Liebe zu tun. Es gab kein Entrinnen. Sie glomm an jeder Ecke. Sie sprang einen an und hüllte einen ein wie in einen warmen Mantel. Und so wunderte es mich nicht, dass wir unter dem Glasdach des Innenhofes zwischen Stechpalmen und Efeuranken eingerahmt waren von verliebten Paaren, die sich ungeniert ihre Zuneigung zeigten. Natürlich waren die Lederpolster der Stühle und Bänke rot. Die kleinen runden Tische standen so dicht gedrängt, dass ich meine Arme eng am Körper halten musste, um meine Ellbogen nicht in der Suppe meines Nebenmannes zu baden. Thaddäus bestellte für uns Steaks mit *Sauce tartare* und *Frites*. Wein funkelte in der Karaffe, Wasser in der Flasche, aus der Anlage erklangen Chansons. Kerzen brannten. Regentropfen pladderten aufs Dach. Menschen lachten und tranken, die Stimmen vermischten sich, die Gesichter waren vom Wein und von den Lichtern erhitzt. Wie Liebe halt anfing. Oder ihre Fortsetzung fand, wenn der Anfang schon gemacht war. Oder wenn sie noch jemanden suchte, die Liebe, und meinte, dass sie hier am richtigen Ort zur richtigen Zeit war.

Thaddäus sah sich um und stieß einen Schwall gepresster Luft aus. »Man sollte es nicht meinen, wenn man sich hier umguckt. Aber machen wir uns nichts vor! Wie rasch Verliebtheit vorbeigeht. Wie schnell da nur noch Rauch aus dem Feuer ist und keine Flamme mehr. Ich fand es konsequenter, mich nicht zu binden. Wenn schon nicht die eine, dann keine. Keine Halbherzigkeiten. Es gibt so viele unglückliche Ehen. So viele sind wie zwei Eiswürfel, die miteinander leben.«

Auf einmal traten mir Tränen in die Augen. »Es gibt aber auch Eiswürfel, die aneinander*kleben*«, sagte ich. Hastig wischte ich mir über die Lider, denn an den eng gestellten Tischen konnte man nichts vor den anderen verbergen. Fragend schaute mich Thaddäus an.

»Meine Eltern«, erklärte ich. »Sie haben sich nie mit Pralinen gefüttert, und ich habe nie gesehen, dass sie sich geküsst hätten. Einfach mal laut gelacht. Dem anderen ein Kompliment gemacht. Eines, das über das Lob für die Salatsoße hinausging. Meine Mutter war immer der Meinung, dass Romantik völlig überbewertet wird. Und mein Vater dachte, dass ein Blumenstrauß einmal im Jahr am Geburtstag, zusammen mit einem neuen Mixer, mehr Gefühl als genug ist. Aber sie konnten sich ein Leben ohne den anderen nicht vorstellen, waren zufrieden, dass sie jeden Monat pünktlich die Miete bezahlen, alle paar Jahre eine kleine Reise unternehmen konnten und eine gehorsame Tochter hatten. Das war es, was sie wollten. Sicherheit. Geborgenheit. Und eine kleine Familie als Schutz gegen die Kälte da draußen.« Aus meinem Mund kam ein sprödes Lachen. »Das Seepferdchen für Liebesanfänger sozusagen.«

Thaddäus hatte den Kopf schräg gelegt und fragte: »Wie meinen Sie das?« Seiner Stimme war anzuhören, dass er irritiert war.

»Das ist die Prüfung für Schwimmanfänger. Die ich nicht habe. Ich kann nicht schwimmen. Noch nicht mal das.«

Ich wischte mir erneut über die Augen und nahm einen tiefen Schluck aus meinem Weinglas. »Vielleicht waren sie auch gar nicht zufrieden«, sagte ich. »Und ich war blind. Vielleicht waren sie todunglücklich, alle beide. Vielleicht hatten sie kapiert, dass ihre Ehe eine Verschwendung von Lebenszeit war.« Ich spielte mit der Gabel und bemerkte jetzt erst, dass das Besteck eine Besonderheit hatte. Es lag nicht horizontal. Es lag quer vor jedem Gast. Das sollte ich mir merken. Das hatte was. Aber wen würde ich schon bei mir zu Hause bewirten bei Kerzen und Rotwein und Chansons?

»Manchmal ist zu wenig Liebe ungesund«, sagte Thaddäus. »Aber zu viel ist es manchmal auch.«

Einen Moment lang war ich abgelenkt. Das lag zum einen an dem verführerischen Duft der Steaks, die gerade an unseren Tisch gebracht wurden. Und zum anderen an dieser Frau. Sie war schön und elegant, hatte lange dunkle Haare und hohe Wangenknochen. Sie war von Kopf bis Fuß in Schwarz gehüllt, nur ein Farbtupfer hatte sich unter ihren Locken um den Hals geschmiegt. Ein pinkfarbener Fellkragen mit einer glänzenden Satinschleife. Sie fiel auf. Jeder im Raum schaute sie an. Sie war sich der Aufmerksamkeit bewusst; ihre Augen glänzten. Ich fühlte mich geschmeichelt, dass eine Frau wie sie sich für genau dieses Accessoire entschieden hatte. So schlecht konnte mein Geschmack also nicht sein. Sie flanierte an uns vorbei in den hinteren Teil des Raums, gefolgt von ihrem Begleiter, dessen himbeerfarbenes Jackett perfekt mit ihrem Kragen harmonierte.

»Vielleicht«, nahm ich den Faden wieder auf, »konnte meine Mutter gar nicht anders, als all die Liebe, die sie in sich hatte, auf mich zu übertragen und mich damit an sich zu binden wie mit einer Fußfessel.«

»Ab einem gewissen Alter, Magda«, sagte Thaddäus, »sollte man über seine Eltern hinweg sein.«

Ich war nicht bei der Sache. »Den Mann dort habe ich schon mal gesehen.«

»Was haben Sie gerade gesagt?«

»Dass mir der Mann an der Seite der dunkelhaarigen Frau bekannt vorkommt. Ich weiß nur nicht woher.«

Ich schaute dem Paar nach, und als ich sie ein paar Worte auf Italienisch wechseln hörte, ging mir ein Licht auf. Auf einmal wusste ich, wer der Mann war. Ich kannte ihn von dem Foto, das Bea in der Hotelbar geschossen hatte. Mir blieb das Wort im Hals stecken. Mein Körper wurde steif. Mein Gesicht fror ein.

Es war Domenico. Domenico Santo. Der Italiener aus Rimini. Der Mann, der sich schon zwischen unseren Laken gewälzt und der Bea an die Adria eingeladen hatte. Die Frau mit dem pinkfarbenen Kragen gehörte zu ihm. Und der Kragen zu mir.

Das Mondlicht malte einen Silberstreifen auf den hellen Wollteppich des Schlafzimmers, und die goldenen Seidentapeten warfen einen warmen Schimmer auf Beas fahles Gesicht. Ich hatte Müdigkeit vorgetäuscht, und Thaddäus und ich waren nach dem Essen bald aufgebrochen. Ich wollte zu Bea, musste endlich wissen, was passiert war. Selbst nach einem Streit konnten wir dort anknüpfen, wo wir vorher aufgehört hatten. Das *machte* unsere Freundschaft *aus,* dass es ihr nichts *ausmachte.* Ich hatte Bea mein Dessert aus dem *Hotel Amour* mitgebracht, ein Stück Käsekuchen, auf dem ein rotes Herz prangte, gezeichnet mit Himbeermus. *Amour*.

»Und nun erzähl schon!«, forderte ich sie auf.

»Ich bin mit ihm in sein Hotel gegangen. Wir waren in seiner Suite und hatten Sex.«

Ich verdrehte die Augen und ließ mich neben sie aufs Bett fallen, wo sie zwischen geschätzten sechzehn Kissen lag, auf die sie, den Käsekuchen aus der Hand essend, ein paar Krümel regnen ließ.

»Plötzlich klingelt sein Handy. Ich sage noch: ›Lass es bimmeln!‹ Tat er aber nicht. Er ging ran, und was soll ich dir sagen? Es war seine Frau. Ich wusste bis dahin überhaupt nicht, dass er eine hat. Aber dann war mir alles klar. Deshalb haben wir uns gestern *hier* getroffen. Und heute hat er mich in *sein* Hotel eingeladen, weil er dachte, dass sie den ganzen Tag unterwegs ist.«

»Um Paris zu erkunden?«

»Nein, auf einer Hotel- und Restaurantmesse, die hier gerade stattfindet. *Sie* ist die Geschäftsfrau. *Sie* verdient das Geld. All das weiß ich jetzt. Sie kam früher als geplant zurück. Und zu seinem Glück hat sie, kurz bevor sie ins Hotel trat, angerufen.«

»Zu eurem Glück.«

»Wieso?«

»Für dich wäre das auch nicht angenehm gewesen.«

»Ich hätte es *ihm* gegönnt.«

»Und was passierte dann?«

»Sie tauchte blitzschnell auf. Muss wohl einen ordentlichen Zahn draufgehabt haben die letzten Meter. Domenico schob mich samt meinen Sachen ins Bad. Aber deinen Puschelkragen hat er vergessen. Kurz darauf hörte ich sie jubeln, weil sie dachte, es sei ein Geschenk. Für sie.« Bea kicherte. Hoch und heiser und ein wenig hysterisch. »Und während sie sich bei ihm bedankte, konnte ich rasch aus der Suite flüchten.«

Sie schmiegte sich an mich und gab mir einen Kuss auf die Wange. Ihr Atem roch nach Kuchen, und sie brach plötzlich in Schluchzen aus. »Tut mir leid mit dem Kragen«, sagte sie. »Ich hab's verbockt. Hab dir alles vermasselt.«

»Davon geht die Welt nicht unter.«

Bea nahm meine Hand und drückte sie. »Wenn irgendwo eine Tür zufällt, geht eine andere auf«, sagte sie. »Stammt auch von meiner Oma.«

»Wäre schön, wenn die Tür in das Kragen-Geschäft führen würde«, sagte ich.

Ich war eine miserable Freundin. Nicht immer. Aber an diesem Morgen. Mich verließen meine menschlichen Qualitäten, als ich das Frühstück sah. Ja, ich musste zugeben: Diese Köstlichkeiten machten mich kurzzeitig zu einem Menschen, der an Charakter einbüßte. Bea schwieg, ich schwelgte. Sie sah jämmerlich aus. Ihr Gesicht ein einziger Vorwurf. Nachtschatten unter den Augen. Schwindsüchtige Wangen. Blasse Lippen. Ich naschte rote Beeren, und sie gefiel sich als Prinzessin auf der Erbse. Selbst hier in der »Galerie« trug sie ihre dunkle Brille, als würde sie das buttrige Sonnengelb des Rühreis blenden. Ihre Miene ähnelte der von Charlène von Monaco, wenn sie der Welt aus der fürstlichen Loge heraus ihr wachsbleiches Leidensgesicht zeigte. Aber Beas Herz war zu schnellem Wechsel bereit. Während ich gerade etwas geräucherten Lachs aß, warf sie schon wieder die Angel aus. Es war ihr Spiel. Ihr Spiel mit den Männern. Ein grau melierter gut aussehender Gast mit einer auffälligen Hornbrille an einem der Nachbartische biss an und schien durchaus bereit, den Kummer dieser schwarzhaarigen Fürstin zu beenden und ihre Tränen hinter den dunklen Gläsern zu trocknen. Sie schürzte ihre Lippen und tat ziemlich irritierende Dinge mit der Gabel, die sie langsam, sehr langsam, zwischen ihren Lippen verschwinden ließ. Ich schaute betreten weg, überließ

Bea ihrem Schicksal, ihrem Verehrer und ihrem frisch gebrühten Kaffee und traf mich mit Thaddäus zu einem Spaziergang.

In Paris war es winterlich geworden. All die Weihnachtslichter hatten endlich ihre Berechtigung. Der Regen hatte aufgehört. Die Luft war eiskalt und trocken und schmerzte in der Lunge. Man sehnte sich nach dicken Pullovern. Der warme Hauch meines Atems kam als weiße Wolke aus meinem Mund. Thaddäus bot mir seinen Arm an, und ich stützte mich auf ihn. Wo sollte ich später bloß meine Hand hinlegen, wenn wir zurück sein würden, jeder in seiner Stadt, an seinem Platz?

Wir drehten eine kleine Runde um den Block, vorbei an Luxusboutiquen und Gourmetrestaurants, an Hotels und Botschaftsgebäuden. Erst jetzt fiel mir auf, dass Thaddäus zwar seinen Entenkopfstock dabeihatte, aber nicht seinen Hut. Seine weißen Haare wirkten so hauchzart und dünn, als könnten sie jeden Moment im Wind davonfliegen. Aber, und auch das bemerkte ich erst jetzt, er trug wieder seine Ledermappe unter dem Arm. Während wir in die Rue François 1er einbogen und auf der Flucht vor der Kälte auf ein Café zusteuerten, stellte ich ihm eine Frage, die mir schon seit gestern auf der Seele brannte. »Warum haben Sie Ihr Rendezvous damals nicht in dem Hotel geplant, in dem Sie gearbeitet haben – und sie gewohnt hat? Das *George V?*«

»Das wäre dégoutant. Und gewagt. Die Gefahr, erwischt zu werden, wäre viel zu groß gewesen.« Er stoppte so abrupt, dass ich fast in ihn hineinrannte.

»Von wem erwischt?«

»Von wem auch immer. Ein Concierge darf nichts mit einem Gast anfangen.«

Ich zuckte zusammen, während er die Tür zum *Café Mode* öffnete.

»Voilà«, sagte er, »eines der ältesten Bistros von Paris.«

Terrakottafarbene Wände. Weiße Orchideen. Das Tagesangebot an Speisen in Kreideschrift auf einer Schiefertafel.

»Schön«, sagte ich. »Alles ist schön in dieser Stadt.«

Er führte mich an einen Tisch, die Holzplatte kaum größer als ein Fußschemel, und wartete, dass ich vor ihm Platz nahm auf der senffarbenen Lederbank mit den in die Polster eingesteppten Knöpfen. Dann ließ er sich nieder auf einem Stuhl mir gegenüber, straffte die Schultern und blickte mich an. »Ich war ein Feigling.« Seine Stimme klang plötzlich hart.

Ich war verwirrt. So kannte ich ihn nicht.

»Wie meinen Sie das?«

»Wie ich es gesagt habe: Ich war feige. Es war die Reaktion eines verängstigten Herzens.«

Ich verstand immer noch nicht.

»Ich habe ihr nicht *einmal* in der ganzen Zeit gesagt, was ich für sie empfinde. Dass ich sie liebe.«

»Sie hatten doch gar keine Wahl.«

Der Kellner kam. Thaddäus bestellte zwei Kaffee und wandte sich an mich: »Möchten Sie einen karamellisierten Apfelkuchen?«

»Um Gottes willen! Nein, danke! Wir hatten doch gerade Frühstück.«

»Auch der Milchreis mit Aprikosenkompott ist sehr zu empfehlen.«

»Ich platze.«

»Gar nicht zu reden von den Crêpes mit Grand Marnier.«

»Thaddäus, lenken Sie nicht ab! Die Frau, die Sie liebten, war verheiratet. Ihr Mann war krank und brauchte sie. Das ehrt sie, dass sie ihre eigenen Bedürfnisse so zurückstellte.«

Ich konnte fühlen, wie er nachdachte. Er rieb sich über die Augen, die er geschlossen hielt. Er wirkte müde. Doch als er sie wieder öffnete, war er hellwach.

»Ich meine früher«, sagte er, »viel früher. Bevor es zu spät war. Man hat immer eine Wahl.«

Ich senkte meine Lider, betrachtete meine Hände und zählte meine Finger, bevor ich wieder aufblickte. »Sie sagten doch selbst: Es war Ihnen nicht gestattet. Ihr Beruf. Das Hotel.«

»Man sollte nie auf etwas anderes hören als auf sein Herz, Magda.« Er sprach sehr sanft. »Nicht immer so viel geben auf Vorschriften, Verordnungen, Regeln, Gesetze, Gebote, Anweisungen.«

»Das klingt sehr anarchisch. So sind Sie doch gar nicht«, widersprach ich mit leiser Stimme.

»Vielleicht ja doch.«

Ein süßer Geruch nach frischen Crêpes wehte aus der Küche zu uns herüber, unser Kaffee kam, und als der Kellner die Tassen abgestellt hatte und ich gedankenverloren mit dem Klappdeckel der silbernen Zuckerkugel spielte, strich Thaddäus' rechte Hand mit fahrigen Bewegungen über die lederne Aktenmappe, bevor er langsam den Reißverschluss aufzog. »Der Ring, von dem ich Ihnen erzählt habe«, sagte er, während er eine rechteckige Schatulle aus poliertem Nussbaumholz hervorholte und sie zwischen die Tassen auf den kleinen Tisch stellte, »ist hier drin.« Er öffnete in Zeitlupe den Deckel, und es ertönte die Melodie einer Spieluhr.

»Beethoven«, sagte Thaddäus und räusperte sich. »Für Elise.« Seine Stimme klang belegt, als ob er lange Zeit nicht mehr gesprochen hätte und gerade erst wieder damit anfangen würde. Aus meiner Kehle drang ein erstickter Schrei. In drei Schlitzen auf einem Bett aus dunkelrotem Samt funkelten beinahe zwei Dutzend Ringe. Goldene und silberne. Solche mit Rubinen, Saphiren, mit Aquamarinen, Tigeraugen, Opalen und Tropfen aus Diamanten. Wie magnetisch angezogen, streckte sich meine Hand nach einem Smaragdring aus.

»Oh, mein Gott«, flüsterte ich andächtig.

»7,7 Karat«, sagte Thaddäus. »Der Stein ist aus Gambia. Je leuchtender, desto begehrter.«

Er zog einen anderen Ring hervor und hielt ihn mir zwischen seinen Fingerkuppen entgegen. »Das ist er.«

Als ich nicht gleich reagierte, sagte er: »Der, von dem ich Ihnen erzählt habe. Der aus dem Geschäft am Montmartre.«

»Sie sprachen von einem leuchtenden Grün«, wandte ich ein. »Dieses Grün ist ausgeblichen wie …«

»Gurkensalat in Sahnesoße«, fiel er mir ins Wort und lachte leise. »Unglücklicherweise verliert der Chrysopras im Laufe der Zeit durch Licht und Wärme seine Farbe. Aber nicht seine Schönheit.« Er legte ihn mir auf die Hand, und am Blütenornament der Fassung erkannte ich den Ring aus seiner Erzählung.

Dann lehnte er sich zurück und faltete die Hände im

Schoß. Ich betrachtete ihn mit angespannter Aufmerksamkeit. »Mittlerweile sind es zwanzig. Ich habe jedes Jahr immer am Tag des ersten Ringkaufs einen weiteren dazu erstanden.«

Ich warf ihm einen gerührten Blick zu. »Warum?«

»Ich träumte davon, dass ich ihr jeden Morgen frische Heidelbeeren zum Frühstück serviere. Sie liebte Heidelbeeren zum Frühstück. Dass wir ein Bett haben mit vielen Kopfkissen und dass ich ihr einmal die Woche Lilien schenke und weiße Rosen und im Sommer Wiesenblumen. Aber ich wusste, dass wir das nicht haben würden, und so habe ich damit begonnen, ihr Schmuck zu kaufen, den sie nie tragen würde.«

Er sah mich an. Seine Augen wirkten leblos.

»Sie werden ihr die Ringe niemals geben?«

»Es ist zu spät, auch wenn ihr Mann längst nicht mehr lebt. Er starb vor sieben Jahren. Obwohl sie ihr Privatleben immer unter Verschluss gehalten hat, so ging das doch durch die Presse.«

»Ja, aber dann …«, begann ich. Ein hilfloses Lächeln zuckte über mein Gesicht, und meine Kehle war wie zugeschnürt. »Worauf warten Sie noch?«

»Ich habe mir eingeredet, dass die Sehnsucht allemal romantischer ist als eine Liebe, die den Alltag kennenlernt. Immer im selben Bett, auch wenn man noch so viele Kopfkissen hat. Immer so tun, als würde man Heidelbeeren mögen, nur weil man einmal damit angefangen hat. Immer wieder die Pflichtsträuße zu den Jahrestagen.«

Ich gab ihm den Ring wieder. Er ließ ihn in den Schlitz aus rotem Samt gleiten, ließ die Schatulle zuschnappen, steckte sie zurück in die Ledermappe und zog den Reißverschluss zu.

»Trotzdem. Tun Sie mir einen Gefallen!«, sagte er und legte seine Hand auf meine. »Machen Sie nicht den gleichen Fehler. Bilden Sie sich nichts ein auf diese Pfadfindertugenden wie Disziplin und Pflichterfüllung. Leben Sie Ihr Leben und suchen Sie Ihr Glück. Ich sage Ihnen, was ich glaube. Ein Mensch, der nicht liebt, leidet noch mehr als ein Mensch, der nicht geliebt wird.«

Ich musste lachen über seine entschlossene Miene.

»Versuchen Sie, mich zur Vernunft zu bringen?«

»Zur Unvernunft«, sagte Thaddäus.

Ehe er davoneilte, um seinen Schatz zurück in den Safe zu legen, nahm er mir das Versprechen ab, ihn heute Abend wieder zu treffen, und drückte mir eine Visitenkarte mit dem Schriftzug »*Le Caveau des Oubliettes,* 52 Rue Galande« in die Hand. Darunter stand »Pub et Club de Jazz, jam sessions et concert tous les soirs«.

»Bitte, kommen Sie! Wir werden nicht mehr lange in dieser wunderschönen Stadt sein.«

Ihm zu Gefallen würde ich hingehen. Aber ganz ehrlich! Ich hasste Jazz. Jazz war für mich das improvisierte Gedudel spiddeliger Intellektueller mit Bart und Brille. Ich liebte Schlager, dann kam Pop. Damit stand ich am unteren Ende der musikalischen Intelligenztabelle, das war mir schon klar. Aber damit konnte ich leben.

Im Moment hatte ich ein ganz anderes Problem. Thaddäus hatte unsere Abreise in Aussicht gestellt. Bald schon. Ganz bald. Ich spürte einen Krampf in meinem Inneren. Ich vermisste die Stadt bereits jetzt. Diese verrückte wilde

Lust, Dinge zu tun, die ich noch nie zuvor getan hatte. Die Sorglosigkeit. Das Gefühl von Freiheit. Diese wundervollen Tage. Die nächtlichen Straßen.

18. Kapitel

Seit dem Nachmittag hatte mich Traurigkeit gepackt. Abschiedsschmerz. Wie dumm, schimpfte ich mit mir. Den Schmerz schon vor dem Abschied herauszulassen. Ich sollte ihn einsperren wie einen knurrenden Hund, bis dieser Abend zu Ende war, für den ich mich hübsch gemacht hatte. Auf dem Heimweg vom Café ins Hotel war ich nach kurzem Zögern in einem benachbarten Friseursalon gelandet. Eigentlich hatte ich eine Rundumrenovierung meiner Haare geplant. Als ich jedoch die Preise sah, entschied ich mich für eine minimale Schönheitsreparatur und ließ meine Haare lediglich glatt bügeln. Und trotzdem! Der Effekt war verblüffend. Ich hatte mich klein und mickrig gefühlt, als ich gekommen war und groß und erhaben, als ich wieder ging. »Dieser Salon *Claude Maxime*«, erzählte ich später Bea atemlos vor Begeisterung, »ist das Unglaublichste, was ich jemals gesehen habe.«

»Du bist das Unglaublichste«, sagte Bea, »deine Haare sind der Hammer. Viel besser als diese Käthe-Kruse-Puppenlocken, die dir deine Mutter immer gezwirbelt hat.«

Vor Freude wurde ich rot, und da ich es nicht gewohnt war, Komplimente zu bekommen, sprach ich hastig weiter. »Weiße Ledersessel, das Personal ganz in Schwarz. Riesige Fotos von wunderschönen Models an den Wänden. Überall große Sträuße duftender Lilien. Gigantische Spiegel, was ich nicht richtig toll fand. Wer will schon ständig eine Großansicht von sich selbst haben?«

»Du«, sagte sie, »die lohnt sich nämlich heute. Was kostet der Spaß?«

»Anderes Thema.«

Ich zog das taubenblaue Puffärmelkleid an, das ich mitgebracht hatte. Es war ein hübsches Kleid. Es stand mir gut. Und es war nicht billig gewesen. Aber ich war herausgewachsen. Nicht von der Größe her. Ich hatte immer noch eine solide Zweiundvierzig. Das Kleid passte perfekt zu meinem Körper. Aber es passte nicht mehr zu mir. Also entschied ich mich wieder für den neuen schwarzen Hosenanzug, die nudefarbenen Pumps und widersprach nur vage, als Bea mich zu einem ihrer gewagten Oberteile überredete. Chiffon. Schwarz. Transparent am Bauch, mit Sichtblende über dem Busen. Viel zu gewagt, fand ich und wollte es wieder ausziehen.

»A geh! Feigling! Anlassen!«, befahl Bea streng. Während ich mich schminkte, lag sie auf dem Bett, die Hände über dem Kopf gefaltet, die Augen halb geschlossen. Sie wirkte entspannt. Vergessen die Schmach mit dem Italiener, die Schlacht hatte sie verloren. So war es nun mal: verlieben, verlieren. So funktionierte das Spiel, und Bea dachte nicht daran, diese Regel zu brechen. Ein neuer Mann stand schon auf Abruf. Es war der mit der Hornbrille, mit dem sie am Morgen beim Frühstück einen Flirt begonnen hatte. Normalerweise stand sie nicht auf Männer mit Brille, aber nach der Erfahrung mit dem zügellosen Italiener kam ihr ein Hauch von Seriosität wahrscheinlich ganz recht. Der Einfachheit halber war es ein frisch geschiedener Immobilienmakler aus Wien, mit dem es keine sprachlichen Probleme gab. Die neue Bekanntschaft erklärte auch das wiederholt eingestreute »A geh!« Bea war augenscheinlich ein Sprachtalent. Nach *buonissimo* nun also *heuer* und *liab,* nach Pizza und Pasta nun Wiener Schnitzel.

»Heute mal ein kleiner Lidstrich?«, neckte sie mich.

»Ich versuche es. Aber meine Hand zittert. Ich weiß nicht, wie du das immer schaffst.«

»Reine Routine.« Sie musterte mich kritisch. »Und jetzt auch noch Konturenstift für die Lippen. Du machst dich.«

»A geh!«, sagte ich. »Ist doch nur für Thaddäus.«

»Es ist für *dich*«, erwiderte sie ernst.

Der Taxifahrer brachte mich ins Quartier Latin. Während der Feierabendverkehr in Wetzlar um diese Uhrzeit längst verebbt war und die Stille dort um einen herum dick und dunkel wurde, pulsierte das Pariser Leben unvermindert weiter. Wie Lichterschlangen krochen die Autos durch die Straßen. »Welch schöne Stadt«, sagte ich mit leiser Stimme.

Erst als mich der Taxichauffeur um die Ecke von der Rue Galande absetzte, verstand ich seine Bemerkung, die er beim Blick auf die Visitenkarte gemacht hatte. »No cars.«

Die Rue Galande war eine schmale autofreie Straße mit Boutiquen und Bistros zu beiden Seiten und Kopfsteinpflaster unter den Füßen. Eine Straße, die »nice« war, hatte der Fahrer gesagt, bemüht um ein paar Brocken Englisch, um es mir leicht zu machen. Ich kannte sie aus einem Film, wusste nur nicht mehr aus welchem. Aber ich erinnerte die kolossale Skulptur eines Flohs über einem der Geschäfte. Genau die hatte ich in dem Film gesehen. Die Kathedrale

Notre-Dame war nicht weit entfernt. So hatte ich den Fahrer verstanden. Ich machte mich zu Fuß auf die Suche nach Hausnummer 52. Den Namen des Etablissements hatte Thaddäus mir schon am Nachmittag erklärt: »Die Gruft der Vergessenen«. Ich fragte mich, wie er auf solch einen absurden Ort kam. War neugierig, was mich erwartete. *Er* erwartete mich auf jeden Fall *nicht*. Als ich das Lokal erreichte, konnte ich ihn nirgendwo entdecken. Er musste bereits hineingegangen sein, beruhigte ich mich. Ein süßer Geruch, eine Mischung aus gebratenem Fisch, karamellisiertem Zucker und kalter Winterluft wehte zu mir herüber. Ich schaute an dem Haus hoch. Es wirkte steinalt. Der Name stand in schmiedeeisernen Buchstaben über der Tür, im Fenster prangte ein weiterer in weißer Schrift: *La Guillotine Pub*.

Ich blieb einen Moment auf der Schwelle stehen und holte tief Luft. Der Himmel war schwarz und sternenlos, und es war kalt. Wer wollte da freiwillig draußen bleiben? Ich zögerte noch einen Augenblick, dann öffnete ich die Tür und trat ein. Ich stand in einer stinknormalen Kneipe, grüßte den Mann hinter der Theke mit einem schwachen Lächeln, hielt Ausschau nach Thaddäus, der auch hier nicht zu finden war, und schloss mich einigen anderen Gästen an, die gut gelaunt und angezogen von der Musik eine schmale Treppe hinunter in den Keller stoben. Vielleicht wartete Thaddäus dort auf mich. Wenn nicht, würde ich keine fünf Minuten brauchen, bis ich hier wieder raus wäre.

Etwa dreißig Menschen drängelten sich auf kleinstem Raum, saßen auf schlichten Holzhockern oder standen unter einer gewölbten Decke an Mauern aus blankem Stein gelehnt. Es war eng und warm, und obwohl man nicht rauchen durfte, herrschte schlechte Luft. Eine Band spielte. Ich konnte sie nicht erkennen. Zu viele Leute hatten sich vor der schmalen Bühne versammelt. Ich sah nur deren Rücken und das rote Licht, das von einem Deckenstrahler durch das Gewölbe gejagt wurde.

Ein junger Barmann sprach mich an. »Bière?«

Ich nickte, und kurz darauf hielt ich ein Bier in der Hand. Immer noch keine Spur von Thaddäus. Aber ich war hier richtig. Daran gab es keinen Zweifel. Es war die Adresse auf der Visitenkarte, die er mir gegeben hatte. Ich begann, mir Sorgen zu machen. Irgendetwas stimmte nicht. Ganz und gar nicht. Doch plötzlich bewegte sich mein Körper im Takt, und ich fühlte mich lebendig wie schon lange nicht mehr. Ein Saxofon ertönte, eine wunderbare große Melodie. Vielleicht habe ich die Musik immer in mir getragen, vielleicht war das die Saat meines Vaters, die jetzt aufging, völlig egal, was für eine Art Musik er gemacht hatte. Ein Schlagzeug gesellte sich zum Saxofon, ein Kontrabass, ein Klavier. Es war fast bestürzend, wie sehr mich dieses Lied berührte. Fast schien es, als würde der Saxofonspieler seine Traurigkeit in das Instrument hineinblasen, wo sie am anderen Ende wieder herauskam.

Dann war es vorbei. Die Band machte Pause. Die Stimmen der Zuschauer schwirrten durch den Raum. Ich hatte mein Bier ausgetrunken und wollte gerade aufbrechen, da hörte ich, verstärkt durch ein Mikrofon, eine männliche Stimme. Sie kam mir bekannt vor, aber ich konnte sie nicht zuordnen.

»Bonsoir, Mesdames et Messieurs«, sagte die Stimme, dann folgte einiges, was ich nicht verstand. Und so verlor ich das

Interesse und wandte mich endgültig zum Gehen. Unwillkürlich stoppte ich mitten in der Bewegung.

»Herzlich willkommen auch unserem deutschen Gast«, fuhr die Stimme fort. »*Je suis enchanté,* Madame Ziegler.«

Witzig, dachte ich. Wirklich witzig, Thaddäus! Was spielen wir denn hier?

Mein Kopf drehte sich zur Bühne, aber da stand nicht Thaddäus. Da stand Roger Laval, der gerade sein Saxofon absetzte. Ich war fassungslos, ihn hier zu sehen, und konnte meine Augen nicht von ihm abwenden. Vielleicht war ich zuerst sogar ein wenig glücklich. Aber dann kam die Wut.

Was sollte das?

In welche Falle war ich getappt?

Hatte Thaddäus nur den Lockvogel gespielt, um mich hierherzubringen? Und war Roger wirklich auf den Charme eines 72-Jährigen angewiesen?

»Hat er keine Eier?«, würde Bea sagen.

O Gott, sie würde das sagen, aber ich durfte so etwas noch nicht mal denken, beschloss ich. Aber ich durfte gehen, nicht wahr? Ich musste es sogar. Fort. Weg von hier. Raus.

Als ich eilige Schritte hinter mir spürte, steigerte ich mein Tempo. Ich war bereits am Fuß der Treppe, da legte sich eine Hand auf meine Schulter. Ich fuhr herum, ein ärgerliches Blitzen in meinen Augen, eine pampige Bemerkung auf meinen Lippen.

»Sind Sie nur gekommen, um gleich wieder zu gehen?«, fragte Roger.

»Ich mag ein naives Provinzei sein, aber zu meinem Wortschatz gehört immer noch das Nein. Das unterscheidet mich vielleicht von einem Concierge, der zu allem Ja und

Amen sagen muss, um den Gästen den Hintern zu pudern. War eine schlechte Entscheidung, hierherzukommen.«

»Schlechte Entscheidungen haben manchmal gute Konsequenzen«, sagte er. »Warum sind Sie so verärgert?«

»Ich wurde reingelegt. Von Ihnen. Sie haben mich hierhergelotst und einen armen, alten Mann zu Ihrem Mitwisser gemacht.«

»Wer sollte das sein?«

»Thaddäus Mahn. Der Freund Ihres Kollegen René Moyne.«

»Und wieso sollte ich das tun?« Er musterte mich vom Scheitel bis zur Sohle und wieder zurück. Mit verschränkten Armen stand er da und wartete, die Hände in den Achselhöhlen.

»Um mich … um mich …«, stotterte ich.

»Zu verführen? Sie mit meiner Musik gefügig zu machen?«

Er stieß einen langen Seufzer aus. »Sie haben mich durchschaut. Ich wusste, irgendwann fliegt mein Trick auf. Kommen Sie mit!«

Er nahm mich bei der Hand und zog mich in einen Nebenraum, wobei er sich bücken musste, um den Türbogen zu passieren. Auch dieser Raum war von oben bis unten aus Stein. Das rote Licht, das von der Bühne hier hineinfiel, färbte die Mauern ocker.

»Was wollen wir hier? Hier gibt's nichts zu sehen.« Ich setzte ein gelangweiltes Lächeln auf.

»Das sind meine Hilfsmittel«, sagte Roger und deutete auf eiserne Ketten und Handschellen, die an den Wänden befestigt waren, bevor er mich in einen weiteren Raum zog. »Und hier endet es dann üblicherweise.«

Ich starrte auf einen rechteckigen Rahmen mit einer großen scharfen Klinge am oberen Rand. »Was um Himmels willen ist das?«

»Eine Guillotine«, erklärte Roger. »Mit den Handschellen nebenan wurden die Gefangenen angekettet, bevor ihnen hier der Kopf abgeschlagen wurde.«

»Guter Gott!«, stieß ich hervor. »Das darf doch nicht wahr sein!«

Mich schauderte. Instinktiv streckte ich meine Hand nach ihm aus und berührte seinen Arm. Die Wolle seines schwarzen Pullovers fühlte sich grob an unter meiner Hand, und erst jetzt sah ich das Loch an seinem Ellbogen.

»Sie haben da ...« Erneut stockte ich. In diesem Raum hatte es wahrlich wichtigere Probleme gegeben als Löcher im Ärmel. Außerdem rührte es mich, dass dieser perfekt gekleidete Mann, an dessen Livree man sich keinen Fussel vorstellen konnte, an diesem Ort so nachlässig mit sich selbst war. Der Pullover ein Fetzen, die Haare zerstrubbelt und nicht länger zugekleistert mit dem klebrigen Charme seiner Concierge-Pomade, die Jeans etliche Jahre auf dem Buckel, die Augen nicht mehr bernsteinfarben, sondern tintenschwarz im Schummerlicht. Was mochten schwarze Augen bedeuten? Und seine Lippen! Genau die richtigen Lippen für ein Saxofon. Genau die richtigen Lippen ... stopp! Aufhören! Ich würde nicht hier an diesem Ort, an dem Köpfe gerollt waren, meinen verlieren. Nicht meine guten Manieren in der »Gruft der Vergessenen« vergessen.

Irgendein Problem würde es noch geben. Wäre ja noch schöner. Wäre doch gelacht! Und dann fielen sie mir endlich ein. Die zwei magischen Worte.

Strictement interdit.

Voilà!

»Sie sind verheiratet«, stieß ich hervor.

»Wirklich?«

»Ja.«

»Haben Sie meinen Beziehungsstatus von Facebook?«

»Ich gehe nicht auf Facebook. Ich bin ein altmodisches Mädchen.«

»Das beruhigt mich.«

»Dass ich altmodisch bin?«

»Das finde ich zumindest reizvoll. Mich beruhigt, dass mein Beziehungsstatus korrekt ist. Ich bin Single.«

Mahnend wackelte ich mit dem Zeigefinger vor seiner Nase herum und sagte in halsbrecherischer Geschwindigkeit: »*Strictement interdit*. So viel Französisch, Monsieur Laval, kann auch ich.«

Er warf den Kopf in den Nacken und brach in schallendes Gelächter aus.

»Lachen Sie nicht so!«

»Mein Vorgesetzter Monsieur Moyne, nicht wahr?«

»Ganz genau.«

»Er hat mich an meine Pflichten als Concierge erinnert. Wir dürfen nichts mit unseren Gästen anfangen. Aber was hat der Saxofonspieler Roger Laval damit zu tun? Und was kann Monsieur Moyne dagegen haben, wenn mir eine Dame aus Deutschland nicht mehr aus dem Sinn will? Die heute übrigens bildschön aussieht.«

Nächstes Problem. Her damit!

»Trotzdem war es nicht fair, dass Sie Thaddäus für Ihre niederen Motive eingespannt haben.«

»Ich weiß nicht, wie Sie darauf kommen.«

»Haben Sie nicht?«

»Habe ich nicht.«

Allein, wie er sich mir zuwandte und mich anschaute, ließ meinen Körper beben.

»Schade eigentlich«, sagte ich.

Ich spürte ein Flattern im Magen, und wenn ich nicht aufpasste, würde ich noch mehr dummes Zeug reden.

»Ja, wäre eine ziemlich geniale Idee gewesen«, stimmte er mir zu. »Aber Sie haben ja auch so hierhergefunden.«

»Nicht ganz«, sagte ich. »Thaddäus hat mich in dieses Lokal bestellt. Verdammter Mistkerl.« Meine Stimme klang weich wie Kaschmir.

»Ein kluger Mann. Manchmal muss man am Gras ziehen, damit es schneller wächst«, raunte Roger in mein Ohr.

»Und das soll helfen?«, murmelte ich mit belegter Stimme.

Ich war nicht ich selbst, oder vielleicht war ich es mehr als jemals zuvor.

»Kommt auf einen Versuch an«, sagte er, während sich seine Lippen meinen näherten, sich meine Finger vor lauter Nervosität in seinem Ärmelloch verfingen, mein Herz wie rasend klopfte und sein Atem seidenzart meine Wange streifte.

»Wie beim Mikado«, sagte er. »Wer sich als Erster bewegt, verliert.«

Ich hatte schon verloren.

Ich wusste nicht, ob es normal war, dass man seinen ersten Kuss in Paris im Angesicht einer Guillotine bekam, aber zumindest war es mal was anderes als unterm Eiffelturm. Das konnte jeder haben.

Zwei Stunden später verließen wir gemeinsam den Club. Ich fragte Roger nach dem Stück, das er gespielt hatte, als ich gekommen war.

»›Body and Soul‹«, sagte er. »Der Jazz-Klassiker schlechthin. In meiner Lieblingsversion von Coleman Hawkins, die er 1939 mit seinem Orchester in New York aufgenommen hat.«

»Es hat mir gefallen, obwohl ich keinen Jazz mag.«

»Wenn man gewillt ist, sich darauf einzulassen, beginnt man, diese Musik zu mögen. Das ist wie mit der Liebe. Man muss dazu bereit sein.«

»Mir geht diese Melodie nicht mehr aus dem Kopf«, sagte ich und atmete tief die frische Nachtluft ein. Die Liebe auch nicht, dachte ich, aber das musste er nicht wissen.

»Ein guter Song muss im Kopf umherspazieren und die Türen zu heimlichen Gedanken und versteckten Fantasien öffnen.«

Ich errötete. »Die kenne ich ja selbst nicht.«

»Und ein guter Concierge«, sagte Roger, »muss die Bedürfnisse seiner Gäste erfüllen, bevor diese sie auch nur erahnen.«

Ja, wirklich, das sagte er, und dann fing er meine unruhigen Augen mit seinem Blick ein und küsste mich.

Und wie er mich küsste! Ich hielt den Atem an, als er mir ins Ohr wisperte: »Ich will dich.«

Und ich wollte ihn. Ich wollte es jetzt im Sinne von sofort. Zwischen meinen Rippen zog sich etwas zusammen, und tief in mir begann es zu pulsieren. Aber da ich nicht gewohnt war, meine Wünsche auszusprechen, nickte ich nur.

»Zu mir?«, raunte er.

»Zu mir«, sagte ich.

»Das geht nicht. Für uns ist das *George V* in dieser Nacht tabu. Zu dir können wir nicht.«

»Doch. Wir können.«

Ich sehe heute noch die bunten Tagesdecken vor mir in unserem Zimmer im *Hotel Des Arts* in der Rue Tholoze am Montmartre, die aussahen wie eine Blumensommerwiese. Die lila Vorhänge an der eisernen Gardinenstange, die zitronengelben rechteckigen Kissen, den dreitürigen antiken Kleiderschrank mit dem ovalen Spiegel in der Mitte. Und ich erinnere mich noch genau an den Duft der cremefarbenen Rosen in der dunkelgrünen Vase mit dem eingestanzten Rand am oberen Ende, der aussah wie eine Spitzenbordüre, und an den fruchtigen Geschmack des gut gekühlten Rosé, der zur Begrüßung in einem Eiskübel auf dem Zimmer stand. Rosen und Rosé. Das würde ab jetzt Paris für mich sein. Ich würde das zu Ende zu bringen, was Thaddäus an diesem Ort aufgrund einer Laune des Schicksals nicht einmal hatte beginnen können. Hier sollte sich der Bogen für uns beide schließen.

»Im Herbst«, sagte Roger, der hinausblickte in die Dunkelheit, während gefrorener Regen gegen die Scheibe klopfte, »zur Traubenlese riecht es am Montmartre überall nach Wein. Dann solltest du wiederkommen.«

Ich mochte dieses Hotel. Es war ein lebhafter Ort. Ganz anders als das *George V*. Die Stimmen der Angestellten waren nicht gedämpft und die Schritte der Gäste nicht leise. Man hörte sie lachen, als sie die schmale Holztreppe hinaufkamen, die sich unter einem roten Läufer wie eine Spirale durch das Haus wand und auf der man bei Gegenverkehr den Körper des Herunterkommenden an seinem spürte.

Wir rückten näher aneinander. Am Fenster stehend, umfasste er mein Gesicht mit den Händen und küsste mich sanft auf die Stirn, dann schmeckte ich seine Lippen auf meinem Mund, seine Zunge. Unsere Blicke begegneten sich und hielten einander fest, verlegen, verlangend, während man von draußen auf dem Flur das Klappern des Wagens vom Zimmerservice hörte.

»Zuerst mochte ich die Art, wie du in der Lobby des Hotels gestanden hast«, sagte er. »Mit deiner süßen, kleinen Nase, die eine so aufmüpfige Form hat, und dem Blick einer Verführten, die hingerissen in einem Eisladen mit den köstlichsten Sorten steht und jederzeit befürchtet, dass jemand um die Ecke kommt und ihr das Naschen verbietet. Dann sah ich in deine Augen. In dieses leuchtende Blau, in das man eintaucht wie in einen Swimmingpool. Im Louvre dann, als du gestolpert bist, haben deine Haare meine Nase gekitzelt, und sie rochen …«, er stockte einen Moment und suchte nach Worten, »… so blond.«

Ich lachte. »Sie *sind* blond.«

»So sauber«, sagte er, ohne auf meinen Einwand zu achten. »Du hast gerochen wie jemand, der an einem Wintertag von draußen herein kommt.«

»Genau so war es ja auch. Und im Übrigen …«, meine Mundwinkel zuckten, »… habe ich von dir das Gleiche gedacht.«

Er nahm meine Finger und strich mit dem Daumen über meinen Handrücken. Zart, so zart.

»Und immer, wenn ich dich betrachte, kommt wieder etwas Neues dazu. Nicht zu vergessen dein zauberhafter Schwips im Weinkeller.«

»Peinlich.« Ich kuschelte mich an ihn, das Gesicht an seiner Schulter, in meiner Nase der Duft seiner Haut, seine verträumte Stimme wie ein Streicheln. »Und erst die Aktion mit der Bettwäsche. Wie energiegeladen so eine kleine Person doch sein kann«, sagte er und schüttelte den Kopf.

In gespielter Empörung zog ich meine Hand weg. »Hey! Vorsicht! Ich bin 1,68.«

»Ich sag's doch: eine Stange Dynamit, die gleich hochgeht, wenn man nicht aufpasst. Du bist übrigens keinen Zentimeter größer als 1,65. Ich bin ein Meister im Schätzen.«

Ich knuffte ihn in die Rippen, boxte gegen seinen Arm, wir jagten uns durchs Zimmer, kämpften und rangen, wälzten uns auf dem Bett, verkeilten uns ineinander. Mein Herz raste. Ich fühlte, wie sich etwas in mir staute, wie es größer und wilder wurde. Wie mein Körper glühte, meine Lippen ihn spüren wollten, seine Haut, seinen Mund, wir küssten uns wieder, schmeckten nach Rosé. Der Duft der Rosen. Der Eisregen am Fenster. Und draußen die Lichter der Stadt.

»Ich bin so viel besser im Schätzen als du«, sagte ich. »Du wirst dich wundern.« Ich wollte ihn noch etwas auf Distanz halten, fast ging es mir zu schnell, so sehr gingen mir seine Küsse unter die Haut. Ich schwebte und hatte Angst zu fallen. Jedes Thema war mir recht, um ein wenig zu verschnaufen. Zu mir zu kommen. Ich legte meine Hände auf seine unter dem Pullover nackten Hüften, schob ihn ein Stück von mir weg; er schmollte ein wenig, war ein guter

Schauspieler, seine Lippen kräuselten sich, seine Haut war warm.

»Du bist 1,92 groß. Neunzig Kilo schwer und achtunddreißig Jahre alt.«

»Siebenunddreißig«, sagte er. »Sehe ich wirklich schon so alt aus? Kommt von den Nächten im Jazzkeller. Der Rest stimmt.«

Er stützte sich auf dem Ellbogen auf und beugte sich über mich, während er mit seinen langen, schlanken Fingern meinen Unterarm streichelte. »Du hast ein gutes Augenmaß.«

»Als Verkäuferin hat man das irgendwann raus mit den Mengenangaben.«

»Das ist jetzt angesichts dieser Situation vielleicht ein etwas irritierender Vergleich, aber du bist die Expertin.«

Ich fand ihn lässig. Und lachte.

Die Bewegungen seiner Hand waren langsam und ruhig. Ich mochte diese bedächtigen Gesten an ihm. Mit genau dieser Sinnlichkeit machte er Musik. Ich war immer der Meinung gewesen, dass Männer, die ein Instrument beherrschten, auch noch ganz andere Dinge konnten. Ich hatte es nur nie ausprobiert.

Seine Hand fuhr unter Beas schwarzes Chiffonoberteil, das es ihm leicht machte. Keine Knöpfe. Kein Reißverschluss. Er streichelte meinen Bauch, schob den BH hoch, liebkoste meine Brüste. Ich wollte nicht, dass er sie betrachtete. Ohne Vorwarnung, ohne Signal kam meine Schüchternheit zurück. Ich richtete mich halb auf, um seiner Hand Einhalt zu gebieten, und hielt sie fest. Ich hatte meinen Busen nie gemocht. Er war klein und spitz, die Warzen dunkelrot und groß, wo ich sie mir doch winzig und perlmuttrosa gewünscht hätte. Ich war nicht gerade berauscht von meinem Körper. Der nächste Schwachpunkt waren meine Beine. Krampfadern blieben nicht aus, wenn man einen Job hatte, den man im Stehen verrichtete.

Ich wandte meinen Kopf ab. »Ich komme mir so blöd vor«, nuschelte ich an seiner Schulter. »Ich bin durcheinander.«

»Du machst das fantastisch.«

Ich lachte laut auf. »Willst du es noch mal probieren, damit es überzeugender klingt? Ich muss ein Kompliment mehrmals hören, bis ich es glaube.«

Dann spürte ich wieder seine Hand auf meiner Haut. Er drückte mich sacht zurück und sah mich an. Seine Augen, eben noch ganz dunkel, schimmerten im Licht der Nachttischlampe in einem goldenen Honigbraun. Seine Wimpern warfen Schatten. Er stieß einen Pfiff aus. Dieser Pfiff hätte dämlich wirken können, wie Bauarbeiterpfeifen, so war es aber nicht. Wir lachten. Es war nicht schlecht, beim Sex zu lachen. Ich hatte Sex immer als etwas Ernstes angesehen, etwas, das man tat, weil es dazugehörte, wie es auch dazugehörte, die Mutter des Mannes kennenzulernen, mit dem man zusammen war, auch wenn sie einen gar nicht interessierte. Ich glaube, ich bin nur aus zwei Gründen mit Männern ins Bett gegangen: weil man es eben macht. Und weil ich gemocht werden wollte. Ich konnte es nicht ertragen, nicht gemocht zu werden. Ich hatte Angst, die Männer zu langweilen. So sehr, dass sie aufstehen und gehen und nie mehr wiederkommen würden.

Mit Sex hielt man sie bei Laune. Ich hatte verheimlicht, dass es mir keinen Spaß machte.

Ich war geschickt darin gewesen, meine wahren Gefühle

zu vertuschen und etwas vorzutäuschen, nicht nur beim Sex.

Doch hier in Paris mit diesem Mann war es anders. Weil ich anders war.

Während er meine Brüste küsste, hatte ich den Duft seiner Haare in meiner Nase. Er zog mich aus, ich ihn, ungeduldig, mit zitternden Fingern. Sein Gürtel bereitete mir Probleme.

»Warte«, sagte er sanft – und half mir, während er seine Lippen auf meine drückte.

Nackt presste er sich an mich, ich spürte seine Erregung, meine, die durch die ungewöhnliche Situation, fremder Mann, fremde Stadt, fremde Frau (ich), fremdes Bett noch gesteigert wurde und wie der erste Schluck Wein nach langer Abstinenz durch all meine Adern floss.

Ich war ganz bei ihm.

Ganz bei mir.

Es gab nur noch uns.

Als er in mich eindrang, murmelte er etwas in meine Haare, was ich nicht verstand, küsste meine Stirn. Ich öffnete meine Augen, sah in seine. Sie verschwammen, seine Lippen wurden weich, sein Gesicht schien zu zerfließen. Ich konnte nur ahnen, was mit meinem eigenen passierte. Er legte seine Hand auf eine tiefe Stelle in meinem Rücken, wie in Wellen fühlte ich den Orgasmus kommen und bog meinen Körper vor Lust. Ich konnte meine Hände nicht ruhig halten. Ich tobte in seinen Armen und fegte mein Rosé-Glas vom Nachttisch. Ich hörte es nicht klirren, also war es wohl heil geblieben und kullerte über den Teppich.

Dann vernahm ich ein Seufzen, ein Stöhnen, einen gedämpften Schrei, während sich meine eine Hand in die

Bettdecke krallte und die andere die Laute, die aus meinem Mund drangen, zu ersticken versuchte. Es war der erste Orgasmus meines knapp 35-jährigen Lebens. Dieses Gefühl war so stark, dass es mir die Tränen in die Augen trieb. Ich war endlich in meinem Körper angekommen, genau da, wo ich immer hatte sein wollen.

Wir lösten uns voneinander, nach Luft schnappend, ich immer noch Tränen in den Augen. Müde und schwer und gleichzeitig hellwach. Ich blieb reglos liegen, während er sich über mich beugte und mir mit der Bettdecke den Schweiß auf meiner Stirn trocknete. Als er zurücksank ins Kissen, richtete ich mich auf und vergrub meinen Kopf an seiner Brust. Ich fand es schön, dass sie behaart war. Ich mochte keine glatt rasierten Männerkörper. Ich mochte den Geruch, der ihnen anhaftete. Sein Brusthaar roch pudrig und ein bisschen nach Aprikose.

Später, als er im Bad war, erhob ich mich aus dem Bett und betrachtete mich im Spiegel der Schranktür, als sähe ich mich zum ersten Mal. Nackt. Mit verschmierter Schminke. Mit zerzaustem, störrischem Haar, unbezähmbare Kringel. Meine Augen schimmerten.

»Ich sehe furchtbar aus«, jammerte ich, als ich die Tür klacken hörte. Reine Koketterie. Mein Selbstbewusstsein hatte heute ein großes Pflaster bekommen. »Ich hasse meine Kräuselhaare. Entweder muss man sie auf Wickler drehen, dann hat man wenigstens anständige Locken …« Ich sah im Spiegel, wie er sich, genauso unbekleidet wie ich, mit den Ellbogen an die Tür lehnte, bevor er sich von hinten näherte, seine Arme um mich legte und seinen Kopf an meine Schulter schmiegte.

»... oder man nimmt ein Glätteisen, und wenn man Pech hat, verrutscht es, und ehe man sich versieht ...«

»Du bist schön«, sagte er.

Die Temperatur meines Seelenthermometers stieg in fiebrige Bereiche.

Ich spürte seine Küsse auf meinem Körper, und meine Stimme war nur noch ein Flüstern, aufgeraut von Zärtlichkeit und Gier.

»... hat man eine Kante im Haar«, brachte ich noch heraus, bevor ich mit ihm zu Boden sank und wir uns auf dem Teppich wälzten. Eine Stelle war feucht vom Wein.

Wir liebten uns schweißnass.

Er war der Mann, für den ich mein bisheriges Leben verlassen würde.

Welches Leben?

Er war eine Sensation.

Ich ein Wunder.

Mein Körper ein Wunder. Er erneuerte sich mit jeder Zelle, während die Nacht vor dem Fenster dunkel war wie schwarze Schokolade. Die Vorhänge hatten wir nicht geschlossen. So viel Paris wie möglich sollte es sein. Ein paar Haarsträhnen klebten an meiner Stirn. Ich blies sie mit vorgeschobener Unterlippe weg und föhnte mein Gesicht. Er musste lachen über diese Geste.

»Und alles nur, weil ich meine Grabnachbarn kennenlernen wollte«, sagte ich und trank den Rosé direkt aus der Flasche. Mein Glas lag noch auf der Erde, und der Wein war warm geworden. Egal. Es fühlte sich gut an. Genau richtig.

Er verstand das nicht mit den Grabnachbarn. Das sah

ich an seinem Gesicht. Ich wollte es ihm nicht erklären. Ich musste ihm nicht zu viel zumuten.

»So was habe ich noch nie getan«, sagte ich.

»Was?«

»Mich so vergessen. Ich war immer vernünftig. Habe als Teenager nie einen Lipgloss im Kaufhaus mitgehen lassen. Noch nicht mal einen Kaugummi. Habe nie in Ekstase getanzt, bis mir die Bluse aus der Hose hing. Bin nie lachend durch Sommerregen gelaufen oder habe mich im Schnee gewälzt wie ein Berliner im Puderzucker. Bin nie über Schwimmbadmauern geklettert und nachts beim Mondschein nackt geschwommen. Ich hatte immer Angst, erwischt zu werden, ausgeschimpft, zu schwitzen oder mich zu erkälten. Ich bin eigentlich der Typ, der für alles ein TÜV-Siegel braucht.«

Ich nahm einen großen Schluck aus der Flasche, bis mir der Wein als Rinnsal über das Kinn lief und auf meine Brüste tropfte. Er leckte es mit der Zungenspitze ab.

»TÜV.« Er runzelte die Stirn. »Was ist das?«

»Willst du nicht wissen«, sagte ich und lachte. »Aber ich will alles von *dir* wissen.«

Er legte eine Hand hinter den Kopf und begann mit tonloser Stimme: »Ich bin in Grenoble aufgewachsen, in den französischen Alpen.«

»Du kommst gar nicht aus Paris?«

»Ursprünglich nicht. Ich habe eine Schwester, die um einiges älter ist als ich.«

»Noch älter?«, frotzelte ich.

Er kniff mich in den Hintern und fuhr fort: »Meine Mutter ist pensionierte Krankenschwester. Mein Vater war LKW-Fahrer. Ich war sein Liebling. Eines Tages, ich war zehn, bin ich beim Rodeln auf bretthartem Schnee gestürzt und kam mit blutenden Fingerknöcheln nach Hause. Meine Mutter hat geschimpft, weil ich wieder mal meine Handschuhe nicht angehabt hatte. Sie hat oft geschimpft. Mein Vater aber hat mir zum Trost erlaubt, nach der Wanne im Bademantel mit ihm auf der Couch im Wohnzimmer *Star Wars* zu gucken. Ich kriegte Cola und Chips. Ich war unendlich glücklich, neben ihm zu liegen, eher halb auf ihm drauf, auf seinem Bauch, er hatte einen beträchtlichen, nur wir beide, wir Männer. Es war eines der schönsten Erlebnisse meiner Kindheit. Am nächsten Tag verunglückte er auf glattem Eis mit seinem Laster. Er raste einen ungesicherten Abhang hinunter und war auf der Stelle tot.«

Er kam ins Stocken, und wir nahmen beide einen Schluck, bevor er weitersprach. »Mein Chef, René Moyne, ist ein entfernter Verwandter meines Vaters, Cousin zweiten Grades. Er hat mich unter seine Fittiche genommen, weil ich ziemlich unausstehlich war in meiner Jugend und meiner Mutter das Leben schwer gemacht habe. Er hat mich nach Paris geholt und dafür gesorgt, dass ich eine anständige Ausbildung bekam. Und vor ein paar Jahren gab er mir den Concierge-Job im *George V*. Ich bin ihm dankbar. Sehr sogar.«

Ich streichelte mit den Fingern seine Hand, so lange, bis ich glaubte, er sei eingenickt. Doch plötzlich murmelte er mit schlaftrunkener Stimme. »Du brauchst eine Menge Liebe.«

»Schlimm?«

Er schüttelte den Kopf, und seine Züge entspannten sich.

»Erzähl mir von deinem verrücktesten Gast«, bat ich.

»Das war der Scheich, der in seiner Suite für sich und seine Freunde einen Hammel grillen wollte.«

Ich lachte schallend. »Was er natürlich nicht durfte.«

Erstaunt blickte er mich an. »Natürlich durfte er. Der Gast ist König.« Er küsste mich. »Und du bist die Königin.«

So schliefen wir ein, jeder mit einem Lächeln im Gesicht. Ich glaube jedenfalls, dass auch ich lächelte. Ich konnte doch gar nicht anders.

Als das Tageslicht ins Zimmer flutete, wurde ich wach. Ich streckte die Hand nach ihm aus, um mich zu vergewissern, dass er noch da war. Doch das Bett neben mir war leer. Ich rief seinen Namen. Aus dem Bad kam keine Antwort. Roger war weg. Schließlich hatte er einen Job, tröstete ich mich. Ich genoss es sogar, allein zu sein, um die letzte Nacht noch einmal vor meinem inneren Auge vorbeiziehen zu lassen. Dass ich einen roten Kopf bekam, lag gewiss nicht an dem überheizten Zimmer. Ich hatte tief und fest geschlafen, was ungewöhnlich war, da ich an der Seite eines Mannes nie gut schlafen konnte. Ich hatte immer Angst davor, wie ich aussehen, welche gurgelnden Geräusche mein Mund machen würde. Aber letzte Nacht war ich nicht ein einziges Mal aufgewacht, um mein Kissen umzudrehen und meinen Kopf auf die kühle Seite zu legen, im Normalfall eine Marotte von mir, die meinem Schlaf einen ganz bestimmten Rhythmus gab.

Ich trat ans Fenster. Der Himmel war blassblau und wie sauber gefegt. Ich warf einen Blick zurück auf das zerwühlte Bett, ging wieder darauf zu, setzte mich auf die Kante, nahm Notizblock und Kugelschreiber vom Nachttisch und kritzelte mehrere Dutzend Male den Schriftzug Magda Laval aufs Papier. Das machte sich gut. Es klang wie der Name einer Schauspielerin. Ich war hingerissen. Dann ließ ich mich zurückfallen und drehte mich auf den Bauch. Das Kissen roch nach ihm. Ich vergrub mein Gesicht in diesen Geruch.

19. Kapitel

Das Wasser der Seine glitzerte im Licht des Dezembertages. Es war schön. Kalt und windstill. Als ich an diesem Morgen das *George V* betrat, war die Lobby weihnachtlich geschmückt. Mitten in der Nacht musste es geschehen sein, als alle Gäste schliefen. Hier und auswärts, dachte ich mit einem Schmunzeln. Ein ganzes Bataillon Heinzelmännchen hatte wohl gewirbelt, um die Girlanden aus grünen Zweigen, bestückt mit Lämpchen und glänzenden Kugeln, um die Rahmen der Flügeltüren zu schlingen. Und erst die beiden Hirsche! Sie standen mitten im Foyer. Ganz und gar bestehend aus vielen kleinen golden glänzenden Spiegeln. Ich konnte nicht aufhören, sie anzusehen. Nein, eigentlich konnte ich nicht aufhören, *ihn* anzusehen. An den Hirschen vorbei bahnten sich meine Augen ihren Weg bis zum Marmortresen der Concierges. Dahinter war er. Roger. Mein Herz rutschte auf Knien zu ihm hin, aber er schaute nur kurz in meine Richtung mit umherhuschenden Augen, die ein Schlupfloch suchten.

Ich pirschte mich heran. Der Ausdruck passte, befand ich mich doch mitten in einem weihnachtlichen Zauberwald. Ich beobachtete ihn. Er sah aus wie geleckt. Die Haare voller Gel, die Livree tadellos. Keine verschlafenen Augen. Keine schweren Lider. Und nur ein professionelles Lächeln für mich, als ich näher kam, eines, wie er es für jeden Gast reserviert hatte. Noch nicht mal ein kleines Zwinkern, ein verschwörerisches schiefes Grinsen, irgendein Zeichen, das nur ich deuten, ein Geheimcode, den nur ich lösen konnte. Nichts.

Meine Augen flehten ihn an. Aber er blieb ungerührt. Ich hörte ihn mit Gästen reden. Er jonglierte mit den Sprachen wie ein Artist mit Bällen. Warf einen Satz auf Französisch hoch *(»Et vous êtes? … Merci! C'est très gentil«),* fing ihn auf Englisch wieder auf *(»Let me just check!«).* Und dann kam er doch. Kam hinter seinem Tresen hervor und ging auf mich zu.

»Sie interessieren sich für unsere Weihnachtsdekoration?«, fragte er, die Hände hinter dem Rücken verschränkt und den Gästen zunickend, die in Hörweite standen.

»Ja, sehr«, sagte ich laut, um dann zu wispern: »Ich bin überwältigt, wie schnell du den Schalter umlegen kannst.«

»Ich versuche es«, raunte er mir zu, während wir beide den misstrauischen Blick von René Moyne auf uns spürten.

»Ich weiß, dass du es versuchst«, sagte ich. »Und du machst es verdammt gut.«

»Ich muss es verdammt gut machen.«

Weitere Gäste, die an uns vorbeispazierten. Er war reizend zu jedem. Betrieb Konversation. War in seinem Element. »Natürlich weiß ich, wie viele Seine-Brücken wir in Paris haben, Monsieur. Es sind siebenunddreißig.«

Diener. Charmeoffensive. Zahnpastalächeln.

»So viel wie du an Jahren«, flüsterte ich ihm zu. Eine kleine Provokation, mit der ich mich lediglich den anderen Gästen überlegen fühlen wollte. *Ich* kannte sein Alter.

Ich wollte ihn für mich alleine haben.

»Hier ist heute die Hölle los«, erklärte er mir. »Jeweils hundertfünfzig An- und Abreisen. Für einen Staatsbesuch muss der rote Teppich vorbereitet werden. Und *ein* Briefing jagt das *andere*.« Ein Gast blieb dicht bei uns stehen, Roger schaltete sofort um und blickte mich freundlich lächelnd an. »Sie wollten etwas über die Rentiere aus der Dekoration wissen, Madame?«

»Ich dachte, es sind Hirsche«, sagte ich.

»Ich bedauere es sehr, aber es sind definitiv Rentiere. Sie sind dieses Jahr die Sensation.«

Der Gast ging weiter.

»Du übrigens auch. Wusstest du«, tuschelte Roger, »dass du einen ganz bezaubernden Leberfleck neben deinem Bauchnabel hast?«

»Und du hast einen sehr hübschen am rechten Schulterblatt.« Ich begann zu kichern. Langsam begann mir das hier Spaß zu machen.

»Ich habe Lust auf dich«, sagte er leise.

René Moyne kam auf uns zu. Sofort wurde Rogers Ton wieder geschäftig. »Sie fragten nach den Spiegeln an den Skulpturen?«

»Ja«, stotterte ich. »Richtig. Nach den Spiegeln.«

»Tausenddreihundert pro Rentier. Jedes ist über vier Meter hoch und wiegt mehr als fünfhundert Kilogramm.«

»Donnerwetter!« Meine Stimme war nur noch ein Krächzen, und vor Verlegenheit raschelte ich in meiner Tasche, obwohl ich nicht wusste, wonach ich suchen sollte.

Sein Chef hatte uns erreicht. Im Nu hatte Roger auf ein anderes Program geswitcht. Es war fast, als würde er ein Doppelleben führen.

»Sie sollten sich auf keinen Fall unseren Innenhof entgehen lassen, Madame. Eine Baumpyramide mit Abertausenden von kleinen Glühbirnen, umringt von vierzig Tannen. Es ist …«, er klatschte in die Hände, »… absolut fantastisch.«

»Magnifique«, sagte ich und legte das gewünschte Staunen in meine Stimme.

René Moyne grüßte mich charmant, wandte sich aber gleich an Roger und sprach auf ihn ein, während, von uns allen zuerst unbemerkt, Thaddäus auf leisen Sohlen hinzutrat. Roger schenkte mir einen raschen Seitenblick und sagte: »Ich muss gehen. Genießen Sie den Tag!« Dann folgte er René und war verschwunden.

»Einen wunderschönen guten Morgen«, sagte Thaddäus. Genau den wünschte ich ihm auch, und als er fragte, wie es mir gehe, strahlte ich ihn an, ergriff seine Finger und drückte blitzschnell einen Kuss auf die dünne, faltige Haut an seinem Handrücken. Es geschah so schnell, dass es niemand mitbekam.

»Wofür war das?«

»Sie sind ein Schlawiner.«

Doch er spielte die Unschuld vom Lande. »Ich weiß gar nicht, was Sie meinen, liebes Kind«, sagte er, lächelte und wirkte sehr zufrieden. »Aber diesen Kuss werde ich mir einfrieren und auftauen, wenn ich mich einsam fühle.«

»Wo waren Sie gestern Abend?«, lauerte ich.

»Eine Migräne kam geradezu angeflogen«, säuselte er. »In dieser Stadt, die alles gesehen und alles erlebt hat, wo jeder Stein eine Geschichte erzählt und wo es so viele berühmte Liebespaare gegeben hat, bin ich immer besonders anfällig. Die Emotionen überwältigen mich. Ich hoffe, ich habe nicht Ihren Abend durcheinandergebracht.«

»Viel schlimmer. Mein Leben.«

»Wie schön.« Er blinzelte mir zu. »Das ist mehr, als ich zu hoffen gewagt habe.«

»Was hat Ihr Freund gesagt?«, wollte ich wissen und deutete auf René und Roger.

Thaddäus näherte seine Lippen meinem Ohr. »Sie erwarten in einer halben Stunde Oprah Winfrey. Sie macht auf ihrer Rückreise von Südafrika hier Station, um die Weihnachtsdekoration zu bewundern. Sie ist darin vernarrt und kommt jedes Jahr.«

Ich zuckte mit den Schultern. »Wer will ihr das verdenken? Wer ist das?«

»Eine amerikanische Talkshow-Legende.«

»Die Dekoration ist wirklich himmlisch.« Ich wollte gerade zu einem kleinen gut gelaunten Hopser ansetzen, da redete Thaddäus weiter: »Dass sie zu hundert Prozent ausgelastet sind, hat er auch noch gesagt.«

»Ist doch toll!«, jubelte ich. Wie ich in meiner Euphorie wohl auch gejubelt hätte, wenn mir ein Kronleuchter auf den Kopf gefallen wäre. »Die Geschäfte gehen gut. Was will man mehr?«

»Das heißt, wir müssen abreisen, Magda«, sagte Thaddäus behutsam. »Sie brauchen die Suite.«

»Für diese Oprah?«

»Möglich. Aber das geht uns nichts an. Sie sind ausgebucht, und wir müssen unsere Zelte abbrechen. Mein Freund René war überaus großzügig. Er hat uns die *Penthouse-Suite* für vier Nächte überlassen, weil ich der Ehrengast beim Jahrestreffen des *Clefs d'Or* war.«

»Dann packe ich heute Abend«, sagte ich.

Thaddäus legte mir die Hand auf den Ellbogen. »Sie müssen jetzt packen, Magda.«

Ich zuckte zusammen. »Jetzt?«

Er nickte. »Unser Zug fährt um 17:10 Uhr vom Gare de l'Est. Kurz vor 21 Uhr sind wir in Frankfurt.«

Ich verzog den Mund, um zu lächeln, aber das Lächeln tat weh. Mir war nicht mehr nach Hüpfen. Mir war nach Heulen. Ich riss meine Augen auf, um die Tränen zurückzuhalten. »Weiß es Bea schon?«

»Sie ist mit ihrem Wiener Bekannten nach Dubai geflogen.«

»Was?« Das war wirklich der Tag der Überraschungen. Ich starrte ihn an. »Ich meine, wie bitte? Was will sie in Dubai?«

»Er hat dort beruflich zu tun.« Thaddäus schüttelte amüsiert den Kopf. »Eine unglaubliche Person. Geht ganz geschmeidig mit dem Wischmopp über alle Problemzonen des Lebens hinweg. Sie ist in drei, vier Tagen wieder zu Hause, soll ich Ihnen ausrichten.«

»Na, toll.« Fast war ich neidisch. Gegen mein kurzfristiges Vergnügen war ihre Affäre geradezu eine langfristige Beziehung.

Es war kurz nach vier an diesem Donnerstagnachmittag, als ich fröstelnd auf der Straße stand und auf ihn wartete. Neben mir verabschiedete sich Thaddäus von René Moyne. Der Fahrer der Limousine verlud unser Gepäck. Ich wusste, ich konnte ihm nicht in die Arme fallen, noch nicht einmal durfte ich mich wie eine Tänzerin auf die Zehenspitzen stellen, um diesem großen, starken Mann einen Kuss auf den Mund zu geben. Aber ich hätte Roger gern noch einmal gesehen. Doch er kam nicht. Und ich traute mich nicht zu fragen. Heimlich unter gesenkten Wimpern blickte ich mich um. Wo blieb er? Was lief hier schief? Er musste doch wissen, dass wir abreisen. Thaddäus bemerkte meine Unruhe und erbarmte sich.

»Wo ist dein junger Kollege?«, fragte er René.

»Roger? Stell dir vor: Die Frau von diesem amerikanischen Hip-Hop-Produzenten, der morgen aus New York einfliegt, will unbedingt einen pinkfarbenen Kühlschrank. Das ist selbst für eine Stadt wie Paris eine Herausforderung.« René fuchtelte mit seinen Händen vor Thaddäus' Nase herum und betonte jedes Wort. »Wir reden hier nicht von Rosa, wir reden von Pink. Pink wie eine Pfingstrose der Sorte ›Pink Parfait‹. Wenn die Gäste schon anfangen, die Flora zu bemühen …« René atmete hörbar aus. »Und wen schicke ich da? Meinen besten Mann. Roger.«

Ich sog die kalte Luft ein, bevor es aus mir herausbrach: »Das heißt, er ist gerade unterwegs, um diesen …«, beinahe hätte ich laut geschluchzt, »… Kühlschrank zu suchen?«

»Und zu finden. *C'est ça.* So ist es. Wenn jemand so etwas auftreiben kann, dann er.«

Meine Stimme färbte sich mit dem giftigen Ton unterdrückter Wut. »Es ist immer gut zu wissen, was man an jemandem hat.«

Ich weiß nicht mehr, wie ich es schaffte, meine Enttäuschung einigermaßen zu verbergen. Ich fühlte mich, als hätte man der Welt den Stecker rausgezogen, und um mich herum war es finster geworden. Es war der denkbar schlechteste Zeitpunkt, um abzureisen. Ich vermisste Bea. Wo war sie, wenn man sie brauchte? Mein einziger Trost war die kleine Schadenfreude darüber, dass sie die Geschichten mit der Talkshowtante und dem Kühlschrank nicht mitgekriegt hatte. Da las sie jahrelang die »Gala« und war verrückt nach Stars, und dann regnete mal ein bisschen Sternenstaub vom Himmel, und sie war auf dem Weg an den Persischen Golf.

Wir saßen bereits eine gute Stunde im Zug und fuhren durch das winterliche Dunkel, da sagte Thaddäus: »Nun haben wir keine Macarons gegessen. Unverzeihlich.«

Ich zog einen Mundwinkel nach unten und schnaubte verächtlich.

»Die Experten streiten, ob es bei *Ladurée* die besten gibt oder bei *Pierre Hermé*. Vor den Filialen beider Konditoreien stehen die Kunden Schlange. Während sich *Ladurée* in der Regel auf eine Geschmacksrichtung pro Keks beschränkt, so wagt sich *Pierre Hermé* an die ausgefallensten Kreationen. Zwischen knusprigen grünen Baiserdeckeln eine cremige Schicht aus Olivenöl, Mandarine und Gurkenwasser.« Er lachte vergnügt und legte die Hände mit gespreizten Fingern auf den Stoff seiner Hose.

»Lecker«, sagte ich in genau dem Ton, in dem ich auch vorhin René Moyne angeblafft hatte.

»Lecker ist ein Unwort, meine gute Magda. Es passt nur an einen Ort: an die Würstchenbude.«

Ich merkte, dass mir das Blut in den Ohren rauschte. Ich holte einmal tief Luft, um mich zu beruhigen. Nützte nichts. »Ihre Sorgen möchte ich haben!«, fuhr ich ihn an. »Hinter Ihren Manieren verstecken Sie doch nur Ihr wahres Ich. Und mit Ihrer Doziererei gehen Sie mir tierisch auf den Wecker. Ich weiß schon, dass man nicht das Messer ableckt.«

Ich sah mich um und ergötzte mich daran, dass einige der Umsitzenden auf uns aufmerksam geworden waren und dass der arme Thaddäus litt wie ein Hund. »Ich weiß übrigens auch, dass man nicht ›tierisch‹ sagt, aber es ist mir scheißegal.«

Thaddäus betrachtete seine Knie, dann hob er den Blick, faltete seine Hände auf dem kleinen Tisch zwischen uns, wandte den Kopf, ohne mich anzusehen, und schaute aus dem Fenster, wo man nichts erkennen konnte außer ein paar vereinzelten Lichtern vorbeifliegender Häuser in der Ferne, nicht viel größer als Glühwürmchen in einer Sommernacht.

Einen Moment lang genoss ich den kleinen Triumph, Thaddäus in Verlegenheit gebracht zu haben. Dann schossen mir Tränen in die Augen. Es ergriff mich, wie er dasaß. Enttäuscht von mir und irgendwie verloren. Vor Scham kriegte ich kaum Luft.

Ich war eine Hochbegabte in Sachen Reue. Besonders talentiert darin wiedergutzumachen, jemandem meine Sympathie zu beweisen, mich angemessen schuldig zu fühlen, mich zu rechtfertigen und um Verzeihung zu bitten. Das hatte ich in den Jahren bei meiner Mutter gelernt. Und so wollte ich mich gerade vor ihm in den Staub werfen, wollte einen Kloß aus dem Hals räuspern und zu einer Entschuldigung ansetzen, als er mir zuvorkam.

»Sie haben recht«, sagte er entschieden, während er langsam mit dem Fingernagel über die Bügelfalte seiner Hose strich und die durch die Haut schimmernden blauen Adern seiner Hand betrachtete. »Ich habe schon lange damit gerechnet, dass ich irgendwann mal hinunterstürze von meiner Rampe der Überheblichkeit. Ich wollte nicht hochkommen. Ich wollte von Anfang an oben sein. Und dazu braucht man standesgemäßes Benehmen. Was man sich erst einmal aneignen muss, wenn man nicht mit dem goldenen Löffel geboren wurde, sondern eher auf der Maggi-Brühe dahergeschwommen kommt.«

Ein paar Sekunden lang starrten wir uns stumm an.

»Vielleicht habe ich es übertrieben«, sagte er.

Ohne nachzudenken, ergriff ich seine Hände und hielt sie fest. »Es war alles meine Schuld. Was Sie für mich getan haben, hat noch niemand für mich getan. Und es ist nicht zu verzeihen, dass ich gerade so gemein zu Ihnen war. Es ist nur …« Meine Kehle war trocken, meine Augen wurden feucht.

»Alles in Ordnung, Magda?«

»Klar«, flötete ich. »Alles in Ordnung. Mir ist eben nur was ins Auge geflogen.«

»Sicher.« Er lächelte mich an. »Ich hätte das nicht tun dürfen.«

»Was? Mich einladen nach Paris?« Ich blinzelte die Tränen weg. »In ein Fünf-Sterne-Hotel? Mich verwöhnen wie eine Prinzessin? Es waren die schönsten Tage meines Lebens.«

»Ist das so?«

»Ja, so ist es. Und dafür werde ich Ihnen ewig dankbar sein.«

»Ich meine etwas anderes«, sagte er, entzog mir seine Hände und begann, sie zu kneten. »Ich hätte nicht Schicksal spielen dürfen.«

»Sie sind ein raffinierter Kerl«, sagte ich und konnte mir ein Grinsen nicht verkneifen.

»Ich wusste, wie mein Freund René darauf reagiert. Dass diese Liaison unter keinen Umständen seine Zustimmung finden würde. Trotzdem habe ich es darauf ankommen lassen.

Und jetzt sind Sie todunglücklich in Ihrem Liebeskummer, und Ihr Herz ist so zerbrechlich geworden wie meine Knochen.«

»Es ist mein Problem, dass ich mir gewünscht hätte, es würde weitergehen. Erst wollte ich mein Leben lang so gut wie nichts, und jetzt will ich alles auf einmal. Das kann nicht gut gehen.« Ich stieß einen Laut aus, der aufmunternd klingen sollte. »Das Wichtigste ist doch, eine Liebesgeschichte zu haben. Ganz egal, wie sie ausgeht. Das macht einen lebendig.«

Er musterte mich aufmerksam, bevor er sagte: »Es ist genau das, was ich für Valena empfunden habe.«

Ich kapierte nicht gleich. Als ich aber verstand, blieb mir der Mund weit offen stehen. »Valena? Sagten Sie Valena?«

Er runzelte die Stirn. »Kann sein, dass mir das so rausgerutscht ist. Namen sind uninteressant.«

»Valena Falsetti? Die Operndiva. Sie ist es also. Die Falsetti war ihre große Liebe. Es muss sie sein. Valena ist kein Allerweltsname.«

Peinlich berührt guckte er sich um, um sicherzugehen, dass uns niemand belauschte.

»Jetzt ist mir alles klar. Die Lulu. Salome. Brunhilde. Marie …«

»Diese Rollen hat sie alle in Paris gesungen«, sagte Thaddäus.

»Und ich Trottel dachte«, lachte ich, »dass Sie solch einen Frauenverschleiß haben.« Mein Magen zog sich vor Rührung zusammen. »Sie hat ein Grab an unserem Baum. Sie wollten wenigstens mit ihr …«

»… im Tode vereint sein«, vollendete er. »Sonst klingt das Totsein so furchtbar nach Alleinsein.«

»Weiß sie davon?«

»Nein.«

»Woher wussten Sie, wo sie ein Grab hat?«

»Sie hat es in einem Interview anlässlich ihres 65. Geburtstages erwähnt, dass Sie im Friedwald in Weilrod liegen wird. Es war eine dieser obligatorischen Fragen nach der Angst vor dem Tod und was auf dem Grabstein stehen soll.«

Still kauerte ich auf meinem Sitz und starrte ihn an.

»Ich habe mir dann die Stelle neben ihrer gekauft. Ein Baum ist ohnehin passend, wenn man selbst schon keine Wurzeln hat.«

»Tun Sie mir einen Gefallen?«

»Das wissen Sie doch, Magda. Jeden.«

Ich hielt einen Moment lang inne, weil ich wusste, dass er gleich einen Rückzieher machen würde. Dann atmete ich einmal tief durch und stieß hervor: »Wissen Sie, wo sie wohnt?«

»In Wiesbaden-Sonnenberg. Sie besitzt eine Villa ›Am Birnbaum‹. Ein ausgesprochen nobles Viertel. Sie hat die Straße mal erwähnt. Ich habe mir sogar die Hausnummer gemerkt. Sie ist dort mit ihrem Mann eingezogen, kurz bevor er krank wurde.«

»Dann«, sagte ich mit aller Entschlossenheit, die mir zur Verfügung stand, »werden wir sie besuchen. Sie und ich. Und Sie werden ihr endlich die Ringe geben. Schließlich gehören sie ihr. Sie stehen ihr zu.«

Thaddäus sah absolut bestürzt aus. Er kniff die Augen zusammen und ruckte mit dem Kopf. Ich hörte, wie er heftig atmete und wie ihm die Worte im Halse stecken blieben.

»Das ist absolut unmöglich. Das kommt überhaupt nicht infrage.«

»Warum wehren Sie sich dagegen?«

»Es ist zu kompliziert. Es ist nicht so einfach, wie Sie denken.« Ich sah, wie seine Lippen bebten. »Ich bin ein alter Mann. Das Thema hat sich erledigt.«

»Man kann ein alter Mann sein und doch seine Gefühle haben. Wenn ich Sie zitieren darf: ›Auch das Alter bewahrt einen nicht vor Torheit.‹«

»Wir haben über mich als Zweiundfünfzigjährigen gesprochen. Jetzt bin ich zweiundsiebzig. Und wie ich schon sagte: *Torheit.*«

»Sie sind aber nicht alt. Sie sind jünger als die meisten Jungen.« Nervös platzte es aus mir heraus. »Sie haben mich zu meinem Glück gezwungen. Und jetzt zwinge ich Sie. Basta! Es gibt Dinge im Leben, die muss man einfach tun, anstatt sie immer nur zu zergrübeln und zerreden.«

»Ich habe es mir oft ausgemalt, wie es sein würde, wenn sie mir die Tür öffnet«, sagte Thaddäus zögernd.

»Sie trägt bestimmt einen goldgelben Kaftan und einen lila Turban und eine Kette mit Perlen groß wie Wachteleier«, kam ich ins Schwärmen. »Und an ihren Armen klappern Dutzende von Silberreifen. Genau so stelle ich mir eine Operndiva vor.«

Ich sah, dass seine Augen vor Erregung eine Spur dunkler geworden waren. Sein Atem hatte sich langsam beruhigt, als er sagte: »Ich lasse es mir durch den Kopf gehen. Wollen wir in den Speisewagen?«

Ich schlug mir mit der flachen Hand vor die Stirn. »Fast hätte ich es vergessen.« Ich wickelte aus einer Papierserviette ein knochentrockenes Stück Baguette, belegt mit einer Käsescheibe, deren Ränder sich nach oben bogen wie milchgelbes Wellblech.

»Wo haben Sie das her?«

»Ich habe mir heute Morgen im *Hotel des Arts* was vom Büfett geholt. Man kann nie ahnen, was kommt.« Ich teilte das Baguette in zwei Hälften und reichte ihm die eine. »Ich weiß, man nimmt nichts vom Büfett mit. Das ist rüpelhaft. Unschicklich. Unhöflich. Unmanierlich und ungehobelt. Weiß ich alles.«

Thaddäus winkte ab, während er kaute. »Lecker«, sagte er.

Ich blickte ihn erstaunt an, dann reckte ich den Daumen, wir krümelten unsere Hosen voll und lachten, und unser Lachen klang ziemlich irre.

20. Kapitel

Die Tage nach Paris waren unwirklich. Es regnete viel, es wurde früh dunkel, der Wind hatte den Bäumen ihre letzten Blätter entrissen, sie lagen welk und grau auf dem Asphalt. In meiner Wohnung fühlte ich mich wie ein Fremdkörper. Sie war nur noch ein Dach über dem Kopf, kein Zuhause mehr. Die Kartons mit den Sachen meiner Eltern standen immer noch im Flur und versperrten den Weg. Die Erinnerung an Roger suchte mich Tag und Nacht heim. Ich sah ihn vor mir, wie er Saxofon spielte, ich sah ihn, wie er nackt aus dem Bad kam, als ich vor dem Spiegel stand, ich sah ihn, wie er mich auf seinen kräftigen Armen aus dem Weinkeller trug, wie er die Bettwäsche in den Sack des Zimmermädchens stopfte, wie er mir etwas über Rentiere erzählte, wie er seine Haare mit den Fingern aus der Stirn kämmte, von wo aus sie sich sofort wieder auf den Weg machten, widerspenstig wie sie waren. Ich sah seine Augen, seine Lippen, spürte immer noch seine Hände auf meinem Körper. Ich hatte Sehnsucht nach ihm und Paris.

Was er wohl gerade machte? Zoomte er sich wieder jemanden heran aus der Schar der Hotelgäste, eine Frau, attraktiver, interessanter, klüger als ich, die er durch die Museen *führen* und in einem kleinen romantischen Hotelzimmer *verführen* würde?

Meine Stimmung wurde auch dadurch nicht besser, dass ich seit Freitag wieder im Supermarkt arbeitete, wenn auch an der Kasse. Diesmal war ich es, die für Bea einsprang. Frau Schnorr machte die Wursttheke im Augenblick selbst. Mein immer noch dick umwickelter Finger (der Ehrlichkeit halber muss ich sagen: neu verbundener Finger, in Paris hatte ich mir unattraktive Accessoires wie einen Verband verkniffen), machte den Kontakt mit Lebensmitteln unmöglich. Mein Arzt hatte mir für den einen zusätzlichen Fehltag eine nachträgliche Krankschreibung gegeben. Bea wiederum hatte unserer Chefin am Telefon eine abenteuerliche Geschichte von Darmviren erzählt, die ihren Ursprung in den Arabischen Emiraten und irgendwie ihren Weg aus dem Wüstensand nach Wetzlar gefunden hatten und äußerst ansteckend seien.

Ein Lichtblick war Beas Rückkehr zwei Tage nach meiner eigenen. Sie hatte Sonnenbrand auf dem Rücken und Wut im Bauch. Man hatte sie verwarnt, weil sie im Tanga und mit Zigarette auf der Liege am Hotelstrand gelegen hatte. Man hatte ihr sogar im Falle einer Wiederholung mit einer Geldstrafe gedroht.

»Die haben doch den Schuss nicht gehört«, wütete Bea, während sie in meinem Wohnzimmer ihren Pullover abstreifte und mir ihre krebsrote Schulter präsentierte. »Nichts darf man! Noch nicht mal knutschen. Und für Sex am Strand haben sie neulich einem englischen Paar drei Monate Knast aufgebrummt.«

Vorsichtig legte ich einen Wickel, getränkt mit Apfelessig, auf ihre malträtierte Haut. Um ihn flächendeckend über ihren Rücken zu verteilen, ließ ich ihren BH-Verschluss aufschnappen.

»Hey«, rief sie, »du gehst ja ran! Hast du das alles in Paris gelernt?«

»Willst du nun, dass ich dir helfe, oder nicht?«

»Ja, aber das Zeug stinkt.«

Ich strich mir das Haar mit dem Handrücken aus der Stirn und überlegte, ob ich ihr berichten sollte, was ich erlebt hatte. Dann verwarf ich den Gedanken. Ich konnte es immer noch tun. Wie Thaddäus gesagt hatte: Manche Küsse sollte man einfrieren und bei Bedarf wieder hervorholen. Und wenn ich sie aufgetaut hatte, kam vielleicht auch die Lust am Erzählen. Jetzt war *sie* erst mal dran.

»Da hattet ihr ja Glück, dass sie euch nicht erwischt haben«, sagte ich und drückte den Wickel ganz sacht auf ihre Haut.

»Aua!«

»Stell dich nicht so an!«

»Wir hatten keinen Sex am Strand. Wir hatten *gar keinen* Sex.« Sie fuchtelte mit den Händen herum, und ich riss meine Augen auf.

»Warst du krank?«

»Er hatte eine Besprechung nach der nächsten, und wenn er keine Besprechung hatte, dann hatte er ein Dinner, und wenn er kein Dinner hatte, war er mit irgendjemandem in einer Hotelbar verabredet … immer nur Business. Business. Business. War ja klar. Mann mit Brille.«

Ich blickte sie an, und sie blickte in die Luft und stieß ein Jaulen aus. »Kannst du dir das vorstellen? Kein Sex. Keine Tangas. Keine Zigaretten. Alkohol nur an ganz bestimmten Orten. Man kann nicht eben mal bauchfrei und mit Bierdose in der Hand durch Dubai latschen. Und dazu dreiunddreißig Grad im Schatten. Oder vierzig. Fünfundvierzig.

Was weiß ich. Keine Ahnung. Das ist überhaupt nicht meine Stadt. Du kannst dir gar nicht vorstellen, wie wenig das meine Stadt ist. Aber …«, Bea lächelte mit ihrem breiten Mund und ließ ihre Fingergelenke knacken, »… auf dem Flughafen in Dubai habe ich im Duty Free einen sehr süßen Scheich kennengelernt. Noch ganz jung. Ich schätze, höchstens achtundzwanzig.« Sie tätschelte meinen Arm, und ihr Lachen gluckste aus tiefer Kehle. »Hast du mir überhaupt zugehört? Keine Panik. Ich fange nichts mit dem Typen an. Ich bin echt nicht die Richtige für einen Harem.«

Kaum war Bea nach einem großen Baileys verschwunden und mit ihr der Gestank von Apfelessig, rief Thaddäus an, um mir in einem halbstündigen Telefonat sechsmal abzusagen und sechsmal die Absage wieder zurückzuziehen, bis ich ein Machtwort sprach und sagte, wenn, dann könne ich nur morgen, denn morgen sei Sonntag, also hätte ich Zeit. Ich würde ihn gegen elf Uhr abholen. Doch ein mulmiges Gefühl konnte auch ich nicht leugnen. Wie würde ich reagieren, wenn Valena Falsetti eine verwöhnte, alte Tussi war, anspruchsvoll, zickig, gelangweilt, reich und eingebildet? Wenn sie kühl auf mich herabsehen würde, auf ein völlig unbedeutendes Exemplar der menschlichen Rasse, ohne ihre schwarze Sonnenbrille abzunehmen? Und wie würde sie reagieren, wenn sie nach all den Jahren den Mann wiedersah, der sie immer noch liebte? Hatte sie auch noch Gefühle für ihn? Konnte sie sich an ihn erinnern nach der ganzen Zeit? Kannte sie das überhaupt, die große, die einzige, die wahre Liebe?

Während mir tausend Dinge durch den Kopf gingen, entdeckte ich unter den alten Langspielplatten in unserer Schrankwand ausgerechnet eine von ihr, auf der sie Lieder russischer Komponisten sang. Sie stand in einem verschneiten Birkenwald, auf ihrem Kopf thronte eine Pelzmütze. Auf der Rückseite war ein weiteres Bild, ein Porträt. Schlicht und schön. Ein schwarzer Rollkragenpullover, um den Hals eine doppelreihige Perlenkette, dunkle kinnlange Haare, mit Spray fixiert zu einem Helm, melancholische Augen, veilchenfarben und mandelförmig.

Ich musste in Erfahrung bringen, was veilchenfarbene Augen zu bedeuten hatten. Ich betrachtete sie lange, und ich wünschte mir, dass sie und Thaddäus endlich ihr Glück fänden. Schließlich, nach all den Jahren, war es an der Zeit.

Ich hörte ihre Musik, und danach war ich mir sicher: Wer so sang, voller Inbrunst und Hingabe, konnte kein schlechter Mensch sein.

Die Dinge bewegten sich, endlich. Und so fuhren Thaddäus und ich am nächsten Tag in meinem Auto nach Wiesbaden. Die Hand unters Kinn geklemmt, kleinlaut, nervös und zittrig, saß er neben mir auf dem Beifahrersitz. Er wand sich, als würde er in einem zu engen Anzug stecken.

»Das ist keine gute Idee«, sagte Thaddäus. »Ich weiß nicht, wie ich mich auf so etwas einlassen konnte.«

Wir mussten unser Ziel erreichen. Und zwar schnellstens. Sonst kam Thaddäus noch auf die verrückte Idee, an einer roten Ampel aus dem Auto zu steigen und spurlos zu verschwinden.

Ich merkte, wie meine Stimme härter wurde. »Thaddäus, bitte! Wir haben doch alles besprochen.«

Nach rund fünfzig Kilometern und einer guten halben Stunde Fahrt erreichten wir Sonnenberg. Ganz offensichtlich wohnten hier die, die auf der hellen Seite des Lebens standen, von daher hieß dieser Wiesbadener Bezirk völlig zu Recht so. Eingekuschelt in ein Nest aus Bäumen, lagen hier die prächtigsten Villen, auf einer Felsnase kauerte eine Burg, eine Stadtmauer umkränzte die Häuser der Altstadt.

»Hier lässt es sich aushalten«, sagte ich und trommelte unternehmungslustig aufs Lenkrad.

Thaddäus schwieg.

»Ich kann das nicht«, sagte er schließlich, wandte den Blick von mir ab und schaute nach rechts aus dem Fenster, während ich das Straßenschild »Am Birnbaum« entdeckt hatte und abbog. Zur einen Seite guckten wir auf den Taunus und die kleine Stadt zu unseren Füßen, zur anderen duckten sich die Häuser hinter hohen Hecken. Die Straße war menschenleer.

»Bitte, fahren Sie zurück, Magda!«

»Das kann nicht Ihr Ernst sein!«

Doch ich spürte seinen *Zweifel* und seine *Verzweiflung* und war kurz davor war, umzukehren. Er tat mir leid. Dann kam mir eine Idee. Ich fuhr an den Straßenrand und hielt an.

»Also, gut. Ich gehe alleine rein.«

»Und was wollen Sie sagen?«

»Überlassen Sie das mir.«

Auf einmal hatte ich einen Anfall kreativen Irrsinns. Wir würden jetzt zu dem Haus fahren, und ich würde ein kleines Spiel inszenieren. Ich wollte das hier unbedingt. So sehr, dass ich bereit war, mal wieder eine ganz andere Magda zu sein. Und nachher würden wir durch die stille Innenstadt spazieren, irgendwo einen Kaffee trinken und wären beide glücklich. Ich hätte mich durchgesetzt, und Thaddäus hätte hoffentlich das, was er immer haben wollte. Hinterher fragte ich mich oft, wie ich nur so dumm hatte sein können, nicht in Betracht zu ziehen, dass das Schicksal in jeder Inszenierung eine Hauptrolle beansprucht.

Als ich die Hausnummer gefunden hatte, bog ich in eine lange, auf einer Anhöhe gelegene Auffahrt ein, an deren Ende sich eine schneeweiße Villa vor neugierigen Blicken verbarg. Ich stieg aus, während Thaddäus im Auto sitzen blieb, und ging die Sandsteintreppe hoch zum Eingang. Ich atmete einmal durch, versuchte, mein rasendes Herz zu ignorieren und klingelte. Es dauerte eine ganze Weile, bis eine Frau öffnete, die ich auf Anfang vierzig schätzte. Sie musterte mich von oben bis unten, die Seide ihrer dunkelblauen Bluse raschelte, wir wünschten uns »Guten Tag«, und ich wollte gerade dazu ansetzen, ihr meine Mogelpackung zu präsentieren. Ich komme von der Presse, wollte ich sagen, von einer bekannten Frauenzeitschrift, und ich würde gerne für unsere Rubrik ›Wie geht es eigentlich …?‹ Frau Falsetti interviewen. Dürfte ich sie kurz sprechen, um einen Termin zu vereinbaren? Ja, das wollte ich sagen, im Glauben, ich habe eine Hausangestellte vor mir, eine Verwandte, möglicherweise ihre Managerin. Vielleicht plante Valena Falsetti ja ihr Comeback. Heutzutage trat doch jeder ab, um irgendwann wieder aufzutreten. Aber ich kam nicht zu meinem einstudierten Spruch.

Die Frau stellte sich vor als Mirja Rastorfer, blickte auf ihre goldene Armbanduhr und konnte einen kleinen Vorwurf in ihrer Stimme nicht unterdrücken. »Sie sind spät.

Ich hatte früher mit Ihnen gerechnet.« Kaum aber hatte sie das gesagt, gab sie ihrem Mund den Befehl zu lächeln, wobei es das Lächeln nicht bis zu ihren Augen schaffte. Sie richtete kurz den Knoten ihrer hellblonden Hochsteckfrisur und bat mich herein, wobei sie mir den Vortritt ließ. Im Vorbeigehen streifte mich ihr Parfüm. Ein blumiger Duft mit einem Hauch von Fresie, klassisch und dezent wie ihr knielanger grauer Rock, die schwarzen Schuhe mit den halbhohen Absätzen und die Perlenstecker in ihren Ohrläppchen.

»Sie haben mich erwartet?«

»Natürlich. Wer lässt sich so etwas schon entgehen? Bitte!« Sie ging voran, die Holzdielen knarzten nur leise unter ihren federleichten Schritten. Sie öffnete die Flügeltüren zum angrenzenden Essraum, und ich musste schlucken. Wie wunderschön war das! Das Zimmer lichtdurchflutet, selbst an einem grauen Tag wie diesem, Sprossenfenster reichten vom Boden bis zur Decke, schwere elfenbeinfarbene Vorhänge bauschten sich vor den Scheiben, hinter denen ein parkähnlicher Garten lag. Der Kronleuchter trug über den Glasarmen eine Art Kettenhemd, der Tisch reichte zur Verköstigung einer ganzen Hochzeitsgesellschaft. Ich war beeindruckt.

»Französischer Landhausstil«, sagte Mirja Rastorfer, »1988 erbaut, sechs Zimmer auf zwei Etagen, zwei Bäder, zweihundertzehn Quadratmeter Wohnfläche. Besonderheiten: Sauna, Seerosenteich im Garten, Garage mit zwei Stellplätzen, beheizbare Auffahrt zum Haus, Designer-Küche mit Kochinsel, kanadisches Ahornparkett, Kamin.«

»Ich verstehe nicht ganz«, sagte ich. »Warum erzählen Sie mir das alles?«

Ihre Finger klimperten ungeduldig mit den Glasprismen eines mehrarmigen Kerzenständers auf dem Tisch.

»Weil Sie Ihr Interesse an diesem Objekt bekundet haben. Sie haben einen Termin mit mir vereinbart. Mit ›Rastorfer Luxusimmobilien‹. Das bin ich. Die Firma gehört mir. Falls Sie jetzt allerdings kalte Füße bekommen haben wegen des Kaufpreises von 1 490 000 Millionen Euro, so darf ich Ihnen versichern, dieses Anwesen ist jeden Cent wert. Mehr noch. Es ist ein Schnäppchen. Aber schauen wir uns doch zuerst einmal die Schlafräume im oberen Bereich an! Kommen Sie! Ich beiße nicht«, rief sie und winkte mir zu, während sie die Diele betrat und auf die dunkle Holztreppe zusteuerte, die nach oben führte. »Und wie Sie unserer Objektbeschreibung sicherlich entnommen haben, ist auch eine monatliche Ratenzahlung von 2994,00 Euro durchaus machbar.«

Es klingelte an der Tür. »Ich bin nicht wegen des Hauses gekommen«, sagte ich. »So etwas kann ich mir in hundert Jahren nicht leisten. Ich möchte zu Frau Falsetti. In einer dringenden privaten Angelegenheit.«

»Moment, bitte«, sagte sie und ging zur Tür.

»Entschuldigen Sie, Frau Rastorfer«, sagte eine Frauenstimme. Auf der A 66 war ein Stau. Mein Name ist Corinna Hegner. Ich komme wegen der Hausbesichtigung.«

»Ein kleiner Handyanruf ist manchmal sehr hilfreich«, sagte die Maklerin und lachte leise, doch ihr Lachen klang gezwungen. In Erwartung eines Bombengeschäfts lenkte sie rasch ein. »Aber nun sind Sie ja hier.«

»Dürfte ich jetzt bitte zu Frau Falsetti?«, unterbrach ich.

»Das wird nicht möglich sein«, sagte Mirja Rastorfer.

»Wieso nicht?«

»Wissen Sie das denn nicht?«

»Was soll ich wissen?«

»Frau Falsetti ist tot.«

Mein Mund klappte auf und wieder zu. »Was?« Ich war vor Schreck wie gelähmt.

»Die Besitzerin dieses Hauses ist vor vier Wochen gestorben. Sie hatte einen Schlaganfall. Sie wurde nur siebenundsechzig. Tragisch, nicht wahr?«

Einen Moment lang taumelte ich, so dass ich Halt suchen musste am Treppengeländer. »Man hat ja gar nichts davon gehört.« Der Parfümgeruch der beiden Frauen waberte zu mir herüber und vermischte sich mit dem nach kaltem Rauch aus dem Kamin.

»Frau Falsetti hatte sich ganz bewusst aus der Öffentlichkeit zurückgezogen. Doch vor einiger Zeit stand eine Todesanzeige in der *FAZ*. Aufgegeben von ihrer Nichte, die mangels Kindern Alleinerbin ist. Sie ist es auch, die uns den Verkauf dieser Villa anvertraut hat.«

Ich wusste nicht mehr, wie ich aus dem Haus kam. Wie ich es schaffte, die Treppe zur Auffahrt hinunterzugelangen, über den knirschenden Kies zu meinem Auto zu laufen, die Tür zu öffnen und mich hinters Steuer fallen zu lassen.

»Geht es Ihnen nicht gut?«, fragte Thaddäus und wirkte ernsthaft besorgt. Mir lief es eiskalt den Rücken hinunter, als mich sein forschender Blick traf. Ich betrachtete mich im Spiegel und sah, wie gespenstisch weiß mein Gesicht war. Einen Moment lang schloss ich die Augen, denn ich konnte kaum ins Licht schauen, ohne das Gefühl zu haben, dass mein Schädel platzte. Thaddäus, der nicht die geringste Ahnung davon zu haben schien, was passiert war, wie auch, versuchte, mich zu trösten. Er lachte sogar, ein kleines keckerndes Lachen, mit dem er sich damit abzufinden suchte, dass etwas mit meiner Mission schiefgelaufen sein musste. Sein Lachen klang so, als würde er für all die Gelegenheiten mitlachen, bei denen einem das Leben einen dummen Streich spielte. »Ich habe es Ihnen doch gesagt. Aber Sie wollten ja nicht auf mich hören. Es konnte nicht gut gehen.« Er drückte meine Hand. »Machen Sie sich keine Gedanken, Magda! Sie haben ihr von mir erzählt. Sie konnte sich noch nicht einmal an mich erinnern. Stimmt's? Wie sollte sie auch? An den kleinen Concierge eines großen Hotels, mit dem sie Museums- und Flohmarktbesuche unternommen und ein paar Küsse im Dunkeln getauscht hat. Sie fragte Sie voller Erstaunen, wer ich bin. Und Sie, Sie arme gute Seele, mussten es ihr erklären, und es war Ihnen peinlich und ihr auch, und nun wissen Sie nicht, wie Sie es mir beibringen sollen.« Mit einem seltsamen, fast kumpelhaften Blick musterte er mich. »Kann doch nicht so schwer sein. Ist doch alles gut. Sie haben Ihr Bestes getan.«

»Sie haben recht«, sagte ich Wort für Wort betonend, »ich weiß wirklich nicht, wie ich es Ihnen sagen soll. Es ist nämlich sehr schwer, Thaddäus. Unmenschlich schwer.« »Nun mal raus mit der Sprache«, forderte er betont munter. »Das Einzige, was passieren wird: Sie kränken die Eitelkeit eines alten törichten Mannes. Und genau das hat er verdient.«

»Sie ist tot«, sagte ich mit einer heiseren Stimme, die voller Trauer war. Nicht Trauer um sie, die ich gar nicht gekannt hatte. Sondern Trauer um Thaddäus, der zu spät gekommen war. Ich blickte aus dem Seitenfenster auf die Hecke, die die Welt aussperrte, bevor ich mit matter Stimme murmelte: »Sie hatte einen Schlaganfall. Vor vier Wochen. Das Haus steht zum Verkauf.« So saßen wir minutenlang nebeneinander, bevor ich die Stille nicht mehr aushielt und mich ihm zuwandte.

Eine Träne rollte über seine Wange, verweilte am Kinn und tropfte auf seinen weißen gestärkten Hemdkragen. In ungläubigem Schweigen fuhren wir nach Hause, mein Gesicht wie betäubt, die Hände klamm vor Kälte, während Thaddäus seine Aktenmappe fest umklammert auf dem Schoß hielt. Ob die Auffahrt heute auch beheizt war, schoss es mir durch den Kopf. Ja, genau das dachte ich, als gäbe es nichts Wichtigeres im Moment als beheizten Asphalt, der Schnee und Glatteis von den Bewohnern und ihren Besuchern fernhielt.

Zwei Tage später war das Begräbnis. Frau Mally vom Friedwald hatte mir den Termin genannt. Es war leichter gewesen als gedacht.

»Warum soll ich Ihnen den verheimlichen«, sagte sie, »jetzt, da Sie alle mehr oder weniger Kontakt miteinander haben? Frau Falsetti hätte bestimmt nichts dagegen gehabt. Wir haben mehrmals telefoniert, da sie sich sehr zeitig um eine Grabstelle gekümmert hat. Unmittelbar nach dem Tod ihres Mannes. Sie begeisterte sich sofort für eine letzte Ruhestätte am Baum. Sie wollte keine Steinplatte auf ihrem Kopf liegen haben. Es hätte auch nicht zu ihr gepasst. Sie war eine wunderbare Person, lebensfroh, humorvoll, charmant.«

»Und ihr Mann? Wo liegt der?«

»Soviel ich weiß, hatte der eine Seebestattung an der südfranzösischen Küste. Er liebte das Meer, war vor seiner Krankheit begeisterter Segler. Das hat sie mal erzählt.«

Der 9. Dezember war ein frostiger Tag. Der Boden war gefroren, an den kahlen Zweigen klebten Eiskristalle. Eine überschaubare Trauergesellschaft von knapp zwanzig Personen zog vom Parkplatz den Weg hinauf zu Baum Nummer 1071, vorbei an Buchen und Eichen, Kiefern und Fichten und dem dichten Rutengewirr der Brombeersträucher, deren Blätter dem Winter trotzten. Der Weg war nassschwarz von Dreck und vermoderten Blättern. An der Spitze unserer kleinen Delegation waren ein Trauerredner, ein Forstbeamter und eine junge Frau, die eine Urne in ihren Händen trug, genau wie ich damals bei meiner Mutter. Ein kleines Mädchen in einem roten Anorak klammerte sich an den Stoff ihres schwarzen Mantels. Es schaute in die Baumwipfel und den fahlen Himmel, über den der Wind die Wolken jagte, und war mehrmals kurz davor zu stolpern. Von weither hörte man Axtschläge und das Krächzen einer Krähe. Unsere Schals flatterten in der eisigen Luft.

An unserem Baum war eine kleine Mulde ausgehoben, im Erdhaufen daneben steckte eine Schaufel, nicht größer als eine, die man zum Sandburgenbauen braucht. Wir stellten uns im Halbkreis auf, links von mir stand Thaddäus, an meiner rechten Seite Bea, die nicht lockergelassen hatte, bis ich bereit gewesen war, sie mitzunehmen. Ich hatte versucht, es ihr auszureden, aber sie hatte darauf bestanden mit der Begründung, sie fühle sich unserem Kreis zugehörig. Thaddäus hatte nichts dagegen gehabt. Er schien mir die ganzen Tage ohnehin weit weg zu sein mit seinen Gedanken und schon überfordert mit der Entscheidung, ob Wurst- oder Käsebrot am Abend.

Er war alt geworden.

Immer wieder blickte ich auf seinen gebeugten Rücken, seine zusammengepressten Lippen, die einen leichten Malventon hatten, wie das häufiger bei älteren Menschen der Fall war, und seinen tief gesenkten Kopf, den er von Zeit zu Zeit schüttelte, als könne er das alles nicht begreifen.

»Die Liebe ist immer beides«, begann der Trauerredner, »Geschenk und Prüfung. In diesem Fall gilt das besonders. Wir haben ein Geschenk in Form eines wunderbaren Menschen mit einer einmaligen Stimme erhalten, und nun müssen wir die schwere Prüfung bewältigen, diesen Menschen wieder gehen zu lassen.« Wir lauschten gebannt, als er davon sprach, wie Valena Falsetti, angetrieben von einer ehrgeizigen Mutter, als kleines Mädchen in Berlin mit dem Singen angefangen hatte, wie die Schule auf Kosten des Gesangsunterrichts erst vernachlässigt, schließlich ganz aufgegeben wurde. Er sprach von ihren Reisen nach London, Paris, Mailand, Chicago, Boston, San Francisco, New York, von ihren Auftritten in Bayreuth, ihrem Sopran, der keine Höhe zu scheuen brauchte. Von ihrer Bodenständigkeit, ihrer unkomplizierten Lässigkeit (»Sie hat nicht gewollt, dass wir heute Schwarz tragen. Das hat sie ausdrücklich im Ablauf für ihre Trauerfeier verfügt.«) Und auch davon, dass sie nicht nur die Musik geliebt hatte, sondern auch die Bücher, die Fotografie, das Fischen, das Einrichten ihres Hauses, dass es sie in die Biergärten zog, sobald sie in München war, und dass ihre Gäste ihren Tafelspitz und ihr Pilz-Risotto fast ebenso vergöttert hatten wie ihre Stimme. »Sie war auf die Welt gekommen, um sie zu erobern, und nun hat sie sie wieder verlassen. So wie es uns allen gehen wird, die wir alle eines Tages verlöschen werden wie die Kerzen. Und allen, die wir hier stehen, die wir sie liebten, bewunderten und schätzten, die wir versuchen, das Unfassbare zu begreifen, das nicht zu begreifen ist, bleibt vor allem ein Trost: Durch ihre Kunst ist Valena Falsetti unsterblich. Vielleicht macht das den Abschied von ihr etwas weniger bedrückend. Vielleicht wiegt das Geschenk, das sie uns gab, schwerer als die Prüfung, durch die wir gemeinsam gehen müssen. Und deshalb lauschen wir jetzt Schuberts ›Ave Maria‹, gesungen von ihr.«

Er betätigte einen transportablen CD-Player, und kaum schwebte ihre Stimme durch die winterliche Luft, engelsgleich, taumelte Thaddäus neben mir, als würde der Boden unter uns wanken, und Bea begann zu schluchzen.

»Noch besser als Helene Fischer«, flüsterte sie. »Absolut der Gänsehautmoment.«

Ich hakte sie beide unter, dann warfen wir alle ein Schäufelchen Erde auf die Urne, die der Forstbeamte der jungen Frau im schwarzen Mantel abgenommen und in der Mulde versenkt hatte. Man musste ein wenig in der ausgehobenen Erde herumstochern; sie war hart vom Frost. Obenauf legte er ein Gebinde aus Tannenzweigen, nicht größer als ein kleiner Adventskranz. Ein paar Rosenknospen wurden von den Trauernden ins Grün gesteckt. Das würde hier nicht lange liegen bleiben. Der Forstbeamte musste es sofort nach der Trauerfeier entfernen. Das wusste ich vom Begräbnis meiner Mutter.

Wenn alles vorbei war, das Reden und das Singen, blieben nur noch das Schweigen im Walde und ein schmuckloses Grab am Baum. Es war besser, in der warmen Jahreszeit bestattet zu werden, entschied ich, da hatte man wenigstens noch das Flüstern der Blätter.

Die junge Frau, die die Urne getragen hatte, kam auf uns zu, das Kind mit dem roten Anorak an der rechten Hand. Mit einem Papiertaschentuch in der Linken wischte sie sich über ihre Augen und stellte sich vor als Julia Quast, das Mädchen als ihre Tochter Charlotte. Sie sei Valena Falsettis Nichte, sagte sie. Ich hatte mir so etwas fast gedacht. Wir nannten unsere Namen, ich deutete auf die Buche und erklärte, wir seien die Grabnachbarn. Sie schaffte es, ihr Erstaunen geschickt zu verbergen, und Thaddäus fügte hinzu: »Außerdem glühende Bewunderer ihrer Kunst. Ich hatte das unschätzbare Glück, Ihre verehrte Tante aus Paris zu kennen.«

Es war das erste Mal, dass er an diesem Tag etwas sagte.

»Haben Sie beruflich mit ihr zu tun gehabt?«

»Gewissermaßen. Ich habe in dem Hotel gearbeitet, in dem Frau Falsetti abzusteigen pflegte.«

»Im *George V?*«

»Ja.« Er nickte. »Sie wissen davon?«

»Sind Sie der Concierge?«

»War. Ich *war* der Concierge. Ich bin schon lange pensioniert.«

»Sie hat von Ihnen erzählt.«

»Tatsächlich?« Endlich schien etwas Farbe in Thaddäus' Wangen zu kommen. So plötzlich, als habe jemand mit einem Rougepinsel an ihm herumgetupft. Seine Stimme klang atemlos, als er mit einem Anflug von Koketterie sagte: »Ich hoffe, nur Gutes.«

»Nur das Beste«, sagte Julia Quast. »Sie haben ihr viel bedeutet.«

»Dass man sogar an den traurigsten Tagen noch Freude empfinden kann«, raunte er mir zu, bevor er sich wieder an sie wandte. »Sie übertreiben«, sagte er, während Bea schwer an meinem Arm hing und mir ins Ohr nuschelte, sie brauche jetzt dringend eine Zigarette, sonst würde auch sie das Zeitliche segnen. »Über mich würde niemand etwas Gutes sagen«, schniefte sie. »Doch, du.«

»Ja, ich«, sagte ich leise.

»Versprich mir, dass du meine Trauerrede halten wirst!«

»Da wird Frau Schnorr aber enttäuscht sein«, sagte ich, und wir mussten beide kurz kichern, und ich fand das in Ordnung so, denn das Lachen gehörte zum Leben dazu wie das Sterben, wie die Liebe.

»Mein Onkel war schon drei Jahre tot«, konzentrierte ich mich jetzt wieder auf die Stimme von Valena Falsettis Nichte. »Es war an Weihnachten, ich erinnere dieses Fest genau, weil es so stark geschneit hatte. So stark wie seit meiner Kindheit nicht mehr. Wir feierten bei ihr in ihrem großen Haus, das viel zu groß war für sie alleine. Charlotte war noch ganz klein, gerade erst zwei. Meine Tante, die eine blühende Fantasie hatte, erzählte ihr von Eisblumen an den Fenstern, die die Rosen der Schneekönigin seien und die Eiswichtel für sie pflückten, um sie in Vasen aus gefrorenem Wasser zu stellen. Als Charlotte und mein Mann im Bett waren, tranken wir Frauen noch ein Glas Wein, und ich gestand ihr, dass ich mich scheiden lassen wollte.« Ihre Lippen zitterten. Sie musste einen Moment innehalten, ehe sie weiterreden konnte. »Ich rechnete damit, dass sie mich nicht verstehen würde. Meine Absicht nicht tolerieren. Mein Vorhaben verurteilen. Meine Tante konnte sehr moralisch sein. Und sie war sehr preußisch. Sie war die Disziplin in Person. Stand selbst noch mit vierzig Grad Fieber auf der Bühne. Brachte immer zu Ende, was sie begonnen hatte.«

Ich schlang meinen Schal enger um den Hals. Bea rückte dicht an mich heran, nahm das eine Ende und schmiegte ihre Wange an die Wolle. Ich legte ihr den Arm um die Schultern.

»An diesem Abend beichtete sie mir«, sagte Julia, »dass *sie* als junge Frau die große Liebe nur auf der Bühne erlebt hatte. In ihren Rollen. Aber vor allem in ihrer Beziehung zum Publikum. Geheiratet habe sie nur, weil sie dachte, es gehöre dazu. Sei Bestandteil des Lebens wie Taufe, Konfirmation, Führerschein. Ich erinnere genau ihre Worte: ›Ich hätte mich trennen sollen, als ich in Paris dem Mann begegnet bin, mit dem ich gerne mein Leben verbracht hätte, aber da war es zu spät.‹« Sie suchte Thaddäus' Blick. »Ich bin sicher, das waren Sie. Aber da hatte sie gerade von der Krankheit meines Onkels erfahren, und es war selbstverständlich für sie, ihn zu pflegen. Bis zu seinem Tod.«

Thaddäus schlug die Hände vors Gesicht und sprach so leise durch seine gespreizten Finger, dass er kaum zu verstehen war. »Warum hat sie sich denn danach niemals gerührt?«

Julia machte einen Schritt auf ihn zu und legte ihre Hand auf seine Schulter. »Sie sagte, sie könne nicht einfach in Paris auftauchen und das Leben eines anderen Menschen auf den Kopf stellen. Vielleicht bin ich für ihn nur noch eine Erinnerung, die er nicht zurückholen möchte. Wer sagt denn, dass er nicht verheiratet ist? Drei Kinder hat und sieben Enkel. Einen Hund und Hühner und ein Häuschen im Grünen, wo seine Frau Hortensien züchtet und Apfelkuchen backt, dessen Duft ihn glücklich macht.«

Ein paar Tränen liefen Thaddäus' Wangen hinunter und sammelten sich an der Oberlippe. Er tupfte sie mit einem

Stofftaschentuch weg, während Julia Quast uns alle zu Kaffee und Kuchen einlud.

»Tun Sie mir bitte den Gefallen und kommen noch in die *Erbismühle.*«

Damit ging sie davon, ihre Tochter an der Hand. Ich kannte dieses in der Nähe gelegene Ausflugslokal vom Begräbnis meiner Mutter. Auch wir waren dort eingekehrt.

Obwohl es so kalt war, dachte ich nicht daran, ihrer Einladung zu folgen. Nichts lockte mich weniger als ein Leichenschmaus. Außerdem wollte ich ein paar Minuten für mich haben. Da kam es wie gerufen, dass sich Bea nicht darum scherte, ob Bienenstich und belegte Brötchen nach Tod und Tränen schmeckten. Sie hatte Hunger. Und da Thaddäus noch mehr von Julia Quast über deren Tante erfahren wollte, hatte Bea in ihm einen Verbündeten, den sie eilig am Arm hinunter zum Parkplatz zog, wo sich andere Trauergäste anboten, die beiden im Auto mitzunehmen.

Kurz darauf war ich allein. Ich holte tief Luft, presste mich an den Stamm der Buche und umarmte ihn. Es war merkwürdig. Nie hatte ich mich weniger verbunden mit meiner Mutter gefühlt als in den letzten Wochen. Nie war ich weiter weg gewesen von ihr. Nicht nur geografisch. Und doch war sie mir plötzlich näher als jemals zuvor, obwohl die Härte des Holzes jeden Gedanken an die weiche Üppigkeit ihres Körpers zunichtemachte, an ihre strammen Waden, die roten Wangen, die fleischigen Hände und die kräftigen Arme, an diesen Geruch von Handcreme und Zwiebeln. Ich hatte kapiert, dass die Liebe in verschiedenen Formen daherkommt. Viele Farben hat. Dass sie rosarot sein kann, aber auch alle Schattierungen von Grau besitzt. Dass sie sich oft irrt. Fehler macht. Einen einsperrt in ein Gefängnis ohne Gitter. Dass sie ein unbekanntes Land ist, das man betritt, ohne es jemals wirklich kennenzulernen. Einen unentdeckten Zipfel gibt es immer. Aber nun hatte ich mein eigenes Leben, es gab keine Entschuldigung mehr, keine Ausrede, ich musste allein klarkommen, lieben, streiten, arbeiten, glücklich sein, traurig. Wie hatte der Pfarrer gesagt? Die Liebe ist immer beides. Geschenk und Prüfung. Ich legte die Hand auf meine linke Brust und fühlte, wie mein Herz pochte.

»Wie in zwei großen Händen hältst du mich. Ich bin darin geborgen wie ein Vogel im Nest. Psalm 139 – in neuen Worten«, sagte plötzlich eine Stimme hinter mir. »Das würde ich mir wünschen bei meiner Bestattung.«

Ich schnellte herum. Alles verschwamm vor meinen Augen, als ich sie erblickte. Ihr Gesicht war blass. Die Pupillen ihrer weit geöffneten Augen waren riesig; ihre kurzen blonden Haare streng aus dem Gesicht gekämmt.

Ana Blumenberg stand vor mir.

Ich war nicht in der Lage zu sprechen. Stattdessen sprach sie. »Ich würde gerne an diese Sätze glauben. Trost finden in ihnen. Aber ehrlich gesagt, tue ich das nicht. Dazu bin ich zu sehr Realistin.« Während sie redete, nestelte sie am Pelzkragen ihrer schwarzen Daunenjacke.

»Was machen Sie hier?«, brach es aus mir heraus. Vor lauter Nervosität kramte ich meinen Labello hervor und schmierte mir eine Extraportion auf die Lippen.

»Ich bin in letzter Zeit oft hierhergekommen. Ich muss das Sterben lernen und den Gedanken an den Tod üben.«

»Sie haben sich nicht operieren lassen?«

»Nein. Als ich gestern das letzte Mal hier war, wurde

gerade das Urnengrab ausgehoben, und so fragte ich den Forstbeamten, wer bestattet wird. Ich wollte mir ansehen, wie das so abläuft. Ich habe in einiger Entfernung von Ihnen gestanden. Sie konnten mich nicht sehen. Sie hätten mir damals sagen können, dass wir beide uns einen Baum teilen.« Empört schüttelte sie den Kopf. »Sie haben sich unter Vorspiegelung falscher Tatsachen in mein Leben gedrängt. Es war gar nicht das Hotel, das Sie interessiert hat.«

»Es hat mir aber gut gefallen«, sagte ich bockig. »Und das andere … hat sich nicht ergeben. Sie hätten mich doch für verrückt gehalten. Stimmt's?«

Sie lachte laut auf, und in ihren Augen war ein amüsiertes Funkeln. Es machte diesen dunklen Tag gleich ein wenig heller. »Kann schon sein. Was für eine Idee! Was haben Sie damit bezweckt? Sollten unsere beiden Urnen nett miteinander plaudern?«

»Waren Sie das neulich hier im Wald? Dieses Gespenst, das wegläuft?«

Hatte ich wirklich »neulich« gesagt? Es kam mir vor, als wäre es Jahre her. Jahrzehnte. Als hätte eine völlig andere Frau hier gestanden.

Erst jetzt fiel es mir auf. »Woher wissen Sie, dass ich hier ein Grab habe?«

Sie deutete mit einem Kopfnicken auf den Baum. »Sie heißen doch Magda Ziegler, oder? So haben Sie sich mir auf unserer Autofahrt nach Gießen jedenfalls vorgestellt.«

»Ich dachte nicht, dass Sie sich meinen Namen gemerkt haben.«

»Ich merke mir jeden Namen. Jedes Gesicht. Berufskrankheit. Ja, das war ich. Die Frau im kamelhaarfarbenen Mantel, die davonrannte, als sie Sie erspäht hat.« Sie zitterte in der Kälte und zog den Reißverschluss ihrer Jacke bis zum Kinn. Der Pelz ließ ihr Gesicht weicher wirken. »Ich hatte mein Grab noch nie gesehen. Ich hatte es kurz vor der OP gekauft, ohne jemals hier gewesen zu sein. Reine Vorsorgemaßnahme. Und nun wollte ich es mir wenigstens mal anschauen. Und dann sah ich Sie.«

Die alles entscheidende Frage. Ich musste sie stellen.

»Wieso haben Sie sich nicht operieren lassen?«

»Was soll ich Ihnen darauf antworten?« Sie zuckte mit den Schultern. »Ich bin ins Krankenhaus gegangen, nachdem Sie mich dorthin gebracht hatten. Ich habe Sie sogar noch abfahren sehen, bin dann hoch in den dritten Stock, bin auf die Station gegangen, an einem Krankenzimmer vorbei, zu dem die Tür offen stand und in dem eine Frau im Bett lag, den Kopf bandagiert, den Blick mit schiefen Augen starr an die Decke gerichtet. Das war mehr, als ich ertragen konnte. Ich habe auf der Stelle kehrtgemacht und bin mit dem Taxi zurück nach Kronberg. Das ist die ganze Geschichte. Kein Ruhmesblatt, ich weiß.«

Sie holte tief Luft und stieß ihren nebligen Atem aus. »Noch aus der Taxe habe ich im Krankenhaus angerufen und die OP gecancelt mit der Begründung, ich sei beruflich unabkömmlich.«

»Dann waren Sie das auch im Hotel«, murmelte ich vor mich hin. Es war eher eine Feststellung als eine Frage.

»Als Sie zum Tee da waren in der ›Bibliothek der Kaiserin‹? Kamen Sie da nicht in Begleitung des älteren Herrn, der heute auch beim Begräbnis war?«

Ich nickte. »Sie haben wirklich ein gutes Gedächtnis. Er hat sich sogar für mich nach Ihnen an der Rezeption erkundigt. Aber da hat man ihm die Auskunft gegeben …«

Sie fiel mir lachend ins Wort: »… dass ich im Urlaub bin. Meine Mitarbeiter dachten, es handle sich bei ihm um einen Hoteltester. Es hatte sich unter der Belegschaft herumgesprochen, dass einer da ist und alles unter die Lupe nimmt. Er sollte auf keinen Fall den Eindruck kriegen, dass der Laden nur läuft, wenn die Chefin im Haus ist.« Sie zwinkerte mir zu, legte die rechte Hand an den Mund und zischelte: »Was natürlich der Wahrheit entspricht.«

»Herr Mahn hat wirklich mit Hotels zu tun«, sagte ich. »So falsch war der Eindruck nicht.«

»Was macht er?«

»Er war Concierge. Im *George V* in Paris.«

»Topadresse«, sagte sie und nickte anerkennend. »Viele halten es für das beste Hotel der Stadt.«

»Er ist in Rente«, fügte ich hinzu.

»Fragen Sie ihn, ob er Lust hat, bei uns zu arbeiten.«

Ich brauchte einen Moment, um mich zu sammeln, bevor ich ausrief: »Im Ernst?«

»Ich spaße nie, wenn's um Business geht. Hatte ich Ihnen nicht erzählt, dass wir einen guten Concierge brauchen?«

»Haben Sie.«

»Na, also!«

»Er ist schon zweiundsiebzig.«

»Mir völlig egal. Ich unterliege nicht dem Jugendwahn.«

»Ich werde sehen, was ich tun kann«, sagte ich und nahm den Kopf höher. »Er ist natürlich nicht irgendein Concierge. Er ist *der* Concierge.«

»Sie sollten Headhunter werden.«

Ich suchte ihren Blick, legte meine Hand auf ihren Arm und öffnete die Lippen, um ein wenig Sauerstoff zu tanken – und Mut. »Und Sie sollten sich operieren lassen. Warten

Sie nicht mehr. Ich fahre Sie noch mal hin, wenn Sie das wollen. Ich warte, bis Sie aus der Narkose aufgewacht sind, und wenn Sie das möchten, komme ich Sie auch gerne jeden Tag besuchen.«

»Sie haben sich freigeschwommen«, sagte sie und wischte meine Hand weg wie einen Fussel. »Glückwunsch! Und ich brauche nach wie vor keine guten Ratschläge. Ich bin nicht der Typ, der seine Lebenshilfe aus Büchern bezieht. Ich habe keine, weil ich keine brauche. Das gilt für diese Psycho-Schinken und für Freundinnen.«

»Ich dachte, das Boot ist voll mit Leuten, die für Sie da sind. Scheint also nicht der Fall zu sein.« Ihre Abfuhr hatte mich getroffen. »Machen Sie doch, was Sie wollen«, sagte ich gereizt.

Ein Zitat aus »Amélie« fiel mir ein, das ich etwas abwandelte. »Das Recht auf ein kurzes Leben ist unantastbar.« In mir brodelte die Wut. Was bildete sie sich ein?

Blöde Kuh.

Ich stapfte davon, um Thaddäus und Bea vom Leichenschmaus abzuholen. Im Gehen pflückte ich einen Zweig von einem Strauch, drehte mich noch einmal zu ihr um und wedelte mit dem Stängel in meiner Hand.

»Wie schön er aussieht, nicht wahr? Würde jetzt die Sonne scheinen, würden die Eiskristalle des Raureifs funkeln wie Diamanten. Aber wenn kein Reif mehr draufliegt, kann man sehen, wie der Zweig wirklich ist. Nackt und schwarz und kahl. Die Eiskristalle haben einen nur geblendet. Und darunter ist nichts. Gar nichts.« Zornig warf ich das Ästchen auf den Weg und trat mit meinem Stiefel wütend gegen eine Wurzel.

»*Meine* Urne wird nicht mit *Ihrer* quatschen. Und Thaddäus kriegen Sie auch nicht!«, warf ich Ana Blumenberg im Davongehen über die Schulter zu. Ein letztes Mal blieb ich stehen, um mich ihr zuzuwenden. »Warum haben Sie eigentlich ständig bei mir angerufen?«

Sie war nicht mehr da.

Welchen Weg auch immer sie genommen haben mochte, es war ihrer, und er ging mich nichts an.

21. Kapitel

Draußen rieselte der Schnee. Die Menschen mummelten sich ein in dicke Mäntel und versteckten ihre Ohren unter warmen Mützen. Sie hetzten mit großen Tüten voller Weihnachtseinkäufe durch die Stadt, als könne eine Flasche Parfüm oder ein neuer Pullover über alle Wunden, Enttäuschungen und geplatzten Träume des zu Ende gehenden Jahres hinwegtrösten. Ich hatte die Kartons und Säcke mit den Sachen meiner Eltern entsorgt, ein paar bunte Kugeln in eine Schale gelegt, Tannenzweige in eine Vase gestellt, naschte Dominosteine und trank Gewürztee. Es war der 18. Dezember. In vier Tagen hatte ich Geburtstag. Es war die Zeit der Liebe und der Lichter, und ich dachte oft an Roger. Ob ich ihn jemals wiedersehen würde? Wohl eher nicht. Wie hatte Ana auf unserer Fahrt nach Gießen gesagt? Manchmal brauchte man nur Selbstvertrauen und ein scharfes Skalpell.

In nicht mal einer Woche war Heiligabend. Bea hatte mich eingeladen, ihn mit ihr und ihrer Mutter zu verbringen. »Du hast ja niemanden mehr, du armes Ding, keinen Vater, keine Mutter, nur noch einen Baum und mich«, hatte sie gesagt, aber ich hatte mich entschieden, Thaddäus zu mir einzuladen. Ich hatte ein paar Stunden frei an diesem Nachmittag, also beschloss ich, zu ihm zu fahren und die Sache persönlich mit ihm zu besprechen. Er servierte mir in seiner kleinen Seniorenwohnung frisch gebrühten Kaffee, Spekulatius und Apfelsinen, deren weiße Haut er mit einem winzigen Obstmesser entfernte, und klimperte lustlos ein paar Takte weihnachtlicher Melodien auf dem Klavier in seinem Wohnzimmer, mit dem er an besseren Tagen die Damen entzückte. Am Fenster hingen Strohsterne.

»Wir machen es uns gemütlich«, sagte ich. »Ich hole Sie ab, wir können in den 18-Uhr-Gottesdienst gehen, wenn Sie mögen, und wenn wir zu mir nach Hause kommen, habe ich für uns einen kleinen Baum geschmückt, ganz traditionell in Rot und Gold und Grün, wir essen Kartoffelsalat mit Würstchen und danach selbst gebackene Plätzchen. Sie bekommen ein gutes Glas Wein, und gegen zehn bringe ich Sie wieder zurück. Wie klingt das?«

»Gut«, sagte er, seine Stimme wie eine Schlaftablette.

Wieder fiel mir auf, wie müde er aussah. Er machte nicht den Eindruck, als würde er auf gesunde Mahlzeiten und erholsame Nächte achten. Sein Hemd hing ihm ungebügelt aus der Hose, seine Augen waren rot, die Haare wirr. Er wirkte wie ein vom Sturm geknickter Halm, der sich aus eigener Kraft nicht wieder aufrichten konnte.

Der Verlust von Valena Falsetti hatte ihn tief getroffen. Es war noch nicht lange her, dass wir sie begraben hatten.

»Sie verkraften ihren Tod nicht«, sagte ich, räumte Tassen und Teller in die Spüle und wusch sie ab.

»Ich verkrafte nicht meine Feigheit«, sagte er, in seiner Stimme eine Spur von Bitterkeit. »Jahrelang traue ich mich nicht, den ersten Schritt zu tun, und dann ist es zu spät.«

Es klang so finster, dass ich ein paar Kerzen und Teelichter anzündete, die ich auf Tisch und Fensterbrett fand.

»Sie hat sich ja auch nicht gerührt«, versuchte ich, ihn zu besänftigen.

»Macht es das in irgendeiner Form besser?«

»Nein, natürlich nicht«, erwiderte ich, sehr auf der Hut, denn ich wollte nichts tun oder sagen, was ihn verletzen würde. Vielleicht wäre es rücksichtsvoll gewesen, mich angesichts seines Schmerzes auf Zehenspitzen zu entfernen. Aber ich entschied mich für eine andere Strategie. Ich nahm Anlauf, sprang über meinen eigenen Schatten und erzählte ihm von Ana Blumenbergs Angebot. Es ging darum, ihm wieder Lebensmut zu geben, da konnte eine neue Aufgabe die Rettung sein. Ich musste meinen Stolz überwinden. Ihm zuliebe. »Sie haben ihr nicht gesagt, wie alt ich bin«, entgegnete er.

»Doch. Habe ich. Hat sie nicht im Mindesten beeindruckt.«

»Sie muss verrückt sein«, sagte er, strich sich durchs Haar, stopfte das Hemd in seine Hose und bat mich, ihn die zwölf Kilometer nach Kronberg zu fahren. »Jetzt? Es schneit. Und eigentlich wollte ich nur Heiligabend mit Ihnen durchsprechen.«

»Ich gehe mal davon aus«, sagte Thaddäus, während er seinen Rücken durchdrückte und sein Kinn reckte, »dass ich als Mitarbeiter ohne Familie an den Feiertagen Dienst haben werde.«

Der Schnee trieb uns durch die Straßen, die so gut wie leer waren. Ich streckte meine Arme am Lenkrad aus und ließ sie knacken, um meine verspannten Glieder zu lösen. Ich fuhr ungern bei diesem Wetter, obwohl ich die Aussicht links und rechts auf die Felder und Wiesen genoss: Unangetastet und bläulich-weiß lag der Schnee im fahlen Licht einer spärlichen Nachmittagssonne, während dicke Flocken in Zeitlupe durch die Luft schwirrten. Wenn ich jetzt das Fenster öffnen würde, nur einen Spaltbreit, käme er hereingeschneit: der Duft meiner Kindheit.

Das Hotel war in eine Märchenlandschaft getaucht, der Anblick erzeugte mehr Weihnachtsstimmung als sämtliche prächtig geschmückten Schaufenster einer mittelgroßen Fußgängerzone zusammen. Wir hielten an, stiegen aus und bewegten uns unter den schwarzen Schirmen zweier Pagen auf das Schloss zu, während zwei andere Männer damit beschäftigt waren, den Parkplatz und die Gehwege vom Schnee freizuschippen.

Wir traten an die Rezeption. Hinter dem Tresen taten ein Mann und eine Frau Dienst, dunkler Anzug, dunkles Kostüm, beide um die dreißig. Eine kleine Familie stand aufgelöst vor ihnen. Der Grund für die Aufregung blieb uns aufgrund der etwas beengten Räumlichkeit nicht verborgen. Die kleine Tochter hatte ihren Teddy im Hotel verloren. Man wünschte alles Gute bei der Suche nach dem Kuscheltier. Ich merkte, wie Thaddäus sehr genau die Szene beobachtete, und auch ein leises Gespräch zwischen den beiden Angestellten nach einem soeben beendeten Telefonat brachte es mit sich, dass wir nicht anders konnten, als zu lauschen. Thaddäus legte seinen rechten Daumen unters Kinn, schob die linke Hand unter die rechte Achsel und hörte aufmerksam zu.

»Herr Overberg hat seine ›Laszlo Vass‹-Schuhe hier vergessen«, sagte der Mann hinter der Rezeption.

»Ich weiß«, sagte seine Kollegin. »Das Housekeeping hat sie ins Fundbüro gebracht. Stimmt es, dass sie 1500 Euro kosten?«

Er zuckte mit den Schultern. »Möglich. Er braucht sie morgen zu einem Meeting in München.«

»Das geht nicht«, sagte die Frau. »Die Post ist schon weg. Und bei dem Wetter …«, sie machte eine beschreibende Geste und suchte nach Worten, »… versinkt eh alles im Chaos.«

»Kurier«, schlug er vor.

»Wenn Sie ganz sicher gehen wollen«, mischte sich Thaddäus ein, »dass Ihr geschätzter Gast seine von ihm so dringend benötigten Schuhe pünktlich erhält, dann schicken Sie heute noch einen Fahrer Ihres Hotels nach München.«

Überrascht blickten die beiden Thaddäus an.

»Schon unter normalen Umständen würde die Fahrt vier Stunden dauern«, sagte der Mann.

»Was das kostet«, wandte die Frau ein. »Das Benzin. Die Übernachtung für den Chauffeur.«

»Das wird es *einem* wert sein, der rahmengenähte ›Laszlo Vass‹-Schuhe trägt«, sagte Thaddäus. »Und wäre es nicht reizend, dem unglücklichen kleinen Mädchen anzubieten …«, er deutete auf die Familie, die mit hängenden Köpfen durch die Halle davon schlich, »… einen Suchtrupp zusammenzustellen, der sich auf die Spuren von Petzi heftet?«

»Bruce«, sagte die Hotelangestellte. »Petzi heißt Bruce.«

Thaddäus trat lächelnd einen Schritt zur Seite, damit ich mich nach Ana Blumenberg erkundigen konnte.

»Die Frau Direktorin ist in Urlaub«, lautete die Auskunft des Mannes. »Dürfen wir Ihnen den Kontakt zu ihrem Vertreter Herrn van Buchem herstellen?«

Fast hätte ich gelacht. Sie zogen also die Nummer immer noch durch, da sie vermutlich aufgrund von Thaddäus' sachkundigem Auftreten der Meinung waren, es mit Hoteltestern zu tun zu haben, auch wenn ich aus dem Fernsehen wusste, dass die sich eher im Hintergrund hielten. Es gibt sone und solche, fiel mir ein Satz meiner Mutter ein. Wie auch immer: Irgendwo würde Ana hier herumspuken, einen Fussel vom Saum eines Seidentaftvorhangs entfernen oder eine zerzauste Blüte pflücken. Da war ich mir ganz sicher.

»Da ist ja Herr van Buchem«, sagte die Frau hinter dem Tresen und wollte einem eleganten Mann in Dunkelblau ein Zeichen geben. Ich konnte sie gerade noch davon abhalten.

Es stimmte also.

Ana war nicht da. Und plötzlich wusste ich es. Ich wusste, dass sie es getan hatte. Mein Gefühl sagte es mir, und manchmal konnte man sich darauf eher verlassen als auf den Rest des Universums. Ich hakte Thaddäus unter und sagte ihm, wir müssten los. Im Weggehen drehte ich mich noch einmal zu den beiden an der Rezeption um.

»Wie lange ist Frau Blumenberg schon in Urlaub?«

»Eine Woche. Haben Sie einen bestimmten Grund zu fragen?«

»Nur so«, sagte ich und zog Thaddäus nach draußen. Ich teilte ihm mit, dass sich sein Vorstellungsgespräch leider um ein paar Tage verschieben würde. Das schien ihm nicht zu gefallen, denn sein Unternehmungsgeist war zurückgekehrt.

Auch diesen Weg war ich schon gekommen. Ich kannte die Klinik in Gießen, den großen Kasten aus Glas und Stein und Holz, den Parkplatz. Die helle Halle, den Pförtner, den Blumenstand, den Lift, mit dem ich damals hochgefahren war, voller Ungewissheit und Angst, und beide waren immer noch meine Begleiter gewesen, als ich Minuten später wieder hinuntergekommen war. Ich hielt im dritten Stock, ging nach links auf die Station 3.2. Ich fragte nach dem Zimmer von Ana, man nannte es mir. Diesmal hatte sie sich nicht aus dem Staub gemacht.

Ich blieb vor der Tür stehen, wartete, bis sich meine Nervosität etwas gelegt hatte, trat ein. Sie schlief. Fast über ihre gesamte Stirn ein paar Zentimeter unter dem Haaransatz zog sich eine Narbe bis zur linken Schläfe. Tackernadeln hielten die Wunde zusammen; die blonden Haare waren bis weit hoch zum Schädel abrasiert. Er wirkte wie eine helle Wiese mit einem großen kahlen Flecken.

Ana lag allein im Zimmer; ihr Nachttisch war so gut wie leer. Nur ein Buch, eine Packung Kleenex, eine Flasche stilles Wasser, ein Glas, eine halb volle Tasse Tee, die nach Fenchel roch. Ein durchsichtiger Becher in Schnapsglasgröße mit zwei weißen Tabletten. Nichts Persönliches. Keine Blumen, kein Foto, kein Glücksbringer in Form eines Engels oder Hufeisens oder irgendeines anderen Kitschs. Nichts. Sie atmete leise. Ich wollte sie nicht wecken und entschied mich dafür, wieder zu gehen. Legte nur kurz meine Hand auf ihre, wollte sie dann sanft fortziehen, da spürte ich, dass sie festgehalten wurde.

»Immer, wenn ich bei Ihnen angerufen habe, verließ mich der Mut«, sagte sie und schlug die Augen auf.

»Und wenn ich zurückgerufen habe«, sagte ich, »sind Sie nicht mehr rangegangen.«

»Ich war zu feige, Ihnen meine Feigheit zu beichten.«

»Manchmal kann man das eben nicht«, erwiderte ich.

»Ich war ziemlich kaputt. Ich brauchte jemanden, der mich wieder heil macht. So eine Art Superkleber. Das waren Sie. Sie waren so stark im Wald neulich.«

»Das waren ja wohl die Ärzte, die gute Arbeit geleistet haben«, sagte ich und spürte, wie meine Wangen vor Stolz rot wurden.

»Die auch«, sagte sie und hielt immer noch meine Hand. »Morgen ist die OP schon eine Woche her. Übermorgen werden die Tackernadeln entfernt. Dann geht's zur Reha, zwei, drei Wochen, und danach bin ich wieder wie neu. Manchmal puckert die Narbe, meine Kopfhaut fühlt sich noch etwas taub an, und ich könnte nur schlafen. Ist das nicht furchtbar, dass man zugeben muss, immer müde zu sein?«

»Ein durchaus üblicher Satz, wenn man im Bett liegt«, sagte ich, und sie lachte. Es war mehr als das. Sie gurrte vor Glück, und sie sah jung und fabelhaft aus, wunderschön. Und das ganz ohne Schminke und mit ihrem halb rasierten Schädel.

»Woher wussten Sie, dass ich hier bin?«

»Ich war bei Ihnen im Hotel. Und als man mir sagte, Sie seien in Urlaub, war mir alles klar.«

Sie setzte sich auf, ließ die Beine aus dem Bett baumeln und das Geräusch hören, dass man macht, wenn man sich gut erholt nach dem Aufwachen streckt.

»Alles wird schön sein, jetzt, da ich keine Angst mehr haben muss, dass es plötzlich Nacht wird in meinem Kopf. Ich werde Dinge tun, die ich noch nie getan habe, und die Welt mit anderen Augen sehen. Städte und Meer, Nebel und Wolken, Regen und Schnee. Mal wieder einen Sonnenaufgang anschauen«, sie machte eine kunstvolle Pause und schaute an mir vorbei zur Decke. »Mit nackten Füßen am Strand entlanglaufen und die Wellen an meinen Zehen lecken lassen. Mir Zeit für Freunde nehmen, neue *finden,* alte *wiederfinden,* Rharbarberkuchen backen und eine ganze Tafel Schokolade mit Sprühsahne essen und Blut spenden und die Katze meiner Nachbarin versorgen, wenn sie verreisen will. Ich werde mir die Zehennägel mit Silberglanz lackieren und unter meinen Kostümen nur noch sexy Dessous tragen und ein japanisches Schriftzeichen auf meine Schulter tätowieren lassen. Das Symbol für Mut. Es sieht aus wie eine seitenverkehrte Vier, und man spricht es *yuuki* aus. Eigentlich passt es viel besser zu Ihnen. Wollen wir uns beide ein *yuuki* stechen lassen?«

Abwehrend hob ich die Hände. »Nur über meine Leiche«, sagte ich und erschrak im selben Moment, weil es angesichts der Situation vielleicht etwas geschmacklos rüberkam.

Aber sie lachte nur, laut und ansteckend.

»Warum nicht?«, sagte sie. »Immerhin haben wir ein Grab zusammen. Da kann ich Ihnen wohl eine Tätowierung spendieren. Erlauben Sie Ihrer Urne jetzt wieder, sich später mit meiner zu unterhalten?«

Ein gnädiges Nicken von mir.

»Spielen Sie Karten?«, fragte sie ausgelassen.

»Wer spielt nicht Karten?«

»Niemand spielt Karten. Ich kenne zum Beispiel keinen, der Doppelkopf kann.«

»Ich kann Doppelkopf. Es war das Lieblingsspiel meiner Eltern. Sie haben sich dazu immer mit den Nachbarn getroffen. Man muss zu viert sein.«

»Jetzt haben Sie mich am Hals«, sagte sie. Ihre Augen

waren voller Wärme. So wie sie jetzt war, hätte sie einen Eiswürfel bezaubert. »Was ist mit Ihrem Freund, dem Concierge? Er könnte mit uns Doppelkopf spielen.«

»Wenn er Zeit hat. Er hat Interesse an dem Job.«

»Wirklich?«

Eine Schwester brachte ein Tablett mit Abendessen.

»Das war der Grund«, sagte ich, nachdem sie gegangen war, »für meinen gestrigen Besuch im *Schlosshotel*. Ich wollte Sie beide miteinander bekannt machen.«

»Kommen Sie doch morgen wieder und bringen Sie ihn mit«, sagte sie und ließ, schuppdiwupp, gut gelaunt ein Gürkchen in ihrem Mund verschwinden.

Ich lächelte in mich hinein, als ich sie verlassen hatte und den Abend dazu nutzte, einen Spaziergang zu machen. Ihre Lebenslust war ansteckend gewesen. Vielleicht wäre Überlebenslust das bessere Wort. Sie hatte mich förmlich entflammt mit ihrer sprühenden Laune.

Die Luft war kühl und klar. Eine winterblaue Vollmondnacht.

Auf dem Weg nach Hause hielt ich an der Lahn, stieg aus und ging ein paar Schritte am Ufer entlang. Ein altes Haus erregte meine Aufmerksamkeit. Fachwerk. Gestrichen in Weiß, die Balken in einem rötlichen Braun, wie Ochsenblut. Ein spitz zulaufendes Giebeldach, zwei Türbögen, geformt wie Hufeisen, eingerahmt von alten Kastanien. Ich kannte es von früher. Hier hatte einst ein Ruderverein seine Boote gelagert, und mit sechzehn, siebzehn hatten wir hier Partys gefeiert mit der Musik von Roxette und Whitney Houston und Bryan Adams, hatten Apfelwein getrunken und Schmalzbrote gegessen, Flaschendrehen gespielt und

Jungs geküsst, die es zu eilig gehabt hatten. Ich hatte meine Seele verschlossen und meiner Mutter Lügengeschichten aufgetischt vom Kino mit Freundinnen, und nach zehn war ich von einem Fuß auf den anderen getreten, weil ich gewusst hatte, ich musste los. Dem Jungen, der mich ziemlich feucht geküsst hatte, wurde dadurch kurzfristig die Laune vermiest, aber ich hatte mich damit getröstet, dass er mich ohnehin bald über haben würde und dass Bea stellvertretend für mich alle Abenteuer erleben würde. Ich hatte erst dann aufatmen können, wenn ich mir zu Hause sicher sein konnte, dass meiner Mutter kein Verdacht gekommen war. Gerade noch mal die Kurve gekriegt. Schwein gehabt.

Dieses Bootshaus war mittlerweile geschlossen, und an einem blau gestrichenen Laternenmast hing das Schild einer Immobilienfirma, die es vermieten wollte. In diesem Augenblick, an diesem kalten Abend am Ufer der Lahn, als das Wasser von der Dunkelheit verschluckt wurde, nahm mein Leben noch einmal eine Wende.

Am nächsten Tag fuhren Thaddäus und ich nach Gießen in die Klinik zu Ana. Schon nach dem ersten Small Talk *(das Wetter, das Krankenhausessen, die beste Füllung für Weihnachtsgans: Ana = klassisch: Steinpilze, Walnüsse, Petersilie; Thaddäus = französisch, was sonst? = Äpfel, Maronen, Majoran)* war ich überflüssig. Ich ging raus, um bei den Schwestern eine Vase für die weißen Christrosen zu borgen, die Thaddäus Ana mitgebracht hatte.

Als ich zurückkam, sagte Ana gerade: »Die Kundschaft ist extrem anspruchsvoll geworden in den letzten Jahren. Und deshalb ist das A und O: Freundlichkeit. Freundlichkeit. Freundlichkeit.«

Ich verschwand auf Toilette.

Kaum war ich zurück, hörte ich Thaddäus: »Man muss nicht vierzig Brotsorten haben wie im *Ritz-Carlton* in Singapur, aber der Gast ist selig, wenn er die Auswahl hat unter vielen kleinen Köstlichkeiten. Hier Bircher Müsli, da ein wenig Wildschweinschinken, dort die Engadiner Nusstorte. Und als Dekoration auf dem Büfett: weiße Orchideenblüten.«

»Mir reicht Rührei«, warf ich ein. »Und Flieder mag ich lieber.«

»Hören Sie bloß auf!«, schimpfte Ana. »Flieder verwelkt so schnell wie das Leben.« Sie wandte sich wieder an Thaddäus: »Das Frühstück hat stark an Stellenwert gewonnen«, pflichtete sie ihm bei. »Es ist für Hotelgäste das drittwichtigste Kriterium.«

»Und die anderen beiden?«, wagte ich es noch einmal, mich ins Gespräch einzumischen.

Die beiden guckten irritiert zu mir herüber.

»Ein perfekt ausgestattetes, blitzsauberes Bad«, sagte Ana. »Ungestörter Schlaf auf einer guten Matratze«, sagte Thaddäus.

»Aha«, sagte ich und stand auf, um mir vom Teewagen auf dem Flur etwas Heißes zu holen.

»Gehen wir mal von einem Hotel mit knapp vierhundert Zimmern aus, also einem großen Haus wie dem *Adlon* in Berlin«, führte Thaddäus gerade aus, als ich wieder eintrat, »da brauche ich in meinem Team zehn Pagen, außerdem sieben Leute vor der Tür, dazu sechs Männer, die nur fürs Gepäckhandling zuständig sind, einen Bell Captain und im Wechsel sechs bis sieben Concierges hinter dem Tresen. Mich eingeschlossen. Wie viel Zimmer haben Sie?«

Ana lachte perlend und bildete mit Zeigefinger und Daumen einen winzigen Spalt. »Wir sind ganz klein dagegen. Zweiundsechzig inklusive Suiten.«

»Reduzieren wir also das Ganze …«, sagte Thaddäus.

»Ich hole mir mal eine Zeitschrift«, sagte ich.

Die beiden warfen mir den Blick zu, den man auch für eine Wespe übrig hat, die einem gerade um den Kopf summt, während ein Stück Pflaumenkuchen vor einem steht.

Ich blieb mit meiner Zeitschrift im Foyer sitzen und holte Thaddäus erst eine Stunde später ab. Immerhin klebte eine Probe mit Haarspülung in dem Heft, und über Helene Fischer hatten sie auch was.

Bei meinem Eintreten strahlte Ana mich an. Man nahm mich wieder wahr.

»Wir sind uns einig«, jubelte sie. »Und was machen wir mit Ihnen?«

»Wenn ich Sie so höre, Sie Workaholic«, sagte ich, »dann auf jeden Fall keine gemeinsamen Doppelkopfabende.«

»Warum fangen Sie nicht auch bei uns im Hotel an? Ich könnte eine Nanny gebrauchen. Ein neuer Service, den ich plane für Gäste, die mit Kindern anreisen. Sie sind doch nicht glücklich in Ihrem Job.«

»Ich habe keine Erfahrung mit Kindern.«

»Das kriegen Sie schnell spitz. Ich lasse Ihnen eines von unseren vierzehn Standardzimmern herrichten, wann immer Ihre Dienste über Nacht benötigt werden. WLAN. Blick auf den Schlosspark. Frisches Obst. Das Übliche.«

»Das ist für mich nicht das Übliche. Das ist Luxus.«

»Thaddäus wird eine kleine Wohnung in der Nähe des Hotels beziehen«, sagte Ana. »Falls Sie das umstimmen könnte.«

Ich schüttelte den Kopf. »Ich denke nicht. Ich habe andere Pläne.« Dann blickte ich auf meine Armbanduhr und sagte zu Thaddäus: »Wir sollten los.«

»Sie sind erzürnt«, sagte er, sobald wir im Auto saßen und über Land fuhren. In der Nacht hatte es aufgehört zu schneien. Der Schnee auf der Straße war Nässe gewichen. Nur die Apfelbäume auf den Streuobstwiesen links und rechts trugen noch eine glitzernde weiße Schicht wie auch die Dächer der Häuser. Rauchwolken ringelten sich aus den Schornsteinen.

Ein heftiger Wind war aufgekommen und blies den liegen gebliebenen Schnee wie Staubzucker durch die Luft.

»I wo.«

»Es tut mir leid, dass wir so gefachsimpelt haben.«

»Das war ja Sinn der Sache«, beschwichtigte ich ihn. »Es ging schließlich um einen Job für Sie.«

»Um mehr als das. Sie haben mir auf den Rücken geschlagen und meine Verspannung gelöst.«

Meinen Mund umspielte ein Lächeln. »Neige ich neuerdings zu Gewalt?«

»Sie wissen, wie ich das meine. Auf Ihre ganz eigene Art haben Sie mir das Leben gerettet.«

»Sie haben meins gerettet«, sagte ich. »Und jetzt retten wir jemand anderen. Das heißt, wir versuchen es. Ein letztes Mal.«

»Muss ich das jetzt verstehen?«, fragte er und zwirbelte den Entenkopfstock zwischen seinen Beinen.

»Sagen wir so: Mir fehlte der asiatische Touch bei Ihrem Frühstücksbüfett.«

Nach einer ganzen Weile bog ich ein auf den Parkplatz

des Restaurants *Panda* in Leihgestern. Unter den Reifen knirschten Reste von Schnee.

»Was machen wir hier?«

»Ich sagte doch: Mir ist nach asiatisch.«

»Sie wollen nicht im Ernst noch einmal auf diesen Miesepeter treffen?« Jetzt war er es, der auf die Uhr blickte. »Es ist seine Mittagessenzeit.«

»Doch.« Ich grinste. »Das ist die Strafe der Götter für vorhin.«

»Sie sind ja die reinste Gehässigkeitsspezialistin.«

»Man muss sich weiterentwickeln.« Ich nahm ihm seinen Stock ab, stützte mich darauf und vollführte eine Drehung wie eine Stepptänzerin. »Entgegen der herrschenden Meinung bin ich der Ansicht, dass es immer eine zweite Chance für den ersten Eindruck geben sollte. Alles hat ein gutes Ende genommen mit den Menschen an unserem Baum. Ana Blumenberg wird wieder ganz gesund. Sie haben eine neue Aufgabe und kommen raus aus Ihrem Seniorenstift. Ich …«

»Sie sind unglücklich verliebt«, fiel er mir ins Wort. »Und daran bin ich schuld. Wahrlich ein gutes Ende.« Er schnitt eine verzweifelte Grimasse, die so komisch war, dass ich mich vor Lachen fast verschluckt hätte und husten musste.

»Ich brauchte endlich ein Leben«, sagte ich, als ich mich wieder gefangen hatte. »Das habe ich bekommen. Und eine Liebschaft dazu, die zwar ein kurzes Verfallsdatum hatte, an die ich mich aber gern erinnern werde.« Ich gab ihm seinen Stock zurück. Die Kälte zwickte mich in die Nase. »Lassen Sie uns reingehen!«

Fritz König saß genau an dem Platz, an dem wir ihn letztes Mal angetroffen hatten. Am hinteren der drei Zweiertische neben dem Aquarium. Er löffelte eine säuerlich duftende Suppe aus einer blau-weißen Schale. Vermutlich würde das seine einzige Mahlzeit heute Mittag sein, dachte ich, da es wieder ein Samstag war, ein Tag ohne vergünstigte Speisekarte.

»Sie schon wieder«, sagte er statt einer Begrüßung. »Hatten wir eine Verabredung?«

»Hatten wir nicht. Dürfen wir?«, fragte ich, wartete seine Antwort gar nicht erst ab und setzte mich auf den Stuhl ihm gegenüber, während Thaddäus sich einen vom Nachbartisch heranzog. Meine Hände legte ich überkreuz vor mich auf die Tischplatte.

»Ich dachte schon, ich höre nie mehr wieder was von Ihnen«, sagte er. Ich konnte nicht heraushören, ob das nach einem Vorwurf klang – oder Vorfreude.

»Wir waren ein paar Tage in Paris«, sagte ich, obwohl ihn das nichts anging.

»Die Provinz ist voll mit Leuten, die alle in die Großstadt wollen«, sagte er, legte den weiß-blauen Porzellanlöffel hin und trank den letzten Schluck Suppe aus der Schale.

»Frau Falsetti ist verstorben«, begann ich. »Sie wird Ihnen nichts sagen. Es sei denn als Künstlerin. Sie ist unsere Grabnachbarin. Wir waren zur Bestattung da.«

Ich schaute hinüber zu Thaddäus, den schon die Nennung ihres Namens außer Fassung zu bringen schien. Auf seine eigene, ganz leise Art. Er hatte die Hände vor dem Mund gefaltet, die Augen geschlossen, rechter und linker Daumen stützten das Kinn, die Nase war eingeklemmt zwischen den Spitzen der Zeigefinger.

»Was habe ich damit zu tun?«, erkundigte sich Fritz König.

»Neulich sprachen Sie von Ihrer Erkrankung«, sagte ich und strich mir nervös eine Haarsträhne hinters Ohr. »Ich hatte das Gefühl, dass Sie vielleicht etwas Unterstützung brauchen.«

Er sah mich schweigend an, während Thaddäus Tee für uns beide bestellte.

»Und wie soll die aussehen?«

»Ich habe mir überlegt, dass ich mit Ihrem Sohn sprechen könnte.«

Thaddäus sah mich überrascht an, während Fritz König mir laut ins Gesicht lachte. »So was Naives habe ich noch nie gehört.«

»Ich würde es gern tun.«

»Haben Sie ein Helfersyndrom?«

Ich ignorierte seine Bemerkung. »Es ist keine große Sache für mich, nach Frankfurt in die Weinhandlung zu fahren. *Weinkontor König*. Ich habe es bereits gegoogelt. Ich kann mir vorstellen, wie das ist. Man will anrufen. Man traut sich nicht. Sucht nach Ausreden. Lässt es dann ganz.«

»Hören Sie auf mit diesem Psychokitsch! Es ist ganz einfach. Mein Sohn ist kein Fan von mir. Wenn alle Familien so ehrlich zueinander wären, dann gäbe es an Weihnachten nicht so viele Dramen, weil man sich tunlichst aus dem Weg gehen würde. Da sitze ich lieber alleine da mit meiner Flasche Bier und habe keinen Krieg.«

»Aber neulich waren Sie …«

»Kurz sentimental«, unterbrach er mich.

»Ich denke, wir sollten gehen«, sagte Thaddäus. »Ich habe kein Interesse an dieser Art Lebensverdüsterung.«

»Ihr Bekannter hat recht. Gehen Sie und überlassen Sie es unserer Familie, ihre dreckige Wäsche zu waschen.«

Kaum waren wir draußen, nahm ich Thaddäus erneut den Stock ab, stapfte damit davon und drosch auf den Schnee ein, der an den Rändern lag.

»Machen Sie meinen Stock nicht kaputt!«

»Dieser Mann hat nichts«, wetterte ich. »Keine Tränen, keine Gefühle, kein Mitleid, kein Herz, kein Blut. Er ist so kalt wie dieser Tag. Bald wird der Tod bei ihm anklopfen ....«, ich pochte mehrmals mit dem Stockende auf den Boden, »... und er wird allein sein, und das wird ihm gar nicht passen«.

»Leider kommt der Tod nie dann, wenn es einem passt«, sagte Thaddäus.

»Auch wieder wahr.«

Ich gab ihm seinen Stock zurück, wir stiegen ins Auto und fuhren davon. Das war eine ziemlich holprige erste Tageshälfte gewesen, fand ich, die zweite konnte nur besser werden. Wenn ich etwas gelernt hatte, dann das: Holprigkeiten waren dazu da, dass man sie ebnete, ausbügelte, glättete. Notfalls umschiffte.

Thaddäus saß, die Hände auf den Knauf des Stockes zwischen seinen Beinen gestützt, kerzengerade auf dem Beifahrersitz, die Stirn in tiefe Furchen gelegt.

»Sie sagten vorhin, Sie haben *noch* etwas vor? Mir schwant Böses.«

»Ich geb's zu: Der große Spaß war das eben nicht gerade. Würde ich nicht unbedingt als Samstagabendunterhaltung empfehlen. Nicht mal bei Regen.«

»Sie haben es nur gut gemeint.«

Ich zuckte mit den Schultern. »Gut gemeint kann auch schlecht enden. Dieser Mensch kann nur kläffen. Keifen. Stänkern.«

»Jeder hat seinen Rucksack zu tragen«, sagte Thaddäus. »Und manche haben mehr Gepäck dabei als jeder Kofferträger am Gare de l'Est. Seien Sie milde.«

Nach knapp zwanzig Minuten waren wir am Ziel. Thaddäus und ich stiegen aus, ich nahm seinen Arm und führte ihn über den Hof zu dem rot-weißen Fachwerkbau.

»Und was machen wir jetzt hier?«, wollte er wissen.

Also, Magda, sprach ich mir selbst Mut zu. Mund auf! Satz raus! Mund zu!

»Ich will es mieten und renovieren. Das Haus«, schob ich hinterher, als er mich verständnislos ansah.

»Um was damit zu tun?«

Ich war ihm dankbar, dass er keinen entsetzten Schrei ausstieß angesichts eines Gebäudes, das nicht mehr die alte Pracht und Herrlichkeit ausstrahlte, sondern mich ernst nahm und mir zuhörte.

Versonnen lächelte ich vor mich hin. »Eine Frühstückspension eröffnen. Direkt am Wasser. In den Kastanien werden die Vögel zwitschern, und am Abend wird das Wasser der Lahn in Sonnenuntergangsgold getaucht sein.« Ich deutete nach oben. »Sehen Sie die sechs Fenster im ersten Stock? Das wird das Esszimmer. Ich werde geblümte Gardinen aufhängen, die so lang sind, dass sie sich auf der Erde tuffen. Die Möbel werden alt sein, schöne Stühle mit geschwungenen Lehnen aus einem dunklen Holz. In einer Vitrine werden antike Suppenterrinen stehen. Auf jedem Tisch gibt es eine Kerze. Und immer frische Blumen. In jedes glückliche Haus gehören Kerzen und Blumen. Ich werde mit einem kleinen Block am Tisch stehen und die Frühstücksbestellungen aufnehmen, werde fragen, wie man die

Eier gebraten haben möchte, und ob ich frisch gepressten Orangensaft servieren darf. Oder lieber Pampelmuse oder Tomate. Leise Musik wird spielen. Ich mag ja mehr Andrea Berg und Udo Jürgens, aber ich denke, es wird wohl auf Klassik hinauslaufen. Das hat mehr Stil. Alle werden sich bei mir pudelwohl fühlen, denn hinter dem Haus schwimmt der Fluss vorbei, und allein das Geplätscher von Wasser macht glücklich.« Ich seufzte. »Davon habe ich schon immer geträumt.« Für einen Moment schloss ich die Augen, um diese Fantasie zu genießen. Ich merkte, wie mein Gesicht anfing zu glühen und wie sich mein Puls beschleunigte.

»Es wird ein großes Wohnzimmer geben, in dem viele Bücher stehen und in dem an kalten Tagen ein Kaminfeuer prasselt. Ich mag den Geruch und das Knistern des Feuers. Es wird immer warm und gemütlich sein. Wer möchte, kann auch abends einen Snack haben. Vielleicht selbst gebackenen Flammkuchen. Einen guten Wein dazu. Und ganz oben unters Dach …«, ich zeigte auf die vier Fenster unter dem Giebel, »… kommen die Gästezimmer. Vier auf der einen und vier auf der anderen Seite. Sie sind alle unterschiedlich eingerichtet, nur etwas haben sie gemeinsam: In jedem gibt es ein Messingbett. Ich liebe Messingbetten. Sie haben gemusterte Vorhänge und Tagesdecken und Kissen, und jeden, der dort übernachtet, empfängt ein Strauß Blumen und ein ›After Eight‹ auf dem Kopfkissen. Auf dem Nachttisch steht eine Karaffe Wasser. Kennen Sie diese Rattanstäbchen in Glasflaschen, die so unfassbar gut riechen?«

Er nickte.

»Die verteile ich in allen Zimmern.« Ich machte eine weit ausholende Handbewegung. »Überall Vanillenebel.«

»Das ist nicht jedermanns Sache«, wandte Thaddäus ein.

»Kein Vanillenebel?«

»Kein Vanillenebel.«

»Irgendein Zimmer wird es noch geben, das ich für mich herrichte«, fuhr ich fort.

»Sie geben also Ihre Wohnung auf?«

»Ja. Und wenn Sie mich besuchen, bleiben Sie über Nacht. Sie kriegen das schönste Zimmer von allen und sind mein Gast. Es sei denn …«, holte ich tief Luft, um etwas runterzukommen von meiner Vanillewolke, »… ich bin total ausgebucht, was natürlich vorkommen kann. Wenn zum Beispiel die ›Leica‹-Erlebnistage sind, dann platzt die Stadt aus allen Nähten.«

»Und was ist hier unten mit diesen riesigen Torbögen?«

»Dahinter lagerten früher die Boote. Daraus könnte man eine Festscheune machen. Für Hochzeiten und andere große Feiern. Mit Spanferkel und DJ und Tanz. Und eine Küche gibt es auch. Denn früher war hier drin mal ein Italiener.« Ich schlug die Hand vor den Mund. »Jetzt habe ich Sie totgesabbelt. Und? Was meinen Sie?« Ich hatte Angst davor, dass er es mir ausreden würde. Bedenken äußern. Mich auf den Boden der Tatsachen holen. Ich wusste, dass dieser Boden steinhart sein konnte und mir das Aufsetzen wehtun würde.

Aber nichts da.

Thaddäus sagte nur: »Machen Sie's!«

Ich legte meine Hände auf seine Schultern und rüttelte ihn leicht. »Sie sind ja wahnsinnig!«

»Sie müssen nur noch die Bank überzeugen. Sie brauchen viel Geld für die Renovierung und einen langen finanziellen Atem, bis sich Ihre Pension herumgesprochen hat. Ich helfe

Ihnen. Und Frau Blumenberg wird es gewiss auch tun. Wir sollten als Erstes einen Businessplan erstellen.«

»Wir müssen uns einen Namen überlegen«, sagte ich glücklich. Mein Herz drohte auszusetzen. Ich bekam vor Aufregung keine Luft. »So was wie *Pension Panorama*.«

»Es muss was Idyllisches sein«, sagte Thaddäus. »Wären wir in den Bergen, würden wir es *Alpenhof* nennen.«

»Wir sind aber nicht in den Bergen, Thaddäus.«

»Es war ein Beispiel.«

»Wie wäre es mit *Bella Vita?*«

»Sind wir in Rom?«

»*Die Träumerei.*«

»Klingt wie Traumtänzer«, sagte Thaddäus. »Ich möchte nicht bei Traumtänzern übernachten. Traumtänzer erwecken in mir die Assoziation verkohlter Frühstücksbrötchen.«

»Charme«, warf ich ein. *»Pension Charme.«*

»Wer von sich behauptet, er habe Charme, hat keinen. Das gilt auch für die Hotellerie.«

»Mein Gott, sind Sie streng. Wie wär's mit *Lahnblick?*«

»Wie wär's mit *Bootshaus?*«, sagte Thaddäus.

»Bootshaus.« Ich ließ mir den Namen auf der Zunge zergehen. »Könnte mir, glaube ich, gefallen.«

»Nun fahren Sie mich nach Hause«, bat Thaddäus, »und dann freuen Sie sich auf Ihren Geburtstag übermorgen.«

»Sie wissen davon?«

»Ich habe Ihr Anmeldeformular im *George V* gesehen. Werden Sie feiern?«

»Ich habe seit Jahren nicht mehr gefeiert.«

»Warum nicht? Seinen Geburtstag muss man lieben.«

»Lieben!« Ich stieß einen prustenden Laut aus. »Ich kann ihn noch nicht mal leiden.«

Das war die Wahrheit. Es war mir egal, ob ich ein Jahr älter wurde. Das war eben so. Daran konnte man nichts ändern. Aber ich brauchte wirklich keine Girlanden.

»Ich würde Sie und Bea gerne zum Abendessen einladen an diesem Tag«, sagte Thaddäus.

Also doch Girlanden.

22. Kapitel

Es war fast halb neun, als ich am Sonntagmorgen wach wurde. Der Tag kroch gerade aus dem Himmel und wurde von Regen begrüßt. Ich sprang aus dem Bett, denn ich musste mich beeilen. Es gab viel zu tun. Es ging darum, neu anzufangen, und das machte man nicht eben mal zwischen Toilette und Toast. Ich nahm eine Dusche, stürzte eine Tasse Kaffee hinunter, und als das Telefon klingelte, rannte ich so schnell ins Wohnzimmer, dass ich meinen großen Zeh am Türrahmen stieß. Am anderen Ende war Manuel Sandberg, ein junger Makler der Immobilienfirma, mit dem ich bereits telefoniert hatte, um mich nach dem Bootshaus zu erkundigen. Ob ich nach wie vor interessiert sei, wollte er wissen.

Was für eine Frage!

Meine nächste Station lag gleich um die Ecke. Eigentlich hätte ich zu Fuß gehen können. In gut zehn Minuten war man da. Aber ich hatte es eilig und setzte mich ins Auto. Kurz darauf hielt ich vor einem großen Gebäude neben einem Sportplatz, gegenüber dem Gymnasium. Die erbsengrünen Wände des Flachbaus wirkten alles andere als einladend, aber mich konnte nichts davon abhalten auszusteigen, die Stufen hinaufzulaufen und mich unter dem aluminiumfarbenen Vordach vor dem Regen in Sicherheit zu bringen.

Die Frau an der Kasse begrüßte mich. Wir kannten uns. Sie war Kundin bei mir. Presskopf, Bierschinken, Thüringer.

»Gibt es einen Schwimmkurs nur für Frauen?«, fragte ich.

»Den gibt es.«

»Anfänger?«

»Sicher. Jeden Sonntag von zehn bis elf bei Claudia und Petra im Lehrschwimmbecken. Der Abschluss ist das Schwimmerzeugnis für Erwachsene. Und wer will, belegt im Anschluss den Fortgeschrittenenkurs. *Ein* Platz bei den Anfängern ist noch frei. Wie sieht's aus? Trauen Sie sich, oder tauchen Sie ab?«

»Natürlich bin ich dabei«, sagte ich empört.

»Dann holen Sie Ihr Badezeug!«

»Wie? Gleich heute?«

Sie lachte. »Worauf warten Sie noch?«

Eigentlich hatte sie recht.

Der Tag vor meinem fünfunddreißigsten Geburtstag, so dachte ich, war ein guter Tag, um ins kalte Wasser geworfen zu werden.

Nach dem Schwimmkurs machte ich mich auf in den Friedwald. Der Regen hatte aufgehört. Die Sonne riss ein paar Löcher in die graue Wolkendecke. Ich umarmte Baum 1071 und stellte wieder einmal fest, wie schön die Rinden von Buchen waren, ganz glatt und zart wie die Wangen einer jungen Frau, ohne Schrammen, ohne Falten. »Hallo, Mama«, sagte ich. »Guten Tag, Frau Falsetti.« Nun waren sie schon zu zweit. Dann nahm ich die kleine braune Tafel mit unseren Namen an mich, ebenso die vom Nachbarbaum und ging davon. Ich zitterte am ganzen Körper, als ich die Schildchen in meine Basttasche schob, die vollgestopft war mit Tempos und Labellos, Hustenbonbons und Münzen. Du bist wahnsinnig, schoss es mir durch den Kopf, das tut man nicht.

Im Auto auf der Heimfahrt drehte ich das Radio laut, um mein klopfendes Herz zu übertönen, und genoss es, wie meine Haut nach frischer Luft duftete.

Dem Mann in der Gravuranstalt, den ich am nächsten Tag in meiner Mittagspause aufsuchte, bereitete meine Bitte keine Probleme. Diese kleinen braunen Tafeln, sagte er, seien handelsüblich. Natürlich habe man die da.

»Nur damit ich es richtig verstehe«, sagte er. »Sie geben also zwei neue Prägeschilder in Auftrag? Der Name ›Fritz König‹ soll von dem einen entfernt und auf das andere gedruckt werden, auf dem nur fünf Namen stehen. Ist das so korrekt?«

»So was von korrekt«, sagte ich.

»Morgen können Sie sie abholen.«

»So schnell?«

»Es ist Weihnachten. Da haben wir vorher gerne die Aufträge vom Tisch.«

Ich lächelte ihm zu, verließ die Werkstatt und zog mir im Gehen meine Handschuhe aus. Jetzt brauchte ich sie nicht mehr. Sie hatten dafür gesorgt, dass ich mir meine Hände nicht schmutzig gemacht hatte. Ich lächelte in mich hinein. Vielleicht hatte Fritz König früher auch oft ein Lächeln im Gesicht gehabt. Aber nun gab es dieses Lächeln nicht mehr. Und ehe mein Lächeln verschwinden würde oder das der anderen, würde er es. Man hatte auch im Tod ein Recht auf Glück. Und da ich eine nette Nachbarschaft wollte, überlegte ich, ob ich nicht Bea eines Tages bitten sollte, sich an unserem Baum einzukaufen. Musste ja nicht gleich sein. Konnte noch warten. Wenn ich erst meinen Kredit für das Bootshaus hatte, würde ich ihr das Geld leihen können. Oder schenken. Meine Schritte waren leicht. Ich schwebte beinahe. »Herzlichen Glückwunsch, Magda«, sagte ich.

Das Kleid, das ich am Abend trug, war neu. Es war mein Geschenk an mich. Chiffon, weiß mit roten und schwarzen Tupfen, mit einem V-Ausschnitt. Es war ein schönes Kleid, das um meinen Körper schwang bei jedem Schritt, so dass es aussah, als würde ich tanzen. Dazu trug ich meine Pumps aus Paris. Die Verkäuferin hatte mir geraten, auf einen BH zu verzichten, aber so haltlos wollte ich dann doch nicht sein.

Thaddäus hatte für uns den *Wirt am Dom* ausgesucht, einen Italiener in der Altstadt von Wetzlar. Historisches Gebäude, rotbraune Fassade, goldene Schrift, und im Sommer rollten sie sonnengelbe Schirme und Pflanzenkübel auf die Terrasse. Ich hatte mehrmals davorgestanden, manchmal die Karte studiert, war aber nie Gast gewesen.

Bea brachte mir als Geschenk einen rosa Plüschkragen, den sie in einer Boutique in Frankfurt entdeckt hatte. Er war nicht ganz so schön wie der, den ich in Paris gekauft hatte, aber das würde ich ihr niemals sagen. Thaddäus überreichte mir ein grünes Päckchen mit einer akkurat gebundenen silbernen Schleife. Ich wickelte es aus und hielt kurz darauf ein rechteckiges Kästchen aus poliertem Nussbaumholz in Händen, das Musik machte, wenn man den Deckel öffnete. Ich spürte ein Kratzen im Hals und musste mich räuspern, bevor ich etwas sagen konnte. »Für Elise«, flüsterte ich.

In Paris war es mir nicht aufgefallen, aber heute stellte ich fest, dass die Melodie etwas eierte. Auch Thaddäus bemerkte das und lachte. »Die Spieluhr ist erschöpft. Es wird Zeit, dass sie zur Ruhe kommt.« Er nahm meine Hand und drückte sie. »Jetzt tut sie das.«

»Aber die Ringe …«, stotterte ich. »Die müssen Sie rausnehmen und gut auf sie aufpassen.«

Thaddäus zog einen von ihnen hervor. Es war der Chrysopras, dessen leuchtend grüne Farbe im Laufe der Jahre verblichen war. Er hielt ihn mir entgegen und sagte: »Manchmal verblasst etwas, die Liebe, die Schönheit, und trotzdem geht das, was ihr zugrunde liegt, niemals ganz verloren. Dafür steht dieser Stein.« Dann steckte er den Ring zurück in das dunkelrote Samtpolster des Etuis. »Sie gehören Ihnen. Nehmen Sie sie, verkaufen Sie sie! Vielleicht bekommt man dafür einen Kamin oder ein paar Messingbetten für die Gästezimmer.«

»Das kann ich nicht annehmen«, sagte ich, während mir die Tränen die Wangen hinunterliefen. Ich schluchzte laut auf, fiel Thaddäus um den Hals und beschmutzte mit meinem Lippenstift seinen Kragen.

»Ich werde sie niemals verkaufen. Nie. Nie. Nie. Das bringe ich nicht übers Herz.«

Nachdem ich mich gefasst und mit einer Stoffserviette und Wasser aus der Seltersflasche ein noch größeres Malheur mit den roten Flecken auf Thaddäus' weißem Hemd angerichtet hatte, aßen wir Spaghetti aus dem Parmesanlaib und tranken Merlot aus Sizilien. Thaddäus wollte mit einem Taxi zurückfahren, so dass es keinen Grund gab, nach zwei Flaschen Wein, dem bereits Aperol-Sprizz zum Aperitif vorausgegangen war, nicht auch noch den Prosecco zu trinken, den er orderte, um auf mein Wohl anzustoßen. Und auf das von Bea, die uns erzählte, dass sie als Kandidatin bei einer Datingshow im Fernsehen angenommen worden war. Immerhin war ich trotz einiger Grappa zur Verdauung noch nüchtern genug, um den Blumenverkäufer dankend wegzuschicken. Der Mann war hartnäckig. Er legte mir einen üppigen Strauß Rosen in den Schoß, die genauso tiefrot waren wie das Samtpolster der Schmuckschatulle, und während ich gerade ein ärgerliches »Nein« ausstoßen wollte, lachte er mich an mit weißen Zähnen, die ein wenig darüber hinwegtäuschten, wie übernächtigt er aussah mit den lila Schatten unter seinen schwarzen Augen. Er ging davon und ließ mich mit den Rosen zurück.

Ich spürte seine Nähe, bevor ich ihn sah. Er trat hinter mich und flüsterte mir ins Ohr. »Herzlichen Glückwunsch.«

Langsam drehte ich mich zu ihm um.

Roger stand vor mir.

Roger Laval aus Paris.

Wenn das so weiterging an diesem Abend, würde ich nonstop flennen, mein Herz würde stehen bleiben, oder vielleicht würde es vor lauter Glück auch anfangen zu tanzen. Man wusste nie, was so ein Herz alles anstellen konnte. Seine Nähe raubte mir den Atem. Seine Lippen bewegten sich. Er sagte etwas, aber die Laute drangen nicht zu mir vor.

Er nahm mein Gesicht in seine Hände und küsste mich sanft auf den Mundwinkel. Die Zärtlichkeit in seinen Augen ließ mich schwach werden, und mich überkam etwas, wofür ich die Worte nicht kannte. Eine kleine Anwandlung von Liebe? Ich musste lachen, als er unserem Kuss nachschmeckte: »Guter Tropfen. Ich wette, Grappa von der Chardonnay-Traube.«

Er verwöhnte mich mit Küssen und Komplimenten, und es musste eine ganze Weile vergangen sein, bevor ich mich zu unserem Tisch umwandte und bemerkte, dass sowohl Thaddäus als auch Bea verschwunden waren.

»Woher wusstest du …?«, begann ich, nachdem wir uns gesetzt hatten.

»Von deinem Geburtstag? Ich habe deinen Pass gesehen, als du im Hotel eingecheckt hast.«

Er nahm meine Hand in seine, küsste meine Fingerspitzen, und ich konnte meinen Blick nicht von ihm wenden. Mein Kopf sank gegen seine Schulter. Ich roch seinen Duft. Er roch wie ein Mann, der gerade frisch geduscht hatte. Nur noch er. »Wusste Thaddäus …?«

Mehr als abgehackte Sätze brachte ich im Moment nicht zustande.

»Dass ich komme?«

Ich nickte.

Er nickte.

»Ich wäre gern der Richtige für dich«, sagte er dann. »Das ist mir klar geworden, nachdem du abgereist warst. Aber ich konnte nicht gleich weg. Dienst ist Dienst …«

»Schnaps ist Schnaps«, vollendete ich und kippte den Grappa. Mein Magen brannte wie mein ganzer Körper.

Seine Augen schimmerten dunkel.

»Manchmal«, sagte Roger und zeichnete mit dem Finger die Form meiner Lippen nach, »findet auch ein guter Concierge die Antworten erst, wenn der Gast längst abgereist ist.«

Zusammen gingen wir in ein kleines Hotel in der Nähe des Doms. Ich mochte ihn nicht in meine Wohnung bitten, wo alles voll war von Erinnerungen und Dingen, die ich nicht mehr wollte. Wo alles voll war von mir, die ich nicht mehr ich war. Ich wollte keine Liebesnacht in der Nähe eines Küchenkreppabrollständers verbringen. Und wo sollten wir schlafen? Auf der Bettcouch meines alten Jugendzimmers mit dem Blick hinaus auf das winterharte Grün? Im Ehebett meiner Eltern?

Ich war aufgeputscht und erschöpft zugleich.

Ich konnte nicht mehr. Es ging nicht mehr. Zu viel von allem.

Zu viel Wahnsinn! Glückseligkeit! Küsse! Wein! Rosen! Ringe!

Und so *passierte* es, dass ich in dieser Nacht in seinen Armen einschlief, ohne dass etwas *passierte*.

Als ich mitten in der Nacht wach wurde und die Regentropfen am Fenster hörte, wühlte ich mich tiefer in meine Decke. Ich liebte es, wach zu werden und wieder einzuschlafen. Normalerweise. Auch so eine Manie von mir.

Aber jetzt war kein Gedanke mehr daran.

»Bist du einsam? Oder ist dir kalt?«, murmelte Roger neben mir.

Ich vergrub mein Gesicht an seinem Hals, schmiegte meine Wange an seine.

»Küss mich endlich«, sagte er.

Plötzlich hatte ich Angst, den Zauber unserer Liebe in Paris zurückgelassen zu haben und ihn nicht wiederbeleben zu können in diesem Zimmer zwischen grauen Spannbettlaken, quietschenden Federn, den Leuchtziffern eines Radioweckers und knarzendem Laminat. Ich war nervös. Viel mehr als bei unserem ersten Mal. Zum Glück fielen mir die Anweisungen meiner Schwimmlehrerin ein.

Ruhig ein- und ausatmen!

Weiter! Weiter!

Gut so!

Benutze alle Muskeln, die du hast!

Die Anweisung »Streck die Zehen« befolgte ich nicht, aber sonst war es mit dem Sex wie mit dem Planschen auf einem Schwimmbrett im Wasser. Man musste sich einfach treiben lassen. Das war das ganze Geheimnis.

WETZLARER NEUE ZEITUNG

Lokales

REGION WETZLAR 14. April 2016

Das Lahnufer putzt sich heraus. Die Wetzlarerin Magda Ziegler, 36, hat nach über einjähriger Renovierungszeit das altehrwürdige Stammhaus des Ruderclubs als *Bed-&-Breakfast*-Pension wiedereröffnet. Gestern war die feierliche Einweihung mit allem, was in der Domstadt Rang und Namen hat.

Uns stand die quirlige, frischgebackene Pensionswirtin Rede und Antwort:

WNZ: Wie kommt man auf die Idee, eine Frühstückspension in einem alten Bootshaus zu eröffnen?

Ziegler: Das hat sich so ergeben. Ich habe hier in meiner Jugend wilde Partys gefeiert, nun bin ich zur Ruhe gekommen – und will etwas von dieser Ruhe an meine Gäste weitergeben. Eine Frühstückspension war immer mein Traum. Und seine Träume soll man wahr machen. Man hat nur dieses eine Leben.

WNZ: Wie landet eine ehemalige Wurstverkäuferin in der Hotellerie?

Ziegler: Pathetisch gesagt: Wäre nicht passiert, was passiert ist, wäre ich jetzt eine andere. Simpel ausgedrückt: Geht es nicht immer um das Gleiche? Man will den Menschen etwas geben, das ihnen behagt. Ob es nun Bockwurst ist oder ein Bett. Der Rest ist *learning by doing*. Eine gute Freundin ist

Direktorin im *Schlosshotel* in Kronberg, ein väterlicher Freund war Concierge in Paris und arbeitet heute ebenfalls im Taunus. Beide haben mich mit vielen unbezahlbaren Tipps versorgt und sind auch heute noch meine engsten Berater.

WNZ: Woher kennen Sie sich?

Ziegler: Das ist eine lange Geschichte, die einem so leicht niemand glauben würde.

WNZ: Wie man hört, haben Sie zu Paris eine ganz besondere Beziehung.

Ziegler: Ich liebe diese Stadt und bin häufiger dort.

WNZ: Ihre Begeisterung für Paris soll auch private Gründe haben ...

Ziegler: Na gut, da Sie so bohren: *Mais oui,* mein Freund lebt an der Seine. Wir führen eine sogenannte Wochenendbeziehung. Eine sehr glückliche übrigens.

WNZ: Welche Klientel möchten Sie mit dem *Bootshaus* erreichen?

Ziegler: Alle (lacht). Im Ernst. Ich möchte alle diejenigen einladen, zu uns zu kommen, die sich auf Reisen zuhause fühlen wollen. Wir werden unsere Gäste jeden Tag mit einem fürstlichen Frühstück verwöhnen. Mit Köstlichkeiten wie Wildschweinschinken und Engadiner Nusstorte. Auch Einheimische sind uns willkommen. Die fühlen sich dann zu Hause hoffentlich ein wenig wie auf Reisen.

WNZ: Alle sind begeistert von der Atmosphäre im *Bootshaus.* Von der entzückenden Einrichtung, den geschmackvollen Details.

Ziegler: Danke. Das freut mich.

WNZ: Wenn etwas heraussticht, dann ist das diese Stehlampe im Esszimmer, die einen charmanten Stilbruch darstellt.

Ziegler: Reine Nostalgie. Die Lampe stammt aus meinem Elternhaus.

WNZ: Und was hat es mit diesem ungewöhnlichen Wandschmuck auf sich?

Ziegler: Sie meinen, die zwanzig antiken Ringe in dem Holzkasten hinter Glas? Sie stehen dafür, dass man aus allem, auch noch aus dem Unscheinbarsten, ein Schmuckstück machen kann.

WNZ: Es gibt noch mehr Besonderheiten ...

Ziegler: Wahrscheinlich sprechen Sie den Umstand an, dass unsere acht Gästezimmer keine Nummern haben, sondern nach Bäumen benannt sind (lacht). Die Trauerweide, die gibt es allerdings nicht.

WNZ: Wie kamen Sie auf Bäume?

Ziegler: Ich habe eine ganz spezielle Beziehung zu ihnen.

WNZ: Dann wäre da noch die Sache mit dem Besteck.

Ziegler: Weil es quer über dem Teller liegt?

WNZ: Ungewöhnlich.

Ziegler: Das hat man so. In Paris.

WNZ: Wir wünschen Ihnen alles Gute für das *Bootshaus*, Frau Ziegler!

Einzelzimmer 60 €, Doppelzimmer 75 €. Die Preise verstehen sich inkl. Frühstück
Informationen und Reservierungen für das *Bootshaus* unter: 0 64 41-12 31 23

Danksagung

Ich danke der wunderbaren Eva Gerberding, die ihr Wissen über die spannende Welt der Concierges mit mir geteilt hat. Verbunden fühle ich mich meiner Freundin Moni, ohne die es die Figur der Magda Ziegler niemals geben würde, auch wenn meine Fantasie der einen ein Happy End zugestanden hat, dass die andere leider nicht mehr erleben wird. Mein Dank geht an Carola Fischer, meine exzellente Lektorin, die sogleich an dieses Buch geglaubt und mir mit spitzem Stift manche Flausen ausgetrieben hat. Ebenso dankbar bin ich Anna Baubin und all ihren Kolleginnen und Kollegen im Diana Verlag für unermüdliche Betreuung sowie meiner Agentin Anja Keil, die auch bei diesem Projekt wichtiger und inspirierender Ratgeber war. Ich kenne es von ihr nicht anders. Ansonsten danke ich meiner Mutter für viele herrliche Spaziergänge durch den Friedwald in Frühjahr, Sommer, Herbst und Winter und den anschließenden obligatorischen Mix aus Zitroneneis und Espresso im Schlosscafé in Usingen. Nie vergessen werde ich die Unterstützung durch meine Freundin Christine, deren Schokoladenlieferungen immer genau zum richtigen Zeitpunkt kamen (Lieblingssorte: Vollmilch mit Meersalz). Und Dank meinem Mann Rolf und meinem Sohn Joshua! Sie haben zwar nichts mit diesem Buch zu tun, aber mein Leben ist schöner durch sie.